沖喜夫妻 2

文創風 811

福祿兒 著

風
文創
811

目錄

第十一章

第二天一早，沈遇破天荒租了一輛牛車，親自送白薇去縣城。

白薇坐上牛車，寒風吹著臉蛋，冷。

沈遇側身稍微擋住一點風。

白薇拆開包袱，拿出油紙包打開，裡面裝著片片淡黃似金的芋頭，遞到沈遇面前。「我做的酥黃芋。」

她用煮熟的芋頭切片，研磨榧子、杏仁調鹽醬，裹著芋片一起裹粉入鍋慢慢煎，伴隨著油鍋滋滋聲，香氣溢滿廚房，聞著香味她早就餓了。

沈遇將那一塊放入口中，他嚐出果仁的脆香，混合著淡淡的醬香，內裡的芋頭軟糯清香，不知不覺六、七塊下肚。

「好吃嗎？」白薇吃了幾塊，將竹筒遞給沈遇。

「還不錯。」沈遇打開竹筒蓋子喝水。

「你……」白薇想阻止，沈遇已經就著竹筒喝了一口水。她張著嘴，瞪沈遇一眼。

沈遇看著白薇哀怨的目光，笑意如水波在眼中漾開。「這不是給我的？」將竹筒遞過去。

白薇嫌麻煩，只帶了一筒水過來，先給沈遇，想說他用竹蓋倒出水喝，剩下的她便就著竹筒喝了。哪裡知道沈遇竟直接就喝。

芋頭吃多了，容易口乾。白薇將竹筒拿過來，將他喝過的地方倒水沖洗乾淨，再將水倒入竹蓋喝幾口。

沈遇看她微微仰著頭喝水，飽滿的唇瓣被水浸潤後鮮豔潤澤，嘴角墜著一滴水珠往下滑動。他搭在膝蓋上的手指驀地收攏成拳頭，定定地看著。白薇的目光瞟來，似乎帶著穿透力，直直望進他的心底，湧出一股異樣，他倉促地轉開視線。

白薇用手背抹去唇角的水珠，朝他靠近一些，盯著他的耳朵，笑道：「你的耳朵都凍紅了，斗篷帽子戴在頭上遮擋一下，不然會長凍瘡。」

她的話似一滴滾油落在血液裡，瞬間沸騰，直衝頭頂，臉龐與耳朵都紅透了。

「咦。」白薇覺察出不對勁，手指下意識地觸碰他一下，結果手腕一緊，一陣天旋地轉，她驚慌地抓住他的衣袖，人已經被沈遇摁倒在牛車上了。

「……」

「……」

空氣中洋溢著尷尬的氣氛。

白薇望著灰藍的天空，食指被他耳朵上滾燙的溫度灼燙，她在衣料上蹭一下，乾笑幾聲。「躺著看天，景色還不錯。」

沈遇。「……」握住她的手臂，拉她起來。

包袱帶倒在牛車上，她吐出一口濁氣，彎腰撿起來。

餘光瞥見白薇在收整包袱，沈遇的手指摸了一下耳垂，垂眼不知在思索什麼。

白薇這一路上都沒有再理會沈遇。

牛車停在段府門前。

白薇的臉都凍僵了。「你找一間客棧歇著等我？」

「我去鏢行一趟。」

白薇點頭。

敲開門，報上姓名，等門僕通報後，領著她去花廳。

白薇來得太遲，第二名和第三名已經離開。

「白小姐稍等片刻。」婢女奉茶上來後，站在一旁伺候。

白薇點頭，打量屋子。對門的牆壁是一面煙雨畫，下面一張長案，擺放兩件玉器。長案兩邊則是高几，上面擱著汝窯花瓶，插著幾株臘梅；左右兩邊各三張梨木雕花椅，椅子旁邊一張小几，放著兩碟子點心。

白薇的目光凝在多寶槅上，她被一件玉器吸引住，一時間也忘記緊張，起身走過去，站在多寶槅前，打量起那個玉鏤雕荷花鷺鷥紋蓮瓣杯。

「喜歡這個？」段羅春一進屋，就看見白薇盯著玉器出神。

白薇聽到蒼老的聲音，側頭看見一張熟悉的臉，驀地鬆一口氣，很自來熟地說道：「您也在這兒？」又不覺得意外，畢竟老人是天工會的人，出現在段羅春的宅子裡也很正常。「這個薄胎鏤空工藝不錯，得有十幾年的道行。」

段羅春一聽，登時樂了，豎著兩根手指頭說：「二十多年的道行才雕出這麼個東西。」他拿起玉器遞給白薇。「這一件玉器，耗時三年方才雕刻而出。」

白薇更驚訝了，她拿在手中細細端詳。纏枝蓮紋縈繞八瓣蓮花青玉杯雕琢，其上幾朵梅花、幾隻鷺鷥，紋路精細，巧奪天工。「薄胎本來就是玉雕中最高深的技藝，這件玉器設計繁複，稍有不慎便會毀之一旦。花三年時間能夠雕刻出如此精美秀雅的玉器，挺值得的。」白薇給了很高的讚譽。

段羅春笑了一下，遺憾道：「皇上鍾情薄胎玉器精美秀雅、輕巧浮雲的特質，但是擅長薄胎工藝的人屈指可數，想要復興，太過艱難。」一是沒有條件，二是再有天賦的人，也得有七、八年的道行，方能雕刻出一件出色的玉器。

白薇深以為然，薄胎玉器玉薄如紙，若是厚薄不均，就會造成局部顏色上有差異，影響整件作品的效果。她的雕工之前並沒有突破，而是鑽研薄胎之後，方才有巨大的突破……等等。「您剛才說什麼？」白薇猛地回神，意識到段羅春說了了不得的話。

段羅春摸著花白的鬍子，一雙眼睛精光閃爍。「妳對這種工藝感興趣嗎？」

白薇突然意識到一個問題，瞇著眼睛，上上下下打量起眼前的老人，一個答案呼之欲出。「段師傅？」普通人哪裡會知道皇上的喜好？

段羅春哈哈大笑兩聲。「小丫頭，可要拜我為師？」白薇的作品充滿靈性，是可塑之才，段羅春很欣賞她。

「我有師父。」

「師從何處？」段羅春不信謝玉琢是白薇的師父。

白薇信口胡謅。「我的師父叮囑我，不許說出他的名字。」

段羅春看重白薇，卻也知道規矩。她既然正兒八經拜過師，便不再勉強。他言歸正傳道：「妳對薄胎工藝瞭解多少？」

「瞭解得比較粗淺。」白薇自謙道。

段羅春信以為真，畢竟他也是鑽研十幾年，方才習得這種技藝。白薇一個小丫頭片子，再有能耐，若是在薄胎工藝上也有造詣，還讓不讓別人活？

「太守舉辦選寶大會，為的是重振寶源府城『玉石之都』的名氣。明年夏初，寶源府城與安南府城會有一次玉器大比。我指導妳雕刻一件玉器，到時若是能脫穎而出，太守不會虧待妳。」段羅春希望白薇抓住這次機會。

白薇瞇了瞇眼，喬縣令和顧時安狼狽成奸，對她存有很大的敵意。她如果傍上太守的大腿，在這寶源府城不得橫著走？她按捺住激動的情緒，發現其中的不對勁。「這就是您對外說的，要和魁首合作雕刻一件玉器？」

「有什麼問題嗎？」

當然有。如果是參賽作品，那趙老爺要的玉雕就得泡湯。白薇可不想錯過趙老爺開出的條件。她從袖子裡拿出一張圖稿，道：「您雕這件玉器給我，我便答應參賽。畢竟比賽有風險，他們對我寄予厚望，我若是輸了，得名聲掃地。」

嘿！這小丫頭片子！段羅春鼓著眼睛，想拒絕。

白薇一副他不答應就一拍兩散的模樣。

「行，我答應妳。」段羅春吹鬍子瞪眼睛，指著那張「滿載而歸」的圖稿，冷哼。「俗氣！」

白薇聽出段羅春的弦外之音，不以為然，高雅得餓死了去。

「那咱們說定了！我先回去，翻年後再來找您。」白薇達到目的，與段羅春告辭。

段羅春看著白薇的背影，深深嘆一口氣。

白薇分析得不錯，她如今名揚寶源府城，許多人對明年的玉器大比翹首盼望，對她的確寄予厚望，希望白薇打敗安南府城，重振寶源府城昔日的光輝。

她如果輸了，有多備受期待，就會摔得多重。

因此，他故意將要與魁首合作的消息透露給趙老爺，為了拿到他親手雕刻的玉器，趙老爺必定會捨得下本錢，而他再提參賽這件事時，白薇勢必會答應，到時候他再另外指導白薇替趙老爺雕刻就好。哪裡知道，白薇竟讓他一個人包攬下來。

「唉！」段羅春再看一眼圖稿，他這是挖坑把自個兒給埋了。

「她贏不了。」一道清冷、略帶慵懶的嗓音響起。

段羅春回頭，看見元寶推著段雲嵐過來。「她有潛力。」

「姜家與溫家每年在培育玉匠方面砸下重金，參賽者都是幾十年道行的玉匠，她不過初出茅廬，若是能贏，這寶源府城也不會被安南府城壓了幾十年。」段雲嵐咳嗽幾聲。「你的眼光一如既往的差。」

段羅春臉色驟變，但顧及他的身分，到底沒有說什麼。

段雲嵐撥動手裡的佛珠，嘴角微微扯出一抹笑。「你可以帶她回京城，幾年後再回寶源府城，未必不能贏。」

元寶的眼睛微微一睜，終於明白公子口中的「世事難料」。

他攛掇段羅春將白薇拐去京城，那沈遇不就得跟著去了？

段羅春不知道段雲嵐肚子裡的彎彎繞繞，認真考慮段雲嵐的建議。

白薇也不知道有人在打她的主意，走出段府，就見沈遇靠在牆壁上等她。

沈遇看見白薇，直起身子朝她走去。

白薇對沈遇道：「去木匠鋪子，要打家具。」

沈遇「嗯」一聲，兩個人乘坐馬車去往木匠鋪子。

白薇一走，白離就溜出工棚。

白啟複坐在堂屋，江氏拿藥酒正在幫白啟複的右手推拿。

「爹，祖宅是土牆，荒廢多少年了，牆都裂開，窗戶也沒有糊紙，大冷的天，寒風吹颳進去，凍著奶奶怎麼辦？咱們給奶奶糊窗紙去吧？」白離攛掇白啟複去祖宅。

白啟複立即收回手，拉下袖子。「你去拿麻紙。」

「欸！」白離歡天喜地地抱來麻紙，與白啟複去往祖宅。

四間並連的土牆祖宅，其中一間的窗戶用稻草堵住，白老太太痛苦的呻吟聲傳出來。

白啟複皺眉，推門進去。屋子裡一片昏黑，空盪盪的，只有一張炕鋪著棉被。

白老太太躺在炕上，臉色蠟黃，凍得發抖。

「奶奶，妳怎麼了？」白離擔憂地衝過去。

白老太太睜開眼，瞧見白離和白啟複，哼哼唧唧的。「我昨兒拉了一天，走不動路。這老胳膊、老腿的又不能去山上找柴禾，餓得心慌。」說著，淚水掉下來，拿著被角擦眼淚。

「你們不用管我，凍死我也好，不會成了你們的拖累。」又愧疚地說道：「複兒，娘以前做錯了，對不起你，娘不該偏心你弟、你妹。你也是做爹的人，希望你能體諒我這當娘的心。」

白啟複哪裡見過這般弱勢的白老太太？說不心軟是假的。

「爹，姊不准奶奶住咱們家，可老宅裡冷鍋冷灶，做飯的器具都沒有，不如一天三餐在咱家吃吧？」白離幫腔地勸說白啟複。

白老太太「哎喲」地呻吟著。

白啟複看白老太太抱著肚子喊餓，一會兒又喊冷，答應的話到了嘴邊了，白薇說過的話卻不期然地響起。於是他沒有吭聲，拿起麻紙糊窗戶。

白離急了。

白老太太心裡也慌，頻給白離使眼色。

白離跑去給白啟複搭把手，又試著開口。「爹……」

「爹想過了，你娘要忙地裡，薇丫頭忙著掙銀錢，孟兒則要唸書，家裡就你一個閒人，你是你奶奶喜歡的晚輩，兩人相處得來。」白啟複用麻紙糊好窗戶，想了一個折衷的法子，低聲道：「離兒，你奶奶和咱家八字相沖，合不來。她住在祖宅這段時間，你搬過來照顧她，給她拾柴做飯。」

彷彿有一道平地驚雷在白離耳邊炸響，他頓時傻了。君子遠庖廚，他怎麼會做飯？之前家裡雖窮，可他在唸書，所以不論是粗活還是輕巧的活計，他都沒有碰過！

「爹！」

「待會兒找你娘拿一兩銀子，明天去鎮上買做飯的什物。」白啟複越想越覺得這個想法很絕妙，根本就不容許白離拒絕。白老太太若真的餓出啥問題，白啟祿和白雲嬌又得鬧騰。由白離照顧白老太太，他們家也出了力，弟妹兩人都挑不出差錯。「這段時間辛苦你了。」

白離憋得脹紅臉皮，還想勸白啟複打消這個念頭。

白啟複語重心長地說：「你哥和你姊壓力太大，你該學著為這個家分擔。一家人齊心向上，日子才會越過越好。爹希望你們幾個守望相助，不要出現兄弟鬩牆的情況。」

白離的臉色陡然一變，心裡驀地發虛。他害怕白啟複瞧出端倪，哪還敢多說？只能鬱悶地進屋。

白老太太翻身坐起來。「離兒，你爹怎麼說？」

「我爹說，我姊買了砒霜擱家裡，妳去吃飯她就在飯菜裡下毒。」白離不樂意伺候白老太太，他一個男人，哪能幹這些事？所以故意嚇唬白老太太，希望她離開石屏村。「奶奶，妳住在這兒是遭罪，不如回二叔家吧？」

白老太太一聽，氣得破口大罵。「天打雷劈的小賤人！不孝敬長輩，她會不得好死！」越想越氣悶，往炕上一躺。「我就住這兒不走了，等著她下砒霜毒死我。」她就不信白啟複一家子不管她死活。

白離懵了，沒想到適得其反。這和他想的完全不一樣啊！

白薇逛了幾家木匠鋪子，方才選定一家。

需要做的不多，許多已經有現貨，她預付銀子，臘月二十五拉貨。

白薇將銀票存在縣城錢莊，拿著存款收據放在短襖夾層裡。

買一些菜回家後，瞧見白離正大包小包地往祖宅搬。

「爹，白離在幹啥？」白薇疑惑地問。

白啟複正在活動右手做康復訓練。「妳奶奶一個人住在祖宅，我不太放心，讓他搬過去照顧。」

噗哧一聲，白薇忍不住笑了。白離從未幹過活，他做的飯菜能吃嗎？簡直就是災難。但白薇樂見其成，是得磨一磨白離了。

江氏還挺高興的，將飯菜擺上桌，說道：「他沒有吃過苦頭，得讓他獨當一面，才能體諒咱們的苦處。」

白薇朝白孟眨了眨眼，跟著說：「小弟都會照顧奶奶了，哥，你明兒也去書院吧？」

「好。」白孟順勢答應。

白啟複和江氏聞言，壓在心口的大石總算放了下來。

「娘，我在鎮上盤下一間鋪子，翻年後妳去做小吃賣。」白薇請段羅春給趙老爺雕刻玉器，鋪子便心安理得地收下了。「我明天去一趟鎮上，請人簡單裝修。」她將地契給江氏。

江氏心裡緊張，這做買賣是大姑娘上花轎，頭一回呢！「我能行嗎？」

白孟鼓勵道：「書院裡的同窗說點心做得好吃，還催促咱們家快點開鋪子，到時候會照顧生意。」

江氏稍微安心了，拿起筷子給白孟、白薇和沈遇各挾一塊紅燒肉。

一家人氛圍溫馨輕鬆地吃了一頓晚飯。

用完飯後，白薇揣上存款收據，勻出二十個雞蛋、一斤紅棗、一斤糖與一條魚，前去探望方氏。

劉露瞧見白薇提著東西過來，連忙說道：「薇薇姊，妳不用這般客氣。這回真的得謝謝妳，如果不是妳提醒，我都不知道奶奶病得很嚴重。好在發現及時，還有得治。」

「這是大好的事。」白薇將東西放在桌子上。「妳每天蒸一個蛋給方大娘吃，加兩個棗和糖。這魚放油鍋裡稍微煎一下，再加入沸水熬湯，這樣熬出的湯又香又甜，沒有腥味。」

「好！」劉露領著白薇去探望方氏。

屋子裡暗不透光，一股濃重的藥味，白薇放輕腳步進去，見方氏已經睡著了。

她沒有打擾，退出來後又問劉露。「馬氏還有來找碴嗎？」

劉露搖頭。「她最近沒有再來。」心裡卻有些惶惶不安，總覺得馬氏不是這麼輕易甘休的人。

白薇放下心。「那就好。妳安心照顧大娘，我每三天給妳送些食物過來。」

劉露連連擺手。「太麻煩妳了。等奶奶睡覺的時候，我可以去菜園子裡摘菜。」

「大娘病了，需要吃點溫補的，這樣身體才好得快。」白薇撫順她鬢角散亂的頭髮。「妳是我的徒弟，不必見外。有需要幫忙的地方，可以來找我。」

劉露心裡十分感激，一雙眼睛明亮得宛如天上的星子。「薇薇姊，妳是咱們家的貴人！」

白薇莞爾一笑，叮囑她一番，這才告辭回家。

劉露將白薇送出門外，聽見裡屋有響動，她急忙跑進去。瞥見裡屋窗戶被打開，劉露準備去關窗，突然被一隻手摀著嘴，壓在牆壁上。

「唔唔……」劉露驚恐地瞪大眼睛，拚命地掙扎。

男子死死摀住她的嘴，整個身體壓在她的身上，用力撕扯她的衣裳。她身上穿著厚重的棉襖，壓根兒撕不動，於是那隻手急切地往她衣服裡鑽。

劉露嚇得眼淚掉下來，雙手拚命抓撓男子的臉，雙腳也一併踢蹬起來，用力踹著男子的腿。

男子痛哼一聲，張嘴咬上她的脖子。

劉露渾身僵直，掙扎得更加激烈，不小心踢到男人的褲襠。

「啊！」男人痛彎了腰，一時鬆開了劉露。

劉露眼底布滿恐懼，一得到自由，雙腿便發軟地往外跑。「救命！救命啊——」

男子眼露凶光，抓住劉露的辮子，往後用力一拽。

劉露尖叫一聲，抱著頭往後仰去，跌倒在地上，男人順勢壓在她的身上。

「救、救命——」劉露淚水奔湧而下，絕望地喊叫。「救命，誰來救救我！放開我，求求你放了我、啊……不要。」

「小娘子，哥哥好好疼妳！別害怕，我會娶妳過門的。」男子一隻手壓住劉露的雙手，一隻手去扯她的褲頭。

「住手！你快放開露兒！」方氏被驚醒，咳嗽著爬起來，拿著立在床頭的棍子朝男子的頭上打去。「畜生！你這畜生快撒手！我喊人了！」

男子鬆開劉露，抓住棍子搶過來，一瘸一拐地走過去，用力一推，方氏摔倒在地上。

「老不死的，妳去叫人啊！讓他們看看我怎麼睡了妳孫女，看她還有沒有臉活！」男子往地上啐一口唾沫，一臉惡意。「敬酒不吃吃罰酒！老子請媒人來說親還不樂意嫁，非得逼我來硬的！當心我爽快完了，提著褲子不認帳，妳們得上門跪著求我娶劉露！」

劉露臉色慘白，滿面淚痕地朝門口衝去，大聲求救，希望有人能聽見，過來救救她。

男子拖著右腿追上劉露，從後面把她撲倒在地上。

咚！男子的腦袋突然劇烈一痛，他睜大眼睛看著逆光站在門口的女人。

白薇手拿一塊石頭，砸在男子頭上。

男子頭上血流如注，摸一把臉，滿手的鮮血，映照著他的臉格外猙獰。「賤人！」他爬起來，要報復白薇。

白薇看見他是個瘸腿的，又和馬氏長得有幾分相似，猜出他就是馬氏的姪兒馬永才。

看見劉露躺在地上，渾身瑟瑟發抖，眼睛裡充滿絕望，白薇臉色一沈，根本不給馬永才掙扎的機會，一記高鞭腿踢向馬永才的脖子，後旋腿踹向他的胸口。

砰地一聲，馬永才倒在地上。

白薇抄起一旁的凳子，發狠地砸向他的下身。「毀女子清白的人渣，做太監去吧！」既然是禍根，就沒有必要留著，今後再禍害其他女人。

「啊——」馬永才慘叫一聲，昏厥過去。

白薇對玷污女子清白的渣男深惡痛絕，許多女子邁不過這道坎，最終都抑鬱輕生，更何況在這個視清白如命的古代。她若不是折回來送存款收據，只怕又是一條人命。

轉動一下腳，雖然每天早晚都在練柔韌度，但比起前世還是差強人意。

好在馬永才並不高大魁梧，與她差不多高，她才能一記高鞭腿撂倒他。

劉露坐在地上，緊緊縮成一團，雙手環住自己的腿，顫顫發抖。

「露兒，不怕，已經沒事了。」白薇看劉露目光呆滯，淚水往下滑落，忙將她抱進懷裡。

「他已經被我打暈了，別害怕，他再也傷害不了妳。」

劉露緊緊抱著白薇，「哇」地放聲大哭，發洩心裡的恐懼。

白薇沒有動，等待她平復情緒。

「薇薇姊，我好害怕。」劉露心裡仍被恐慌充斥，她沒有想到馬氏這般惡毒，想要毀了她清白，逼迫她嫁給馬永才。

「全都過去了，妳該勇敢振作，大娘還需要妳。」

白薇觸動劉露心中的一根弦，她突然鬆開白薇，跌跌撞撞地走進裡屋。

方氏一動也不動地躺在地上，老淚縱橫，眼底充滿憤怒與悲涼。

「奶奶！奶奶，您傷著哪兒了？」劉露顧不上傷心難過，急忙攙扶方氏坐起來。

方氏摔倒在地上傷到腰，坐不了。

白薇去廚房找來一捆麻繩，綁住馬永才的手腳後，進來搭把手，一起將方氏抬躺在床上。

方氏握著劉露的手，淚水直流。「丫頭……」

她一喊，劉露勉強支起的鎮定全數崩塌，一頭撲進方氏懷裡痛哭流涕。

方氏心如刀割，想起那個畫面仍是心有餘悸。她心裡越發痛恨馬氏，更恨不得殺了那個畜生！

白薇心裡也不好受，等兩個人的情緒平復下來，她才低聲道：「妳們放心，惡人自有報應。」

方氏鬆開劉露，她擦乾眼淚，讓白薇坐在床邊。「丫頭，大娘有個不情之請。妳哥哥可有說人家了？若是沒有，妳代我向妳娘探一探口風吧？」方氏唯一信任的是白薇，劉露若能嫁進白家，她最放心不過。「大娘知道太為難妳，可大娘只有露兒一個親孫女，遭遇今日的事情，若不安排妥她的親事，我就是死也不會瞑目的。」

白薇有些意外，沒想到方氏會動這個念頭。白孟婚事上沒有動靜，她想著江氏著急他的親事，劉露又是知根知底的，倒是可以和江氏商量。她看一眼哭得眼睛紅腫的劉露，說：「露兒若是同意，我回去後問一問我娘。」

方氏感激涕零，知道她太強人所難，可劉露除了沒有好的出身，品行都很好，她才開得了這個口。

白薇將存款收據取出來，放在方氏手裡。「大娘，您好好收著。錢莊認票不認人的，千萬別弄丟了。」

方氏想讓白薇保管，又想起託她辦的事情，如果事成了，正好壓箱底做嫁妝抬到白家去，便將收據收了下來。

白薇走出裡屋，看著倒在地上的馬永才，眼中閃過冷意，想給他一個教訓。

「白薇！」沈遇的聲音在院外響起。

白薇瞥一眼馬永才，拉開屋門。「你怎麼來了？」將門合上。

沈遇的目光落在她衣料上染上的鮮血，目光森然，立即進入院內。「出事了？」上下巡視一遍，確定她沒有受傷。目光銳利地射向屋子，聞到淡淡的血腥味，他推開屋門進去，看見倒在地上不省人事的男人。

白薇見他發現了，便將事情簡略地告訴他。

馬永才這人渣準備毀劉露清白的事情刺激了沈遇，他周身氣息驟然一變，眼底散發出殺意，那些塵封在腦海深處的記憶幾乎要破閘而出。他收緊雙拳，將沈重的往事壓回去，平復下跌宕起伏的心緒。沈遇克制著怒氣，面如寒霜道：「妳打算怎麼做？」

白薇覺察出沈遇的異樣，但仔細望去，他的神情平靜如常，彷彿之前是她看岔了眼。她冷冷道：「馬氏太惡劣，欺負她們祖孫沒有依靠，幹出這種噁心人的事情，若不給點教訓，這口惡氣出不來。」她想將馬永才扒光綁在村口的樹幹上，他愛幹醜事，就讓大夥瞧瞧他的醜態。可當著沈遇的面，她有些說不出口。

「交給我。」沈遇讓白薇找一個麻袋來。

套住馬永才後，沈遇將他扛去水塘邊，將他從麻袋裡倒出來，揭開繩索，扔進水塘裡。

劉露遇見了白薇才能保住清白，否則便是一條人命。

至於馬永才能不能死裡逃生，就看他的命了。

馬氏不時探頭往窗戶外張望，看看馬永才可有回來。

劉燕盤腿坐在炕上，捏著針線繡嫁衣。

馬氏等了半個時辰，不見馬永才回來，急得下炕，打算去方氏家瞧瞧馬永才可有得手？

「娘，您別擔心。那祖孫倆老的老、小的小，表哥雖然瘸了條腿，還是能治住她們的。」劉燕看一眼窗外，忍不住格格笑道：「表哥到現在還沒有回來，估計是得手了，樂不思蜀呢！」

馬氏瞪了劉燕一眼，沒羞沒臊，這種話也說得出口！

轉念一想，又覺得這話沒有錯，忍不住冷哼一聲。「妳表哥若沒有瘸腿，哪裡輪得到劉露進咱們家的門？還敢端著架子，真是不識抬舉的賤東西！如果不是老虔婆手裡有一筆銀子，就該讓妳表哥不認帳，看她有沒有臉做人！」

劉燕心思一動，能讓她娘上心，甚至不惜給劉露二十兩聘禮，可見方氏手裡有一筆不少的銀錢。「就怕表哥強來，回頭立馬遣媒婆來提親，方氏不會將銀子做陪嫁。」劉燕出謀劃策道：「娘，咱們上趕著娶劉露，她們不領情，不如讓表哥當作沒有這一回事。方氏等不及，一定會捧著銀子求表哥娶她孫女。她們這般下賤、沒羞恥的做派，哪敢進門提當家？到時還不是讓外祖母拿捏？」

馬氏一拍大腿。「燕兒，還是妳聰明！」

劉燕眼神閃爍，攛掇馬氏分一杯羹。「您為這門親事盡心盡力，該得一些好處的。」

馬氏打著如意算盤。「妳放心，娘得了一半，多給妳備一些嫁妝。到時候嫁過去，妳嫁妝豐厚，婆母也不敢搓揉妳。」

劉燕想到翻年後就要嫁人，忍不住羞紅臉頰，生出期待。

驀地，林氏在門外喊著——

「馬氏，妳在家嗎？」

馬氏眼皮一跳，連忙開門。「怎麼了？大聲嚷嚷的，發生啥大事了？」

林氏急道：「我家那口子在水塘裡撈出一個人，瞅著像妳姪兒，妳快去看看！」

馬氏傻了。隨即快步趕去後山水塘。

這口水塘是里正用來養魚的，平常極少有人來這邊。

也是馬永才命不該絕，眼見年尾了，正好明天初十鎮上趕集，里正打算撈些魚，明兒去鎮上賣，結果將馬永才給撈了上來。

「阿才！阿才！你怎麼摔水塘裡了？」馬氏看馬永才牙齒打顫、手腳抽搐，嚇得臉色發白。「郎中、快去請郎中！」

一個青年立即掉頭，跑去找劉郎中。

馬永才的臉凍得青白，一雙眼睛通紅，身上的衣裳濕漉漉地往地上流著水，里正的棉襖蓋在他身上壓根兒不管用。他情緒激動，怒火沖天，可臉凍得僵硬、沒有知覺，只有眼底憎恨的凶光彷彿惡鬼。

「阿才，你頭咋受傷了？而且好端端地你跑到後山水塘來幹啥？」馬氏眼神一厲，問道：「是有人害你嗎？」

林氏猜道：「妳姪兒沒來過咱們村幾次，腿腳又不好使，會不會是一跤跌得摔破腦袋，栽進水塘裡的？」

「不可能！」馬氏一口否決了。她親自給馬永才指的路，還能夠爬錯門？「阿才，你告訴姑母，姑母給你作主。」

馬永才憋著恨，看向方氏的屋子。「一……一個戴銀簪子……穿細布的……的女人。」

馬氏聞言，恨不得將一口牙咬斷！石屏村很窮，能戴銀簪子和穿細布的女人，除了白薇，還能有誰？

林氏也想到了，臉色驟變。「那姑娘長啥樣？」

馬永才斷斷續續地描繪出來。

馬氏臉色鐵青，咬牙切齒。「林氏，妳可聽見了。我姪兒沒來過石屏村，他壓根兒沒有見過白薇。如果不是白薇害他，會咬定是她？白薇向來潑辣蠻橫，我姪兒是個瘸腿的，哪裡是她的對手？」

林氏忍不住為白薇申辯。「可薇丫頭和妳姪兒沒仇沒怨，沒理由害他吧？她雖然性子強勢，卻不會平白無故地欺負人。」

馬氏一噎。

「我找薇丫頭過來對質。」林氏擺明了不信馬永才的話，轉身讓一個小孩去請白薇。

馬氏的心臟揪了起來，雙手緊緊握在一起。

白薇和劉郎中一塊兒過來的。

馬永才見到白薇，雙眼噴火，恨不得將她剝皮抽筋！下體的劇痛一波一波侵襲著他，他不敢去碰那兒，感覺上不太好。「郎中，你快給我診一診！」馬永才氣短地催促。

劉郎中給馬永才號脈，見他難以啟齒地用手指著褲襠，便問道：「傷著子孫根了？」

馬永才羞憤欲死，瞪了劉郎中一眼，將褲頭解開。

圍觀的婦人驚得轉過身去。

劉郎中扒下他的褲子，看了一眼後，連忙把褲子提拉上來。「廢了。」劉郎中對馬氏說道：「天寒地凍的，他掉水裡去，趕緊泡個熱水浴，煎一碗薑湯服用吧。我開幾帖藥，若沒有出現大症狀，吃完藥後再找郎中請平安脈。」

馬永才被刺激得昏厥過去。

「你、你說啥？」馬氏被這個消息震懵了，兩眼陣陣發黑。「他還沒娶媳婦生娃，子孫根怎麼就廢了？」目光憎恨地看向白薇，恨不得撕了她，破口大罵。「殺千刀的賤人！前世挖了妳家的祖墳嗎？這輩子讓我馬家斷子絕孫！老娘和妳拚了！」衝上前抓扯白薇廝打。

白薇握住她的手，馬氏彎腰側身，用蠻力去撞白薇，往水塘邊倒去，這股狠勁像是要和白薇同歸於盡似的。

劉燕從一邊偷襲，抓住白薇的頭髮，尖利的指甲在她臉上抓出幾道血痕，還乘機順走白薇頭上的銀簪子。

白薇面皮一痛，頭髮散下來。

林氏見了，準備上前勸架。結果有人先她一步，箝制住劉燕的手腕。

「啊！」劉燕痛呼一聲，手腕上那隻手的力道大得幾乎要捏碎她的骨頭，握在手心裡的銀簪子掉在地上。

沈遇將她往一邊甩去，撿起地上的銀簪。

劉燕一頭栽倒在地上，灰頭土臉。

「撲通」一聲，伴隨著一聲尖叫，馬氏跌進水塘裡。

白薇喘著粗氣，目光冰冷地看向劉燕。

劉燕渾身一哆嗦，往後退。「妳……妳想幹啥？妳打破我表哥的頭，斷了他的子孫根，想要淹死他，妳還有理了？狀告到官衙裡，妳得償命！」

「妳怎麼不提馬永才為啥遭報應？他犯姦罪從重懲罰，按照律法得處死！」白薇冷笑一聲，咄咄逼人道：「妳去告啊！我等妳寫狀紙去告，看是我死，還是馬永才的血去祭砍頭刀！」

劉燕臉色青白交錯。沒想到白薇會將這件醜事抖出來，她不怕壞了劉露的名聲嗎？

鄉鄰們想著，白薇會下狠手，大約是馬永才不長眼，招惹上白薇了。之前沒細看，現在看著白薇這張臉，除了黑一點兒，生得還是挺標致的。他色膽包天落到這下場，也是活該！

「馬永才好色，玷污了不少姑娘的清白，仗著她們要臉面、不敢捅出來，縣太爺沒法抓他下大獄，更加地倡狂，現在上咱們石屏村幹這種齷齪事，就該扭送去見官！」

「放你們娘的狗屁！看熱鬧不嫌事大，嘴上把不住門！白薇說我姪兒犯姦罪，是姦了她，還是姦了誰？倒是拿出證據啊！」馬氏掉的地方水淺，自己爬了起來，冷風一吹，凍得她瑟瑟發抖，心裡更痛恨白薇了，吃定白薇不敢抖出劉露。劉露還未嫁人，這事鬧出來就甭想嫁出去了。她倒是想抖出來，又怕扯出更激烈的糾紛。

劉燕摸著自己紅腫的手腕，看著白薇寧可自己擔上被人占便宜的名聲，也不將劉露吐出來，眼底閃過惡毒的光芒。「娘，妳住口吧，別再吵了！待會兒鄉鄰真的將表哥扭送去見官，他就全完了。」劉燕爬起來，緊緊咬著唇瓣，不甘不願地說道：「我表哥品行不好，他瞧上劉露，請我娘上門提親，卻三番四次被拒絕，因此他就動了這個念頭。白薇和劉露走得近，瞧見我表哥對劉露幹這種事，就……就下了狠手。這事就到這兒為止吧，我們不會追究，並且會對劉露負責，讓我表哥娶她過門。」

有人倒抽一口氣，心道劉燕太惡毒了，她表哥都壞了命根子，將人娶進門，豈不是守活寡？且馬氏的娘是個厲害的主，嫂子更是人精，因為劉露的關係，斷了馬永才的子孫根，她們不得搓揉死劉露？

白薇眼底布滿厲色。「這事和劉露有啥關係？馬永才廢了，這輩子娶不到媳婦，妳們瞧著方大娘祖孫倆無依無靠，竟往她們身上潑髒水，想強買強賣，簡直太欺負人！」她對里正道：「您說怎麼處理？」

劉燕不甘心那筆銀子到嘴邊又飛了，尖聲說：「我表哥就是去找劉露的。他沒那個膽子在外面對妳動色心，一定是妳去找劉露時撞見了，所以打破他的頭。我沒有撒謊，你們大可去劉露家察看，若真的是在她家打破頭的，家裡一定有血。」她外祖母將馬永才視做眼珠子，若她娘出的主意導致馬永才斷了子孫根，一定會恨上她娘的。只要劉露嫁過去，外祖母將恨意全都發洩在劉露身上，就不會找她娘的麻煩。

白薇面色一變，不禁看向沈遇。

沈遇暗暗搖頭，讓她安心。目光掠過她臉上的幾道血痕，蹙緊了眉頭。

馬氏領會劉燕的用意，堵在嗓子的惡氣通順了。「我們不會吃了不認帳，明兒就請媒婆去提親。」狠狠剜白薇一眼，拉住林氏往方氏家走去。

這時，有鄉鄰喊住馬氏。「妳的女婿來了，在門前等著妳們呢！」

馬氏和劉燕的臉色齊齊一變。他們鬧成這樣，曹立業見到會怎麼想？

「馬氏，妳女婿帶來不少東西，趕緊去啊！」來通知馬氏的鄉鄰，一臉羨慕。

馬氏想先將劉露的事情辦妥，但一邊又擔心曹立業等太久，且兩家隔得也不遠，鬧起來就怕曹立業會聽到動靜。

林氏很清楚馬永才不是個好貨，又很可憐劉露，哪會將她往火坑裡推？瞧出馬氏的猶豫，她連忙勸道：「妳是個明白人，妳姪兒的事情本來就不占理，何必為了他鬧得丟了一門好親事？」林氏這話說到馬氏的心坎上。「燕兒是個好姑娘，翻年就十六，被退了親對名聲可不太好。」

馬氏也有私心，姪兒再親也越不過閨女。可這般放過劉露，她著實不甘心。

劉燕心裡一慌。「娘，你們去劉露家，我先回家。」拍著身上的泥土，往家裡跑去，擔心有人在曹立業跟前嚼舌根。

馬氏看著昏迷不醒的馬永才，心一橫，還是那筆銀子占上風。

白薇嘴角噙著冷笑，對鄉鄰道：「方才劉燕承認馬永才起色心，待會兒若是在方大娘家察看，是劉燕誣衊的話，今日這事我不會甘休。」然後對沈遇道：「你去租馬車，我要扭送馬永才去官衙，控告他犯姦罪。到時候，還請鄉鄰出面做個見證。」

馬氏一個激靈，終於醒過神來。就算在劉露家找到了證據，那也是更加證實了馬永才的罪名。而到那時，已經將劉露扯下水，劉露若是拚死也要狀告馬永才，人不但娶不到手，馬永才還徹底搭進去，連命都丟了，她娘會和她拚命的！想到這一件事，馬氏只得忍痛收手。她凶狠地瞪著白薇，咬牙切齒道：「妳別得意的太早！」

白薇一笑，壓根兒不將馬氏放在眼底。「妳可得管好馬永才，今兒是我手下留情。他若是色心不死，碰到麻煩，只怕小命都不保。」馬永才淹死了，死無對證，馬氏無法將他們如何；馬永才沒死，他罪大惡極，馬氏更不敢狀告衙門。

讓她意外的是沈遇，他竟會將馬永才扔進水塘裡。

馬氏氣得倒仰，不想輸了陣仗，便撂下狠話。「妳給我等著！」寒風吹得她渾身一顫，緊緊抱著胳膊，臉色青白地跑回家。

林氏見馬氏妥協，心裡鬆一口氣，看著白薇，又氣、又憐惜地說：「妳啊，何必呢？」

為了劉露，搭上自己的名聲。

白薇對名聲不在意，畢竟沈遇知道她是清白的，而且馬永才也沒有得逞。何況她現在頂著沈遇媳婦的頭銜，不急著另嫁，管他們背地裡怎麼說。劉露才遭遇這種禍事，心裡有一道坎，如果又被鄉鄰說三道四，只怕會受不住地尋短見。

「我沒事，幸好跟沈大哥學了一點拳腳功夫，他還沒占到我的便宜就被我打趴了。估計心裡虛，顧著逃跑，沒注意腳下的路，才會一頭栽進水塘裡。」白薇這句話沒有壓著聲，鄉鄰都聽得一清二楚。「馬永才在咱們這兒出事，馬氏不好給她娘交差，又奈何不了我，欺負劉露性子軟。幸好有您作主，未讓馬氏將髒水潑在劉露身上。」

鄉鄰恍然大悟，覺得馬氏一家太不是東西，打心底同情劉露。

自然也有人是不信的，倒偏向劉燕說的話。

「都是好姑娘，怎麼忍心讓地痞無賴給糟蹋了？」林氏又擔憂地說道：「就怕馬氏娘家不肯甘休，會找妳算帳。」

白薇從袖子裡掏出破舊的錢袋子放在林氏手裡。「這裡頭有些銀子，您替我給馬氏，算作醫藥費。」

林氏想勸白薇別傻了，馬永才幹出那種畜生事，打死了也活該，哪裡有給銀子的道理？可又想著若給了銀子，馬氏娘家那邊也不好鬧騰。「我待會兒送去。」

「謝謝您！」白薇見林氏收下，發自內心地笑了。

劉燕將頭髮整理好，撫平衣裳，矜持地出現在家門前。

曹立業手裡提著一隻雞，揹著竹簍站在院門口。看見劉燕笑容滿面地朝他走來，便衝她一笑。「妳們有事在忙嗎？」

「沒事。村裡在撈魚，我和娘過去看看，準備買幾條養著，過年的時候殺了吃。」劉燕看著曹立業端正的臉，心裡越發羞澀。轉身打開院門的鎖，請曹立業進來。「你今兒怎麼得空過來？」接過雞，扔在廚房裡，倒一碗水出來招待曹立業，抓著辮子羞答答地坐在他對面。

曹立業笑容一滯，垂著眼睛說：「我家新做了一道炸豆腐丸子，口碑很好，賣得挺不錯的，我娘讓我送一些給你們嚐嚐。」

劉燕眼中含著春水，嬌聲道：「曹大哥，你們太客氣了。」

「不值幾個錢。」曹立業捧著茶碗默默喝完水，看見劉燕覷眼偷看他，準備將打好的腹稿說出來。

這時，馬氏風風火火地跑了進來。

瞧見曹立業，馬氏神色訕訕地說：「你先坐，我去換一身衣裳。」

曹立業有些愕然。

劉燕握緊手心，傷心地說道：「村裡有個潑辣的婦人，將我娘推下水塘。」

曹立業點了點頭，再次想提退親。他在鎮上有一個情投意合的姑娘，她又有好手藝，讓他家生意極好，很得他娘喜歡，他只能對不住劉燕了。

但是，這樁親事劉燕沒有任何錯誤，因此他有些說不出口。

林氏帶上兩個青年，抬著馬永才進來。「劉燕，我將妳表哥送來了。妳們給他換一身衣裳，再熬薑湯餵他喝下祛寒吧！」又將白薇給的錢袋子擱在桌子上。「這是白家給的醫藥錢，妳表哥做的事。這筆帳就算是恩怨兩消吧！」

劉燕一顆心提到嗓子，生怕林氏說出馬永才幹的醜事。她僵著臉回道：「嬸，我知道了。」

林氏一行人離開。

曹立業瞧出端倪，藉口去上茅廁，悄悄找人打聽來龍去脈。

待他再次回來時，一臉輕鬆表情。

馬氏換好衣裳出來了，熱情地招待曹立業。「吃完晚飯再回去吧？」

「我一會兒就走。」曹立業將庚帖拿出來，道明來意。「我是來退親的。」

這一句話宛如平地驚雷，劉燕和馬氏全都懵了，腦子裡一片空白。

「你、你在說啥？」劉燕不敢相信曹立業是來退親的。

馬氏反應激烈，尖聲道：「婚期都訂下來了，怎麼能退親？我不同意！我明兒找你娘去說！」

曹立業看向馬永才，眼中的嫌惡遮掩不住。「我們曹家是正經人家，你們家腌臢事太多，我們兩家不合適。聘禮錢我也不要了，算作補償。」

「不，我不同意！曹大哥，你別聽別人瞎說，我家也是清清白白的，哪有啥腌臢事？我不會同意退親的，死也不退！」劉燕臉色煞白，情緒十分激動。「你敢退親，我就吊死在你家門前！」

曹立業聽見劉燕威脅的話，厭惡不已。「妳不退親也可以，看咱們誰耗死誰！」

劉燕拉住曹立業的手，涕淚縱橫地哀求。「曹大哥，我求求你，不要退親。退了親我今後怎麼做人？會被鄉鄰笑話死的。」

曹立業耐心用盡，不得已，將他並不確定的消息說了出來。「妳煽動堂姊給人下毒，毒死了自己的堂弟，有人為妳揹了黑鍋。這件事若鬧出去，對妳沒有好處。」

劉燕臉上血色褪盡，驚恐地看著曹立業，嘴唇哆嗦著，半天都擠不出一句話。

曹立業心中了然，之前還以為是娟娘故意抹黑劉燕，逼他來退親，但此時從劉燕的反應，他知道是真有其事。這般惡毒的人若娶回去，會鬧得家宅不寧，因此他更加堅定決心。

「咱們沒有緣分，好聚好散吧，別鬧得太難看。」曹立業慶幸馬永才幹的醜事讓他有退親的藉口，更是試探出劉燕的品行，他今日來退親是對的。

劉燕慌了心神，不知道曹立業是從哪兒得知這件事。他鐵了心要退親，她哪敢不應啊？顧時安若知道那事和她有關，一定不會放過她的。

劉燕讓馬氏退親。

馬氏不樂意，可架不住劉燕態度堅決，以死相逼，只能憋著火氣，將庚帖還給曹立業。

曹立業得償所願，立即離開。

還沒來得及等馬氏盤問劉燕，她親娘和嫂子聞訊，已風塵僕僕地趕過來了。

第十二章

李氏是馬氏的大嫂，馬老太太是馬氏的娘。

馬老太太一進門，瞧見還躺在竹架板上的馬永才，立即撲倒在他身上嚎啕大哭。

「我的乖孫啊！你快醒醒，告訴奶奶，是誰把你害成這樣？奶奶給你討公道。」

「兒啊，我的兒啊——」李氏瞧見馬永才的慘樣，哭得撕心裂肺，抓著馬氏的領口質問。「我兒子好好交給妳，結果媳婦沒給他娶上，卻害得他差點兒被淹死。還把他擱地上，不給他換下一身濕衣裳，是想活活凍死他啊？哪有妳這樣做姑母的。妳的心怎麼這麼毒啊？」

馬氏還未從劉燕退親的打擊中回過神，就被李氏劈頭蓋臉一陣數落，肺都要氣炸了。她臉色難看，埋怨道：「他不敗壞名聲，也不會娶不著媳婦。我對他盡心盡力，他不幹醜事，怎麼會落到這個下場？還連累得燕兒給退了親。」

李氏被馬氏戳到痛處，心生怨恨。「才哥兒怎麼礙著劉燕的親事？她長那磕磣樣，誰看得上？妳別想往才哥兒頭上扣屎盆子！馬芳，我兒子若有個三長兩短，我讓妳沒好日子過！」

這番話往馬氏的心戳，氣得馬氏渾身發抖。

這時，馬老太太驚喜地喊道：「才哥兒！你醒了？」

馬永才是被馬老太太捶醒的，他身上裹著濕重的厚襖，整個人凍得僵硬，感覺自己快要不行了。他視線模糊地瞧見奶奶和娘，憎恨地說道：「奶奶給我報仇，是那個臭娘兒們廢了我的子孫根！」

這個消息宛如驚天噩耗，馬老太太被刺激得差點厥過去。

李氏雙腿一軟，幾乎站不穩，眼淚簌簌直流。「誰心腸歹毒地斷你的命根子，讓咱們馬家斷子絕孫？你告訴娘，娘給你報仇！」

「白薇，是村裡的白薇。」馬氏暫時擱下內部恩怨，將來龍去脈告訴她娘和大嫂。「結果白薇為了護住劉露，讓咱馬家斷絕香火。姪兒被害成個廢人，哪家姑娘願意嫁給他？白薇和劉露這兩人總得有一個人來償債。白薇是個厲害的，你們拿捏不住她，咱們讓劉露給姪兒做媳婦。她的性子軟弱，你們想怎麼洩恨都成。」

馬氏心裡恨啊！她費了很大的勁，才將曹家這門親事說成，就因為今日這事鬧得，這門親事結不成了。如果不是白薇多管閒事，哪裡會有這麼多糟心事兒？

原本馬永才能歡歡喜喜地娶劉露過門，她分得一半銀子，在鎮上買一棟宅子，再給她兒子劉昭娶個能幹的媳婦。結果，現在美夢全都泡湯了。

馬永才強娶劉露，娘和大嫂搓揉她，劉露生不如死，一定會痛恨白薇，因為是白薇害她守活寡，被人成天折磨。而白薇對劉露心懷愧疚，劉露想報復白薇不是輕而易舉？

「大嫂，讓才哥兒娶了劉露，妳再煽動劉露對付白薇，便能給才哥兒報仇！」馬氏是真的怕了白薇，這個女人太心狠手辣，她們鬥不過她。

李氏動了心。

馬老太太轉頭對劉燕叱道：「傻不愣登地杵著幹啥？還不快去叫妳弟回家給才哥兒換衣裳。」

劉燕沈浸在退親的巨大打擊中，沒有聽見馬老太太的話，她失魂落魄地回裡屋，砰地摔上門後，再也忍不住地趴在床上痛哭。

馬老太太破口大罵。「妳看看她這副模樣，活該給人退親！」又讓馬氏找個青年來替馬永才換完衣裳，餵下一碗薑湯，見馬永才臉色稍微恢復正常，馬老太太才咬著牙根罵道：「那兩個小娼婦害慘了才哥兒，不扒掉她們一層皮，我嚥不下這一口惡氣！」

「娘，咱們得打鐵趁熱！」馬氏連忙帶著她娘和大嫂去劉露家。

劉露送走劉郎中，看著白薇披頭散髮地走過來，觸及她臉頰上的抓痕，淚水瞬間落下。「薇薇姊！」她撲進白薇懷裡。「對不起，是我連累妳了！」

白薇無奈地嘆息。「不是妳的錯。方大娘的腰傷如何？」

劉露抽噎道：「劉郎中說扭傷了，要臥床靜養。」她記掛著馬永才那樁事，心神不寧地問道：「那、那個混蛋，他、他不會再來找咱們的麻煩吧？」

「不用擔心，馬氏之前不肯甘休，我給了她銀子，她才收手不再追究。如果她出爾反爾，卯足勁要往妳身上潑髒水，逼迫妳嫁給馬永才的話，妳嫁過去沒有好日子過，這一輩子沒有盼頭，與其被折磨得生不如死，不如和馬永才同歸於盡算了。」

劉露驚得瞠目結舌，握拳道：「我寧願死也不會嫁給他。」

「說啥傻話？我只是打個比方。馬氏那般精明的人，一定想得到這一點，不會攛掇她娘和大嫂逼迫妳嫁給馬永才的。若真的這麼幹，也是看中妳手裡的銀子。」說到這裡，白薇忍不住皺緊眉，擔憂起來。「馬氏為了得到妳手裡的銀子，攛掇馬永才占妳的清白，想強娶妳，她心腸這般惡毒，倒也像是能幹這種事情的人。就是希望她娘和大嫂不是糊塗的人，馬永才這樣的人，誰嫁給他都不會好。」

「那該怎麼辦？」劉露嚇得眼底浮上水霧，正好看見馬氏和馬老太太等人過來，臉色倏地蒼白，推白薇的手肘提醒她。

白薇哪會不知道劉露在提醒她什麼？她就是因為瞥見了馬老太太和李氏，這才故意說給她們聽的。「怕什麼？劉燕不是退親了嗎？這件事本來就是馬氏起的頭，劉燕和馬永才又是表兄妹，定會盡心盡力地照顧她表哥。我若是李氏，一定會挑選劉燕做媳婦。」

「賤人！妳再敢胡說八道，我撕爛妳的臭嘴！」馬氏七竅生煙。「我啥時候說過不追究？妳啥時候給了我銀子？」

白薇臉一沈。「妳這是收了銀子不打算認帳了？鄉鄰都看見了，大可請他們作證。」

李氏也有傲氣，劉露三番五次拒絕，她本不打算娶劉露做兒媳，是馬氏說劉露有豐厚的嫁妝，得有上千兩，她才心動的。因此白薇這麼一說，她半點都不懷疑。

馬氏居然見財起意被白薇給收買，不打算替她兒子討公道，她頓時火冒三丈！她憋著往上躥的火氣，揪著一個看熱鬧的婦人問：「白薇給馬氏銀子了？」

婦人連忙說道：「給啦！我們都親眼瞧見了。」

「馬芳！妳掉進錢眼裡了？那可是妳姪兒！」李氏怒罵馬氏。

「大嫂，妳別聽這賤人瞎說！」馬氏氣得渾身血液往頭頂躥上去，怒火沖天地指著白薇咒罵。「黑心爛肺的賤人，少在這兒滿嘴噴糞！我馬芳對天起誓，若拿了妳的銀子就天打雷劈！」

白薇嗤笑道：「妳不認帳也行，反正鄉鄰全都看見我掏了銀子。甭說妳帶著妳娘和大嫂上門來鬧，就是叫來縣太爺我們也不怕。劉燕在鄉鄰面前親口說了馬永才犯姦罪，到時候砍了馬永才的腦袋，也不用擔心妳們再算計我和劉露了。」

馬氏目眥盡裂，衝上前去，恨不得撕碎白薇洩憤。

李氏一聽這話，立即就炸了，劉燕這是把她兒子往死裡逼！她更快一步地衝上前撞倒馬氏，跨坐在她身上，雙手抓撓她的臉，一拳又一拳地砸下去，恨恨道：「我就知道妳們母女倆沒安好心，害得我兒子成了個廢人，還誣衊他犯姦罪！我告訴妳，妳害慘我兒子，就拿劉燕來償債！誰也別想過好日子！」

馬氏哀號一聲，兩個人瞬間扭打在一起。

馬老太太回過神來，乾叫一聲，衝上前勸架。

馬氏被打得淒慘萬分，臉上全是指甲劃過的抓痕，一道道血印看著觸目驚心。

李氏也沒有占上風，頭髮被抓散，鼻青臉腫。她的牙齒被打鬆了，往地上吐一口血沫，滿臉怨恨地剜馬氏一眼，對馬老太太道：「娘，我今兒把話撂在這裡了，明天就叫人用牛車拉劉燕回去，給我兒子做牛做馬。馬氏若不答應，我就將她幹的醜事全都抖出來！」李氏將這筆帳徹底算在馬氏頭上，恨不得她去死！

馬老太太看著李氏怒氣沖沖地離開，心裡急得不行，可又能怎麼辦？這件事的確是馬氏提起的，而馬永才又在馬氏這兒出事，偏偏她眼皮子淺，竟收了白薇的銀子。更可恨的是劉燕，居然承認馬永才犯姦罪，鄉鄰全都聽見了，她們還怎麼去鬧？除非不要馬永才的命啊！

馬氏氣哭了，對李氏又怨又恨。「娘，妳看看她，她存心和我作對，要斷了燕兒的幸福。」

「聽妳嫂子的吧，燕兒反正退親了，她還能嫁個好的？嫁進咱們馬家，我不會虧待她，只要她好好照顧才哥兒。」馬老太太整個人都蒼老許多，一顆心到底向著孫子。「妳不答應，妳大嫂會鬧得妳沒臉活。」

馬氏臉色煞白，怔怔地站在原地，隨即想起什麼，她迅速衝回家，看到桌子上有一個陌生的破舊錢袋子，連忙倒出來，掌心上只有一兩多銀子，這就是白薇口中給的銀錢。「殺千刀的賤人！」她憤怒地將銀子扔出門外，可想到事情已經成了定局，渾身的力氣彷彿被抽空般，瞬間癱坐在地上。

白薇早猜到馬氏一家不會輕易善罷甘休，才故意掏銀子給馬氏。

馬氏母女倆見錢眼開，這銀子到她們手裡，肯定不會給李氏的。所以她聽見馬老太太和李氏來了石屏村，便特地來尋劉露，才有了之前的那一幕。

如果不是劉燕起壞心，要將劉露推進火坑，她也不會做得這麼絕。

馬氏和劉燕是自作自受罷了！

這樁事解決掉，白薇心情很輕鬆。

「就這樣了嗎？」劉露有些呆愣，沒有想到憑著三言兩語便轉了風向。

白薇抿著唇，事情並沒有這麼簡單，人都是趨利避害的。李氏被她那番話嚇住了，是怕鬧到縣衙告馬永才姦罪，害馬永才丟了性命，心中清楚自己理虧，這才不敢折騰她們。而這件事是因為馬氏而起，所以李氏便將滿腔恨意轉向馬氏。

如果不是劉燕起壞心眼，為了拉劉露下水，說出那一番話，她也不能禍水東引，將這把火燒到馬氏身上。

白薇正準備開口，聽見謝玉琢喊她，便回頭望去。

謝玉琢喜氣洋洋地朝她小跑過來。「薇妹，我有大好的喜事告訴妳。」

白薇眼底含著笑。「啥好事？」能叫謝玉琢這般高興，應該算得上是一件大喜事。

謝玉琢瞥向一旁的劉露。

「她是我徒弟，今後跟著我學治玉。」白薇介紹劉露，讓他不必迴避。

劉露見過謝玉琢一次，不動聲色地退到白薇身後。

謝玉琢滿臉笑意，如沐春風。「薇妹啊，這兩天有不少玉器商找咱們，我特地篩選了可靠的合作。除了一些貴人需要妳親自動手，其他我打算雇幾個玉匠做。」他神色激動，之前兢兢業業地守住祖產，只求避免關門大吉，哪敢有暴富的奢望？可白薇點燃了他的鬥志，他要大幹一場！

劉露悄悄抬眼，看著謝玉琢眉飛色舞，描述著玉器鋪子的前景，一時聽得入神，倒也忘記害怕了。

白薇挑眉。「這就是你說的喜事？」

「嘿嘿嘿。」謝玉琢搓著手，又道：「有人花大價錢請妳親自雕白玉壺。」

玉壺歷來為文人雅士珍愛，蘊含著濃濃的文人情懷。小巧玲瓏，賞心悅目，可以擺在案頭供觀賞、把玩，也能斟茶品酒。

白薇蹙眉道：「我近半年不接單。」

「妳說啥？」謝玉琢的臉色瞬息萬變，恨鐵不成鋼。「妳才揚名，不乘機撈一筆，還想歇業在家不幹活？妳糟蹋的不是時間，是白花花的銀子啊！」

白薇沈默不語，示意謝玉琢進門說話。

謝玉琢快步跟進去，殷勤地拉開凳子，請白薇坐下。「妳別衝動，好好想一想。」

「段羅春讓我參加明年初夏的玉器大比，我想潛心雕刻一件玉器。」白薇有自己的打算，她目前需要的不是積累財富，而是找個靠山。

太守很看重玉器大比，她若是得勝，一定會令太守器重，必定會成為她的倚仗，且名聲更勝現在，所以她何必為了眼下的蠅頭小利而錯過大好的良機？

謝玉琢簡直不敢相信他所聽見的，還以為自己耳聾了。他用小指掏了掏耳朵，問：「妳再說一遍，妳要參加啥？」

「玉器大比。」

謝玉琢幾乎要翻桌了，恨不得抓著白薇的肩膀使勁搖晃，把她給晃醒了。

他來回疾走幾圈，待冷靜了下來後，這才好言相勸。「薇妹，妳聽哥一句勸，別參加這玉器大比。妳的雕工有目共睹，在咱們寶源府城是數一數二的，可咱們不能太自滿，得知道人外有人、天外有天啊！兩個玉礦開採出來的玉石，溫家和姜家就要雕廢兩成，妳知道這意味著什麼？」

「資質平庸。」

謝玉琢在心裡尖叫，真想一杯茶潑醒她。

偏偏劉露這時還端了一碗茶遞給他。

「……」謝玉琢接過碗，狠狠地瞪著白薇，猛地將一碗水灌進嘴裡，冷靜冷靜。「妳若輸了比賽就會跌進泥潭裡，咱們現在的合作會全都取消。就拿妳二叔的玉器鋪子來說，白玉煙被除名後，不少人就解約了，到時候咱們會步上他們的後塵。」謝玉琢不願白薇冒險。

「從哪裡跌倒再從哪兒爬起來。」白薇從來不怕失敗，只要不認輸，不屈服，有一技在手，早晚能出人頭地。

謝玉琢瞪她。

「總不會比之前的日子過得更苦吧？」她拍一拍謝玉琢的肩膀。「心態平和一些，說不定我贏了呢？」

謝玉琢見她一意孤行，像一頭倔驢般，他還能說什麼？他坐在白薇身旁，從袖子裡掏出一張宣紙，鄭重其事地放在白薇手中。「這個玉壺，妳給接了吧。今後回想當年，咱……咱也風光過。」

白薇翻白眼。「……」

謝玉琢按住心口，與白薇合作得有一顆強大的心臟。「我回去寫雇人告示。」

「等等。」

白薇給他兩千八百兩銀票，讓謝玉琢將鋪子翻修，剩餘的銀子找趙老爺採買玉石。

謝玉琢收下銀票，瞟了劉露一眼。

劉露受驚一般，連忙低垂腦袋。

「年後我就要。」謝玉琢擔心白薇不放在心上，給她透一個底。「喬縣令的千金要訂親，玉壺是要送給喬縣令做賀禮的，妳可不能馬虎。若得喬縣令喜愛，他這根粗大腿總比太守要牢靠。」

喬雅馨要與顧時安訂親了嗎？自從馮氏死後，顧時安一直沒有回石屏村。

謝玉琢若知道喬縣令根本是懸在頭頂上的一把刀，他會如何？

白薇望著謝玉琢離開的背影，心想，姑且讓他過個好年吧！

天色擦黑，白薇告辭回家。

走幾步，便看見沈遇站在前方，身形筆挺，宛如矗立高嶺之上的蒼松，氣勢巍峨。

白薇將散落在胸前的青絲攏到背後，站在他面前。「走吧。」

沈遇沒有動，目光沈沈地望著她臉上的傷痕，伸出手掌。

他的掌心上躺著一根銀簪，白薇的神情略有些詫異。

「我洗乾淨了。」沈遇低聲道。

白薇仰頭望向他，一時間不知該說什麼。

沈遇微微低首，眼神幽邃地注視她。「不髒了。」

低沈醇厚的嗓音彷彿裹挾著溫熱的氣息，在她耳邊瀰漫開。明明再尋常不過的一句話，卻令她的耳朵莫名一熱。「謝謝。」白薇拿過銀簪，隨意綰一個髮髻，用銀簪子固定。

沈遇見她鬢角有一綹髮絲沒有挽上去，手指微微一動，指著自己的鬢邊。「這裡。」

白薇摸到一綹頭髮，她拔下銀簪子，重新綰髮。

結果她頸後又落下一綹髮絲，沈遇沈默片刻，站在她身後，拿起那綹髮放在她手中。

白薇碰到他的手，微微一愣，然後若無其事地將頭髮綰好。

兩個人離得很近，他的動作稍顯親暱。白薇垂眼看著地上，他寬大的身影將她的影子完全覆蓋住，那一種隱隱的侵略感，讓她有些不自在。

沈遇看一眼自己的手指，她那一雙靈動狡黠的眼睛，四處轉動亂瞟，並不如她表現得這般鎮定。拇指刮過被她觸碰過的地方，那一觸即離的柔軟細膩彷彿還殘留在指尖。

沈遇的眼神微微一暗。「回家清理一下傷口，再塗抹傷藥。」

白薇點了點頭，心裡很不淡定。他可是沈遇啊，那個一碰他就跳起來、和異性涇渭分明的沈遇啊！上次摸她腦袋可以說是作為長輩的安慰她，這次怎麼說？

兩個人並肩往家裡走，她踩著自己的影子，看著另一道比她拉長許多的影子，忽然覺得沈遇對她似乎太好了。顯然這份好，已經超越大哥好友的身分。

她眼角餘光瞥向沈遇，忍不住想：他是代入丈夫角色了嗎？他難道喜歡我？

這一個念頭在白薇回家洗臉，望著巴掌大的銅鏡，看到自己黑黃的皮膚時，徹底打消了。

突然意識到，她穿越過來後就一直忙於發家，疏於打理自己，活得太粗糙了。塗好藥後，她溜到廚房裡，讓江氏將淘洗第二遍的洗米水留下來，她要用來洗臉美白。

江氏忍不住看白薇好幾眼。「怎麼突然愛俏了？」臉上流露出慈母的笑容。「打扮給阿遇看？」

白薇就是覺得女人得活得精緻一點罷了，被江氏這般一說卻莫名有些心虛是什麼鬼？

「他一個老男人懂得欣賞嗎？」再說了，打扮就一定是給男人看？

「大一點有啥不好？會疼人。」江氏白了她一眼。

白薇憋了半天，擠不出一句反駁的話。沈遇是挺會照顧人的。

她岔開話題道：「娘，快要過年了，大家得置辦年貨。咱們明天去鎮上買黃豆，自己煮豆腐，炸豆腐丸子賣吧！」再做一些釀豆腐、滷豆腐。種類多，又都很新鮮，應該好賣。

白薇打算先積攢人氣，等鋪子開張後便能將客人引過去。

至於劉露的親事，白薇暫時沒問江氏，打算先探一探白孟的口風。

江氏應下。

第二日，白薇與江氏約好去鎮上。

江氏卻臨時推說有事，讓沈遇與白薇一起去。

白薇被江氏推出門，與沈遇大眼瞪小眼，一同去鎮上。

她直接去集市，察看鋪子。鋪子打掃得挺乾淨的，還有少許家具，不用裝修，只管在門口擺一張桌子，就能夠賣豆腐。

「走吧，咱們去買豆子。」白薇提著竹簍。

沈遇將門鎖上，兩人去隔壁糧油鋪子買了幾十斤黃豆。

不遠處，劉娟緊緊盯著白薇，又嫉妒、又痛恨又有一點心虛。白薇租賃下一間鋪子，買黃豆做豆腐嗎？然後做炸豆腐丸子賣？她憑著這個方子討得曹母歡心，又讓曹立業愛上她，為了她與劉燕退親。若白薇也炸豆腐丸子賣，會不會搶生意？

「娟娘，貨送完了，咱們回去吧。」曹立業眼底含情，輕聲喚劉娟。

劉娟心裡一緊，落寞地說道：「曹大哥，你已經退親，打算啥時候娶我過門？我已經十七，等不起了。」

曹立業輕聲說道：「娘說我剛剛退親，若鋪張娶妳，別人會說閒話。妳沒有雙親在世，打算自家做一頓飯吃，我倆喝一杯合巹酒就算是成親了。」

劉娟攥緊手指，她幫曹家賺了那麼多銀子，他們就這般輕賤她！但她卻滿面嬌羞，善解人意地道：「只要能嫁給你，我就很開心了，不在意排場。」

曹立業聞言越發憐惜她，兩人濃情密意地往家裡走去。

劉娟轉頭望向白薇，不屑地想著：曹家豆腐鋪子在鎮上是出了名的，且我們先做出了炸豆腐丸子賣，口碑挺不錯的，就算白薇做出來了又能如何？難道還能把生意搶回去？

白薇買齊食材回家，將黃豆泡一晚，天濛濛亮就起床了。

沈遇躺在地上，聽見床上窸窸窣窣的聲音，他睜開眼睛，白薇已穿好衣裳下床。他掀開被子起身，問：「磨豆子去？」

「嗯，明天得拿去鎮上賣。」白薇點燃油燈，將長髮梳成一個馬尾，綁成辮子，方便幹活。「起得晚了，活幹不完。」

「別喊醒伯母，我幫妳磨。」沈遇抓起擱在凳子上的衣裳穿上。

兩人去廚房打水漱洗，白薇將昨晚包好的餃子下鍋煮好，一起吃完便幹活。

沈遇將借來的石磨搬去院子裡，白薇提著一桶泡發的黃豆出來。一個人往石磨裡放豆子，一個轉石磨。

江氏在窗戶看見院子的情況，滿臉笑意，推醒一旁的白老爹。「孩兒他爹，你看那小倆口。」

白啟複坐起身往外一看。

白薇正拿著帕子給沈遇擦汗，沈遇說了一句話，她手指沾著豆汁就往他臉上抹去。沈遇板著臉，眉心緊皺，看著白薇笑彎的燦爛眉眼，默默抹去臉上的豆汁，低頭繼續磨豆子。

「我先前瞧著兩人平時都不搭話，還暗自著急呢！」江氏一顆心徹底放下去了。「阿遇啥都好，就是太悶了。」轉而又嫌棄白薇太主動了，沒有女孩子的矜持。

白啟複笑呵呵地道：「丫頭這樣挺好的。」他動了動越來越有勁的手臂。「等手養好了，差不多可以抱外孫。」

江氏白了他一眼，幻想著白白嫩嫩的小麵團，自己也忍不住偷著樂。

實際上的情況是——

白薇看見沈遇額頭上有汗水滴落下來，擔心掉在石磨上，因此快速地掏出帕子將他鼻尖的汗漬擦掉。

沈遇的動作一滯，他看一眼四周，見無人發現，便板著臉，嚴肅地道：「妳舉止不能太輕佻。」被人看見了，傳出閒話，她今後還如何嫁人？任憑他們解釋是清白的，也沒有人會相信。

白薇見他一本正經，他對她動手動腳不止一次了，現在竟反過來說她輕佻？於是鬼使神差地用手指塗抹豆汁點在他臉上。

沈遇呆怔地看向白薇，十分意外，嚴肅的面容幾乎繃不住。

白薇見他難得傻眼了，樂不可支。

沈遇望著她一雙眼睛彷彿冬日融化的一汪春水，鑲嵌在清秀明麗的面容上，透著雨後晴空的潔淨靈秀，讓人能一眼看進她的心底，沒有任何雜質與污濁。他一時恍惚，斂目，淡然地擦去豆汁，悶頭轉動石磨。

「你生氣了？」白薇原以為他會訓斥一番的。「我……」

沈遇抬眼看向她，那一雙如寒星般的眼眸，被晨曦染上一層柔和的光，增添了少許的溫度，深邃明燦至極，令她心口驀地一跳。晶亮的汗水從他稜角分明的臉龐線條滴落，她彷彿被燙著了一般，急急收回視線，捧著一把豆子放進石磨裡。

沈遇睨她一眼，看見白薇低垂的面龐微微透出一絲暈紅。這個無論遇見什麼事情都淡然處之、無所畏懼的少女，行事作風透著一股狠勁，可這一刻，卻在他的面前露出羞澀的神情。他突然意識到，她再小，翻年後便十八歲，與她同齡的人許多都已經做了母親。

不能再將她當作小姑娘看待了。

白薇注意到他的打量，愣愣地摸著自己的臉頰。「我臉上沾了豆汁嗎？」

「沒有。」

白薇的嘴角微微上揚。「我比之前白了一點？」她用淘米水洗臉後，照鏡子發現是白了一點。

淡薄晨光籠罩在她身上，映照著她的笑容燦若夏花，宛如清泉的眼睛一瞬也不瞬地望著他，似乎暗含期盼地等他點頭。沈遇緩緩收回視線，波瀾不驚地道：「沒細看。」

「……」白薇差點將手裡的一把豆子扔他臉上。

之後，白薇再沒有理沈遇。

做好豆腐後，白薇留一部分做成豆乾，一些水豆腐炸丸子，剩下的切好大小，給江氏炸油豆腐。

她調好滷汁，用來做五香滷豆乾。滷汁熬得越久，氣味越香醇。

滷汁煮好後，白薇並不急著煮豆乾。她拿起炸好的、四四方方的油豆腐，將其中一面劃開一道口子，挖空裡面的豆腐心，裝在盆子裡備用。

第二天三更天，白薇爬起來將糯米浸泡，又倒在床上睡到四更天。

瀝乾糯米後，她將胡蘿蔔和木耳、豬肉剁碎，將糯米依次放入鍋中加調味料炒餡，再用勺子將糯米餡裝進油豆腐裡面，成了一個個鼓鼓囊囊的小胖團子。

白薇蒸了十來個鑲豆腐，其餘都裝進籮筐裡，連同滷汁和小爐灶，一同拉到鎮上。

打開鋪子門，車伕和江氏抬著爐灶放進鋪子裡，白薇將東西全都搬進來。與江氏把兩張四方桌拼湊，正好堵在門口，三個簸箕擺在桌面上，分別放豆乾、炸豆腐丸子、鑲豆腐。

江氏心裡既緊張又激動，別人賣的東西五花八門，她們賣的很尋常，不禁擔憂地問道：「薇薇，咱們能賣出去嗎？」鋪子裡賣的種類繁多，大多都是精品貨。賣小吃的基本上都是隨便擺個攤，客人往跟前過，興許還會買，可她們的鋪子離擺攤的地方有一點距離，客人哪會特地上鋪子買她們的豆腐？「要不，娘挑一擔去街邊擺攤？」

白薇將爐子生火，抬一鍋滷汁放在爐子上。「娘，酒香不怕巷子深，妳別心急。」越是家常新鮮的東西其實越好賣，只要手藝好，不愁做不成生意。

江氏頭一回做生意，面皮薄，吆喝不出聲。

客人來來往往地經過鋪子門前，倒有人看上幾眼，卻無人問津。難得有人問鑲豆腐，覺得很新奇，一聽說要五文錢一個，頭也不回地走了。

開張大半天，只賣出一份炸豆腐丸子，兩份滷豆乾，江氏心裡暗暗著急。

劉娟站在對面，見白薇的鋪子門前冷清，半天只做成幾單生意，快要笑掉大牙。劉娟將一顆心放回肚子裡，是她高看了白薇。

不過白薇新做的兩樣東西，劉娟倒是很感興趣，若是放在曹家豆腐作坊裡賣，一定會賣得很好吧？心裡盤算怎麼將方子弄到手。

劉娟看著江氏想要招攬客人，又抹不開臉，冷笑一聲。等白薇的鋪子倒閉了，她再託人設法把方子弄到手。這樣一想，劉娟便得意揚揚地離開。

白薇並不知道劉娟在暗中盯梢，滷汁沸了後，她將豆乾放進去，慢慢地攪動滷汁，頓時飄香四溢。

行人遠遠聞到一股濃厚的滷汁香味，循香望來。發現香味是從一間新開的鋪子傳出來的，不禁好奇地走過來。

「東家，妳鍋裡煮的是啥東西？怎麼那麼香？」

不一會兒、鋪子門前圍著三三兩兩的人。

江氏愣住了，無措地看向白薇。

白薇笑道：「五香滷豆乾，你們可要嚐一嚐？」

她拿出一個盤子，上面放著切成小塊的滷豆乾，旁邊放著細小的竹籤。

客人看著豆乾色澤誘人，香氣撲鼻，令人垂涎欲滴。

拿著竹籤戳一塊放入口中，鹹香美味。

客人眼睛一亮，他們還沒有吃過滷豆乾，覺得挺新鮮的，問了價錢，六文錢半斤。

一人來半斤，做好的滷豆乾一下子就賣完了。
鋪子生意好而被吸引來的客人，瞧見沒有滷豆乾，很失望。
白薇說道：「鑲豆腐也挺好吃的，裡面有肉和胡蘿蔔、木耳，量很足，價錢公道，買回家蒸熟就可以端上桌做一碗菜。」
「東家，可以嚐嚐嗎？賣得那麼貴，如果不好吃，不是白白浪費銀子？」
白薇笑道：「我是做長久生意的，不好吃的不會拿出來賣，斷了自家的生意。這一次買了，覺得好吃的話下回再來，我送一份滷豆乾。」
有人一聽心動了，這鑲豆腐沒有見過，裡面的餡料的確很多，五文錢也不貴，便買了四個，打算回家嚐一嚐，好吃的話，下一次還能賺一份滷豆乾呢！
有的人嫌貴了，便看向一旁的炸豆腐丸子。
「咦？這炸豆腐丸子，不就是曹家豆腐作坊賣的嗎？」
聽人這麼一說，眾人定睛一看，的確是一模一樣。
偷師！頓時，看著白薇的眼神變了。
白薇彷彿不知道他們心中所想，用勺子舀一顆丸子放入小碟中。「這是我家祖傳的獨門秘方，保管你們沒有吃過。價錢是這裡面最高的，六文錢一個。」
她的話引來一陣譁然。小小的一顆豆腐丸子，竟要六文錢一個？
「妳怎麼不去搶？就算是一個肉丸子，也要不了六文錢一個。曹家豆腐作坊的炸豆腐丸子，十五文錢就有一斤。」

「我看妳乾脆關門得了。偷學來的方子，也有臉說是祖傳的。」

「走走走，咱們要買去曹家豆腐作坊買。他家的豆腐丸子裡面的豬肉很足，吃著嘴裡流油，還便宜。」

瞬間，走了好幾個人。

買了鑲豆腐和滷豆乾的人，倒想看看這是啥神仙丸子？

江氏急得眼圈發紅，她除了炸油豆腐，其餘都沒有沾手，全都是白薇一個人關在廚房裡做。眼見有客源，還沒來得及高興，哪裡知道卻遇見這樣的事。

白薇做的炸豆腐丸子她吃過，賣不了這個價，比豬肉都貴。

「薇薇……」這可咋辦啊？

白薇將丸子遞給嚐過滷豆乾的客人，並不急著解釋偷師一事。「我說的話大家不會信，您嚐一嚐，再給個公道話。」

婦人接過去，放入口中輕輕咬開酥脆的外皮，臉色驟然一變。

眾人緊盯著婦人，催促道：「怎麼樣？是不是和曹家豆腐作坊的一樣？」

婦人沒有說話，口腔裡被濃郁鮮香的雞汁占據了，嫩滑的豆腐與魚肉滑溜地順著咽喉入胃，她都來不及細品其中的滋味，只有唇齒間還留著香濃馥郁的雞汁，又並未掩蓋豆腐與魚肉的清香，令人意猶未盡。得多靈巧的心思，才能做出這份美味？

曹家豆腐作坊的豆腐丸子？哼！她吃過一遍就會做。

「給我包三十個。」婦人打算多買些，給家中的乖孫孫吃。

白薇笑瞇了眼，俐落地包好，還送了她兩個。

婦人結了一百八十文錢。

眾人懵了，看不懂婦人的豪爽做派，抓心撓肺地問：「這個丸子當真值這個錢？和曹家豆腐作坊的不一樣嗎？」

婦人拎著一包丸子裝進籃子裡。「這是我吃過最好吃的豆腐丸子。」然後喜孜孜地回家。

眾人半信半疑，動一動鼻子，聞到雞肉香呢！一顆心蠢蠢欲動，可這萬一是店家找來演的呢？

江氏心裡也這樣想，覺得白薇有做生意的頭腦。可不好吃的話，她昧著良心賣這麼貴，當心鋪子給人砸了。「薇薇……」

「娘，這是我新研製的。」白薇將那道簡易的炸豆腐肉丸子給了劉娟後，她就沒打算再用，就算劉娟幫助曹立業大賺一筆，她也能將生意搶過來。

「東家，我買一個。」糾結半天，終究敗在好奇心上。他拋給白薇六文錢，迫不及待地拿一個放入口中，然後與那婦人一般，要了三十個。

炸豆腐丸子不多，只有兩百個。

後來者不明就裡，一聽好吃立即讓白薇打包。

一會兒的工夫，炸豆腐丸子全都賣完了。

剩下的鑲豆腐，被聽到好口碑而跟過來的客人掃蕩一空。

白薇心情愉快，看來無論在哪個時代，極少有人能抵抗美食的誘惑啊！

她將簸箕疊起來，擱在架子上，與江氏一起將擺在門口的桌子搬進來。

江氏連忙問：「這豆腐丸子是怎麼回事？」

「我取最嫩的豆腐花攪碎，再將魚肉剔除刺後剁碎加澱粉，以濃雞湯浸泡魚肉糜，如此能吸入少許的湯汁，最後裹一層麵粉炸。咬開酥脆的外皮，嫩滑的魚肉和豆腐腦隨著雞汁入喉，很適合老人與小孩子食用。」白薇為這道丸子費了不少的心思，靈感來自王太守八寶豆腐。「我們要做生意掙錢，自然得賣好吃又難做的。之前我炸的豆腐丸子，別人吃過幾回就會做了，鑲豆腐也是一樣，賣久了生意會大不如前。」

江氏鬆了一口氣。數一數，掙了好幾兩銀子。

江氏吃了定心丸，這間鋪子雖然掙的是小錢，不能和白薇的正經事業相比，但是對白離來說卻足夠了。

接下來幾天，白薇手把手地教江氏做，只不過退居幕後，甩手給江氏賣。

江氏從最開始的拘謹、放不開，到最後得心應手。

白薇估算日子，再跟兩天，便不來鋪子了。

對於參賽的作品，她仍然沒有靈感。至於謝玉琢拜託她的玉壺，她另有其他打算。

曹家豆腐作坊。

曹柳氏將最後一板水豆腐賣完，炸好的豆腐丸子只賣出少許，大部分全都堆著。之前供不應求，這幾日買的人卻一天比一天少，難道是吃膩了？

曹立業挑一擔籮筐回來。

「立兒，賣完了嗎？」曹母掀開布巾，水豆腐還剩下幾塊，炸豆腐丸子基本上沒有賣出去多少。「怎麼回事？平常趕集用不了多久就全賣光，今兒怎麼就賣不出去？」

「娘，新開了一家白氏點心鋪子，她家也有炸豆腐丸子。我瞧著和咱們家一樣，但是許多老主顧都上她家買，我託人買了兩個嚐，確實比咱們的好吃。許多人都說咱們的炸豆腐肉丸子吃膩味，比起白家的差遠了。咱們家的生意可能就是被白家搶去了。」曹立業找到了癥結。

曹母的臉色頓時一變。「他們和咱們一樣的？」

「她家將豬肉換成魚肉。」曹立業認為都差不多，只不過換了餡料，魚肉的確比豬肉好吃。他疑惑地問道：「娘，咱們的方子給人偷了嗎？之前有客人說過，我沒有放在心上。」

「阿業，你回來啦？」劉娟穿著簇新的細布棉衣，鮮紅的顏色襯得她白嫩的皮膚似水豆腐一般，能掐出水來。「我們去珍寶閣取玉簪子吧。」這簪子是給她的聘禮，如願嫁進曹家，劉娟心情很好。白薇開的鋪子她每天下午過去，瞧著都是關著門，只怕已經倒閉了。

曹母眼一橫，凶光畢露。「敗家娘兒們，成天就知道買買買！家裡生意一落千丈，妳沒有瞧見嗎？瞎了眼的東西！是不是妳把方子賣給白氏點心鋪子換錢了？」

曹母瞧見街坊鄰居望來，擰著劉娟的耳朵，連拖帶拽地將她拉進屋。

劉娟心中震驚，面上帶著錯愕和茫然。

曹母怒火上湧，一腳將劉娟踹倒在地上，用力揪扯她的耳朵，怒罵道：「給我知道妳是個吃裡扒外的賤東西，老娘扒了妳的皮！」

「啊——」劉娟的耳朵火辣辣的痛，曹母使了狠勁，恨不得將她的耳朵撕下來，痛得劉娟的眼淚豆大地掉出來。「娘，我沒有！我不敢這麼做！」從曹母的隻言片語中，劉娟猜出是白薇搶走了曹家的生意。可白薇的鋪子不是倒閉了嗎？劉娟極憎恨白薇，這個賤人就是她命裡的剋星！她帶著哭腔喊道：「娘，我嫁進曹家，生是曹家的人，死是曹家的鬼，哪裡會幫著外人對付自家？」

曹母想一想，是這個道理，臉色卻依然難看。「白氏點心鋪子敢偷學咱們的炸豆腐丸子，我要給他們一點顏色瞧瞧。」說著就往外走，要找白薇算帳去。

劉娟嚇得心臟猛地一跳，若去找白薇對質，她的身分便藏不住了。

「娘，他們換了配方，咱們去鬧也得不到好處，反而會敗壞咱家的名聲。」曹立業攔住曹母。

劉娟心瞬間落回肚子裡。

曹母心有不甘，對劉娟道：「妳說妳家祖上是廚師，手裡有幾張秘方，如今炸豆腐肉丸的生意給人搶走了，妳將剩下的幾道秘方拿出來。白氏點心鋪子再敢偷學，老娘砸了她的鋪子！」

劉娟臉色煞白，差點昏厥過去，她現在哪裡拿得出來？她原想等白薇的鋪子倒閉後，再設法將方子弄到手的，如今白薇不但沒有關門，生意反而很好，甚至還搶走了曹家的生意。

「娘，我把方子藏在之前住的地方，忘記拿回來，我現在就去拿。」劉娟爬起來，腿隱隱作痛，一瘸一拐地離開。

「你說你怎麼娶個這樣的玩意兒？成天打扮得花枝招展，一看就不是安分的主！」曹母厭惡地說道：「秘方擱在之前的住處，防誰呢？」

曹立業沈默不語。他娘提方子時，劉娟的神情不對。

「她和咱們不是一條心的，你可不能傻乎乎地被她哄得團團轉，對她掏心掏肺。」曹母越想越心氣難平。「她回來之後，你問她祖籍在何處？你倆已經成親，年前該給你岳丈、岳母上墳。」

曹立業詫異地看向曹母。

曹母冷哼一聲。「你還有婚約在身，她便不顧女子清白地和你攪和在一起，正經的良家女哪會這麼做？」越想，曹母心裡越起疑。之前是因為有炸豆腐丸子的方子迷住了眼，她才忘記深究劉娟的身世。那道炸豆腐丸子的秘方洩漏，成了扎在曹母心口的一根刺。

「兒子知道了。」曹立業抿了抿唇，很順從曹母。

劉娟並不知道母子倆之間的談話。

站在白氏點心鋪子對面的巷子裡，陰影籠罩在她身上，透著一股森然的氣息。

她憤恨地看著生意極佳的白氏點心鋪子，分明開張那一日還無人問津，不知白薇使了什麼手段，鋪子的生意突然變得這麼好。

劉娟摸著依然火辣辣的耳朵，看著白薇和江氏在鋪子裡忙得腳不沾地，轉身鑽進一旁的醫館，打算買一包砒霜，尋機會下進白薇做的食物裡。

「劉小姐，我們小姐請妳去茶館敘舊。」於晴擋在劉娟的面前。

劉娟認出她是白玉煙身邊的丫鬟，心底疑惑白玉煙請她敘什麼舊？繼而記起白薇與白玉煙不和，她便跟著於晴去茶館走一趟。

白玉煙坐在二樓雅間，親自給劉娟斟茶。「娟姊姊，咱們許久不見。當年我倆關係不錯，我搬來鎮上後漸漸疏遠，現在妳見到我都生疏了。」

劉娟記起小時候的事情，心情放鬆不少，坐在白玉煙對面。「妳突然成了有錢人家的小姐，都是和富貴人打交道，哪裡瞧得起我們這些窮酸小人？」

「娟姊姊少挖苦我，妳如今不也成了少奶奶？」白玉煙高捧劉娟一句，然後又嘆道：「妳命裡帶貴，不論那些小人如何搗亂，讓妳進不了趙家的門，妳也嫁進了曹家享福，馮嬸兒若瞧見了，一定會替妳高興的。」

劉娟雙手緊緊捧著茶杯，僵硬地說道：「妳清楚我的動向，一定知道我在曹家的處境，何必取笑我呢？」她咬牙含恨道：「如果不是白薇那賤人……」

白玉煙打斷她的話。「我那個大姊姊的確可恨，害得妳家破人亡，如今更是搶走妳夫家的生意。妳退了白孟的親事，她這麼針對妳算是情有可原。我是她的親妹妹，她卻在縣裡的選寶大會讓我丟盡臉面，把我踩在泥濘裡。家裡的玉器鋪子生意一落千丈，而她搶走我魁首的頭銜後，竟還幫扶我家競爭對手日進斗金。」話說到這裡，白玉煙頗有些同仇敵愾。「她雕刻一件玉器，能賣出上千兩銀子。一間小點心鋪子，撐死不過幾兩銀子，能入她的眼嗎？何必與妳過不去？婚姻嫁娶全憑爹娘作主，妳也等了白孟幾年，這事不能全怪在妳頭上。」

劉娟臉色驟變，白薇這是存心不給她活路！她萬萬想不到白薇有這等本事，心中更是嫉恨不已，惱恨老天不公平！

「妳找我幹什麼？」劉娟不傻，白玉煙說到這個分上了，就不是敘舊這般簡單。

白玉煙看向於晴。

於晴拿出五十兩銀票，放在劉娟面前。

「妳這是什麼意思？」劉娟絞緊手指，心裡不安。

「妳心裡恨我大姊姊，壞她點心鋪子的生意，她根本不會放在心上。我若是妳的話，必定會從根源上動手，斷了她的前程。」白玉煙摸著自己的手臂，狀似不經意地說道：「我大伯的手斷了之後，家中便窮困潦倒，是大姊姊突然出息了，日子才漸漸好過起來。原來沒有銀子治手的，如今都開始治手了，也不知道這手還能不能治好？」

劉娟之前懵懵懂懂的，不知道怎麼斷了白薇的前程，聽了白玉煙後面的話，忽而醍醐灌頂。她如果找人斷了白薇的手呢？白薇不能治玉，也不能做點心，鋪子自然開不下去。

這個念頭一起，心裡倏地火熱。

白玉煙見劉娟領悟，眼中閃過隱晦的笑，起身準備離開。

「妳既然恨她，為何不對付她？」劉娟突然問道。

白玉煙嘆息一聲。「我對親人下不了手。」然後看向劉娟道：「當年咱倆情同姊妹，如今更是同病相憐，我不想妳走上不歸路，所以才出手拉妳一把。之前的話只是說說而已，妳可不能放在心上。這五十兩妳拿著，用作防身。」瞬間就把自己給撇清關係。

劉娟見識過白玉煙的手段，白玉煙若真要對付白薇的話，何必找上她？神不知、鬼不覺就能下毒手了。

「妳婆母不是和善的人，妳若不想和曹立業過日子，便拿這銀子去南湖街。那兒有一條老胡同，二十八號住著幾個跑江湖的人，拳腳功夫頗厲害，能帶妳逃出寶源府城。」白玉煙憐憫地看了劉娟一眼。「我只能幫妳到這裡了。」

劉娟對白玉煙心存感激，她不想離開曹家，如今手裡有五十兩銀子，她可以將白薇這隱患解決了，再用剩下的銀子買一張菜譜回去交差。

她心思一動，立即去南湖街的老胡同找那一夥跑江湖的人。

白氏點心鋪子。

還剩下最後幾份滷豆乾，白薇開始收拾。明天之後，她不會再跟來了。

段羅春弄來了一塊好石頭，請她過去看，興許能從中得到靈感。

江氏捶著累得發疼的腰椎，和藹道：「待會兒咱們買幾隻雞回家，再買一些蘑菇，娘殺一隻雞，燉蘑菇給妳補一補。」平時殺雞熬湯，全都用來炸丸子了。

「好啊！」白薇提議道：「買口蘑菇。」

口蘑菇貴，放在平常江氏捨不得買。看著白薇額頭上的細汗，她滿口應下，尋思著再買一隻白薇愛吃的燒鴨。

砰的一聲，幾個氣勢洶洶的壯漢走來，一腳將擺在門口的桌子踹倒在地上。

「妳倆誰是東家？我家老母吃了妳們賣的炸豆腐丸子後，鬧肚子下不了床，今兒個不給個說法，砸了妳們家的鋪子！」身材魁梧、滿臉鬍子的大漢，抬腳將另一張桌子也踹倒。

簸箕掉在地上，豆乾撒了一地。

另外三個人不如大漢挺拔壯實，卻也生得虎背熊腰，手裡掄著長木棒。

白薇的臉色猛地一沈，這分明是故意找碴的！

「這位客官，你娘吃了我們鋪子賣的丸子鬧肚子，我們會請郎中診斷，再一起商量後續。」江氏看著幾個人凶神惡煞的模樣，心裡發怵，但仍擋在白薇面前。「我們鋪子賣的東西很乾淨，沒有出過問題，若真的出問題也不會推託，我、我們有話好好說。」

「臭娘兒們，賣些禍害人的東西，還敢說老子冤枉妳！」鬍子大漢橫眉怒目，掄起棍子抽向江氏。

「啊——」江氏嚇得閉上眼睛。

白薇眼疾手快，抓住木棍子，一把奪過來，俐落地敲擊鬍子大漢的腦門。

另外三個人圍攻江氏，有人從腰後抽出一把鋒利的長刀，朝江氏砍下去。

「娘！」

白薇憤怒地一腳踹倒鬍子大漢，扣住那人持刀的手。還未將人摔倒在地，一把閃著寒光的匕首又刺向她的手腕。

鋪子外的人尖叫著，有膽小的甚至閉上了眼睛。

白薇若是避開匕首，長刀會砍在江氏的脖子上；不避開，右手腕便要生生受下這一刀。身後還有兩個虎視眈眈的人，舉著長刀揮向她的左手。

雙拳難敵四手，何況他們手裡都握有利器。白薇赤手空拳，還要護住江氏，更受掣肘。

白薇緊緊咬住牙關，用盡蠻力將大漢用力一拽，往刺向她手腕的人倒去。

劉四被大漢一撞，匕首在白薇的右手腕劃破一道血痕，鮮血噴湧而出。

張松的長刀眼見要砍進白薇的左手肘時，一道黑色的人影疾衝而至，帶著凌厲的勁風，一腳踢向張松的腦袋，張松轟然倒在地上，暈死過去。

第十三章

沈遇腳尖勾著長刀一拋，握在手中。攻勢凌厲，殺招凶猛，擺明了要置剩下的幾人於死地。

幾個人不過是會一些三腳貓功夫罷了，勝在一身力大如牛。如今碰著沈遇這麼個練家子，根本毫無還擊的能力。

沈遇的長刀貫穿劉四的肩胛。

剩餘的兩個人嚇得兩股發抖，跪在地上求饒。「好漢饒命，我、我們是拿人錢財，替人消災。」

沈遇雙目如鷹，面色似鐵，氣勢沈穩如山，充滿懾人的氣息。他冷戾一笑，拔出長刀走向兩人，鮮血順著刀刃滴落在地上。

兩個人面如土色，如一灘爛泥般癱在地上，顫顫發抖。

白薇拉住沈遇的手，他一雙布滿寒霜的眼睛望來，她說道：「不該髒了你的手。」她看著自己流滿鮮血的手，眼中閃過狠戾之色。「而且我留下他們有用處。」

沈遇的目光凝在她受傷的手腕上，在她鬆開手時，鮮血又開始往外滲出。他目光一暗，終是將長刀往地上一擲，剩下的交給白薇。

白薇繼續壓住傷口，掃了幾個人一眼。「誰指使你們來對付我？」

大漢與大鬍子面面相覷。

白薇又問道：「對方出了多少銀子？」

大鬍子這回答得很快。「二十兩。」

「殺我？」

「廢、廢妳的雙手。」

白薇冷笑一聲。

大鬍子脖子一縮。

「我給你們二十兩，你們卸了對方雙臂。」白薇睨一眼靠著牆壁、滑坐在地上的劉四。「他扣留在我這裡，等你們完事了再找我領銀子。別想著逃跑，」她指著沈遇。「我會讓他盯著你們。」

大鬍子懼怕沈遇這尊煞神，腦子裡剛剛冒出的逃跑念頭瞬間煙消雲散。他艱難地吞嚥一口唾沫，問：「妳、妳會放了我們？」

「當然。冤有頭，債有主，你們只是替別人辦事而已。」白薇睨一眼止住鮮血的手腕，嘴角牽出一抹笑。「我還是很講道理的。」

這抹笑容卻更令大鬍子和大漢心驚膽顫。

白薇笑道：「我等你們的好消息。」

大漢和大鬍子立即拖著被踢暈的張松離開。

江氏沒有見過這等陣仗，呆滯地坐在地上。

白薇將她攙扶起來。

江氏看到白薇受傷的手腕，眼淚簌簌地往下流。「薇薇，妳的手受傷了，咱們趕緊去醫館找郎中包紮。這些人實在太可恨，青天白日就敢上門行凶，還有沒有王法！」一面又在心裡埋怨自己沒有用，連累白薇受傷。

「娘，妳別擔心。我不會放過他們的，會送他們到該去的地方。」白薇心中盤算著，等他們來領銀子的時候，就讓沈遇將人給抓起來。她讓那幾個人卸了買兇人的雙臂，似乎不能將他們扭送衙門。

江氏恨恨道：「就該抓起來下大牢，免得今後再害人。」回想之前的那一幕，江氏還心有餘悸，如果不是沈遇出現及時，後果不堪設想。

劉四摀住傷口，鮮血染紅了衣裳，他臉色慘白，又驚又怒。「妳……妳騙人。」

白薇冷笑一聲。「難道你們也講道義？」

劉四噎住，又氣又急，偏偏知道白薇的打算，也只能眼睜睜地看著夥伴自投羅網。

沈遇翻找出麻繩，將劉四捆綁起來，堵住他的嘴。

「去找郎中包紮。」沈遇這一次沒有避諱，隔著衣裳握住白薇的手察看傷口。傷口並不深，沒有傷到筋骨，他鬆了一口氣。當他看見長刀劈向她時，心口一滯，隨之洶湧而來的是磅礴怒火。他垂目睨向胸口，那兒似乎還殘存著一絲緊張。

白薇盯著手腕上那隻骨節分明的手，低聲問他。「你怎麼來了？」她仰頭看向沈遇，男人面容硬朗冷峻，臉頰沾上幾滴鮮血，看在白薇眼中卻格外的魅惑人。

他行峻言厲，老成持重，向來不苟言笑，平日裡相處時話並不多，刻板嚴謹的作風就像一個老人，可她每次遇見危險，他都會出現在她身邊。

沈遇從袖子裡抽出一塊乾淨的帕子給她包紮傷口，嗓音低醇地說：「宅子裝修得差不多，還差一些板材，我來鎮上挑選。妳爹在醫館針灸，我們商定在這裡會合，一同回家。」

「哦。」白薇應聲。

白薇黑白分明的眼睛覆著一層薄薄的水光，微微上挑的眼尾暈著淡淡的嫣紅，透著醉人的豔色。沈遇的影子在那烏黑閃亮的瞳仁中一點點抽離，她眼神轉向門口，結束與他的話題。

他喉結滾動，那句「疼嗎？」嚥了回去，鬆開她的手。

白啟複進來，看見鋪子裡一片狼藉，不禁愣住。「有人來砸鋪子？」

江氏哽咽道：「咱們家生意好，惹了一些小人眼紅，買兇要廢了薇薇的手。幸好阿遇救了我們，不然咱們薇薇的手保不住啊！」說到這裡，江氏不禁想起當年的傷心事。「你之前石匠做得好好的，外出送貨時給人斷了手，咱家窮得揭不開鍋。現在薇薇學治玉，好不容易改善家裡的生活了，卻差點又走你的老路。我寧可咱家平平淡淡，只要一家人平安無憂就好。」她年紀大了，禁不住嚇。

白啟複心裡難受，不願去想當年的事情，他們全家已經邁過這一道坎了。他看向角落裡被捆綁住的劉四，道：「把他抓去送官。」

劉四虛弱地靠在牆角，聽到江氏的話也不大在意，餘光掃過白啟複的臉時，心裡驀地湧起驚濤駭浪，白啟複看過來的一瞬，他急急低垂下腦袋。

真真是冤家路窄！當年有人雇他們廢掉白啟復的手，事後他們逍遙法外。如今又有人雇他們廢白薇的手，沒承想白薇與白啟復竟是一家人，而這一回他們栽了一個狠跟頭。若叫白薇查出來，只怕他們都沒有好果子吃。

白薇暫時不知道要怎麼處置這幾個人，下意識地看向沈遇。

沈遇知道她的顧慮。「我來處理。」

他準備將人送給段雲嵐，不必審問也知他們罪行累累，能直接關押大牢。

一行人關上鋪子，帶白薇去包紮。

除了刀尖扎進去的部位傷口略深，其餘只是傷著皮肉，並無大礙，養十天半個月便能好全。

白父、白母這才徹底放下心。

白薇扶著包紮好的右手，偏頭看向門口。

沈遇身形筆挺地站在門邊，身影被光線和陰影分割成兩半，陽光透過洞開的門投照在他輕抿的唇角，模糊了他的輪廓。似乎覺察到她的視線，他那雙浸在陰影中的深邃雙眼望了過來，彷彿直直撞進她心底，教她微微悸動。白薇收緊手臂，將胸口湧動的異樣情緒壓回去。

見她秀氣的眉皺起，沈遇詢問道：「很疼？」

沈遇嚴肅的面容流露出關切，白薇搖搖頭，這點痛她能忍受。

沈遇受過傷，自然知道這種滋味，向郎中要了一點止疼散。

「郎中說，止疼散會影響傷口癒合。」白薇拉著沈遇的袖子走出醫館。「你接鏢嗎？」

「不接。」沈遇答完，問道：「妳有事？」

「你託人去馬家莊給劉燕送一張劉娟和曹立業的喜帖，請她來吃喜酒。」

「好。」

「沈大哥，要給銀子嗎？」白薇的嘴角微微上翹，含笑的語氣透著調侃。

沈遇抿緊唇，眉心皺成川字，似要訓斥她態度放端正。

白薇立即「哎喲」一聲。「我手疼。」

沈遇盯著她的手半晌後，一頭走進人流中離開。

白薇看著他大步流星地走遠，笑著甩動手裡沾血的帕子，覺得自己有點惡趣味，總想看他變臉。

大鬍子和大漢拖著張松站在陽光下，有一種從地獄爬回人間的錯覺。

張松腦門上有一大片烏紫，可見沈遇那一腳的力氣之大。腦袋沒被踢爆，算張松命大。

他們抖了抖身子，狠狠打了個寒顫，回老胡同二十八號。

大鬍子與大漢交換一個眼神，推門進去。

劉娟已在屋裡等，聽見動靜，她驚弓之鳥般跳起來，雙手搭在窗戶上，透過窗戶縫瞧見是幾個大漢回來，她連忙跑出屋子，急切地問：「怎麼樣？辦成了嗎？」

大鬍子沒回話，反手將門關上。

砰的一聲，劉娟的眼皮猛地跳了一下，心底泛起一陣不安。

大鬍子抽出一把沾血的長刀，扔在劉娟腳邊。

劉娟驚得跳起來，要出口的尖叫聲被大鬍子的話給嚇得噎回去。

「那娘兒們的手臂給卸了，甭說幹活，生活都不能自理。」大鬍子攤出手。「銀子。」

劉娟手指發抖地從錢袋子裡拿出兌來的二十兩銀子給大鬍子。

大鬍子將銀子接過去後，劉娟拔腿就跑。

大漢抄起長刀，朝著她的肩膀劈下去。

「小心！」曹立業撞開門進來，腦子一片空白，身體快過意識，等他神智回籠，已經將劉娟護在身下，胳膊劇烈一痛，渾身的熱流全都朝右臂湧去。曹立業睜大的眼睛布滿血紅蛛網，死死盯著掉在地上的半截手臂。

他不相信娟娘是騙婚的，認為她有苦衷，可她異樣的神情在他腦海中揮之不去，因此一路跟隨娟娘過來。害怕她會發現，他不敢跟進胡同裡面，一直藏身在胡同外等娟娘出來，但等了近一個時辰，還不見她的人影。直到大鬍子和大漢進胡同，兩人看著凶神惡煞，並不像是好人，他擔心娟娘會遇見他們，因此跟進來，結果看見兩人進了一間院子，院門還沒有關上前，娟娘的聲音從裡面傳了出來。

他心中的疑慮更深了，可擔憂卻蓋住了猜疑。撞開門進來時，看到的便是驚心動魄的一幕，而他竟然勇敢地護住娟娘，斷掉一條手臂。

劇烈的疼痛撕扯著曹立業，他心中漸漸漫上悔意，可感受到身下太過恐懼而顫抖的娟娘時，慶幸勝過了後悔。「娟娘，別怕。」曹立業額頭上滲出冷汗，他強忍著疼痛，輕聲安撫她。轉頭看向太過驚訝而停頓住的兩個人，嚇唬道：「我已經請人去找鄉長，你們出手傷人，會被抓去下大牢！」

「這個賤人坑害我們弟兄，她並未說那娘兒們是個麻煩，現在只得斷她雙臂消災了。既然你替她擋難，那就再吃我一刀。」大鬍子怒火上湧，鼻翼微微翕動，提著刀朝他的另一條手臂砍下去。

忽地，門外傳來一陣腳步聲，大鬍子揮下去一半的刀猛地收回來，以為是鄉長帶人來了，忙拽著大漢躥進屋子裡，往後門逃走。

並不是鄉長來了，而是拉貨郎趕著騾車經過。

曹立業長長吐出一口濁氣，往一側倒下去。失血過多，他覺得頭暈目眩，痛得臉色慘白。

劉娟都快嚇尿了，鮮血沾滿她的衣裳，地上也流淌一灘鮮血，她眼中充滿恐懼，目光觸及曹立業斷掉的半截手臂，嚇得魂飛魄散，壓根兒不敢靠近。

「阿業。」劉娟一開口，頓時哭出來。她沒有想到這幾個匪徒會反過來殺她，更想不到曹立業會跟蹤她，最後還救了她。心裡沒有一點感激，有的只是深深的恐懼。

曹母若知道曹立業是為了救她而斷掉手臂，定會恨死她！

想到這裡，劉娟往後挪了一步。

曹立業看著劉娟煞白的臉上布滿淚痕及惶恐不安，忙出聲安慰道：「妳別怕，我不會告訴娘。」他最孝順曹母，但同樣也憐惜娟娘。一旦曹母對上娟娘，他只能順從曹母，不能偏幫娟娘，若為娟娘說話，曹母只會變本加厲地對付她。

只要不鬧到曹母跟前，曹立業能為她遮掩一二。

斷掉一條手臂，曹立業心中很害怕，更多的是對未來的惶然，可他不能表現出來，否則會更嚇壞娟娘。他許諾道：「跟著我讓妳受委屈了，需要事事聽娘的話。我能護住妳的地方，就不會讓妳被娘責難。」

「我……我……」劉娟腦海中閃過很多念頭。曹母不喜歡她，她編造的身分，總有一天會瞞不住的，到時候曹立業還會無怨無悔地對她嗎？曹立業無論與她有多麼濃情密意，和曹母比較起來，她就得往後站。她一直記得今日被曹母打罵時，曹立業並未替她說情。現在是因為斷臂了，需要倚仗她照顧，才會對她說一些「肺腑之言」。

今後所有重擔都會壓在她身上，看不見未來，劉娟不願意過這種看不到頭的苦日子！

劉娟越想越悲慟，哭道：「阿業，對不起，是我害了你！」她強壓下害怕，戰戰兢兢地扶著曹立業起來，顫聲道：「我……我帶你去醫館包紮。」

她已經作好決定，帶曹立業去醫館包紮後回家，她就收拾包袱，尋機離開。

馬家莊。

劉燕蹲在廚房裡熬湯，騰騰白霧裹挾著肉香味溢滿了廚房，她的肚子餓得咕嚕咕嚕叫。打從來了馬家莊，劉燕沒有吃過一頓飽肚飯。一天半個紅薯都不夠她塞牙縫，餓得難受，只得偷偷喝幾勺冷水，凍得她牙齒打顫。

劉燕深深吸一口肉香，瞧見沒有人，偷偷揭開鍋蓋舀一勺肉湯，不顧燙嘴，急急往嘴裡塞。

「啪」地一聲，李氏掄著木棍，毫不留情地打在劉燕背上。「不幹活在這兒偷吃！妳前世沒有吃過東西，餓死鬼托生嗎？下回再叫我看見妳偷吃，扒了妳的皮！」

勺子裡的湯全灑出來，劉燕被打得整個人往前踉蹌，差點一頭栽進湯鍋裡，雙手忙撐在燒熱的灶臺上，又燙得她跳起來，眼淚直飆。

李氏嚇一跳，臉色黑沈，掄起木棍劈頭蓋臉又是一頓毒打。「賤人！妳想嚇死我，沒人能治住妳了，再害死才哥兒，妳就可以上天了是吧！」

劉燕渾身上下都很痛，被揍得上躥下跳，哇哇大叫。

李氏一棍子凶狠地抽在劉燕的腿肚上，她站立不穩地跪在地上。

李氏刻薄地道：「再躲就餓妳三天不許吃飯！」

劉燕又冷又餓，若每天半個紅薯都給剋扣，她會餓死的。她不敢躲，蹲在地上，護住腦袋，身上的骨頭彷彿要被打斷似的。

李氏心裡恨馬氏，更恨劉燕。她兒子乖孫還沒有生就斷了命根子，成了一輩子的廢人。一棍一棍地抽打下去，恨不得打死劉燕洩恨，直到打不動了，李氏才扠著腰，喘著粗氣道：「才哥兒餓了，還不快端湯去餵他。」

劉燕蜷縮成一團倒在地上，整個人鼻青臉腫，額頭上滲出鮮血，動彈不得。一動，全身的骨頭就劇烈疼痛，彷彿要散架。但李氏站在一邊盯著，劉燕只能強忍住疼痛，緩慢地爬起來拿碗盛湯，顫巍巍地去往裡屋。

馬永才躺在床上，屋子裡一股熏臭味令人作嘔。

「表、表哥，喝湯。」劉燕聞到肉香，饞得口水直流，肚子更餓了。

馬永才睜開眼睛，陰戾地盯著劉燕。

劉燕被看得頭皮發麻，腿肚子打顫，想要拔腿逃跑，但生生忍住了。她若敢跑出去餓著了馬永才，連馬老太太也不會放過她的。她放下湯，費勁扶著馬永才坐起來，將一碗熱湯放在他手裡。

「想喝？」

劉燕一愣，盯著肉湯吞嚥口水。

下一刻，馬永才將滾燙的湯汁潑在她臉上。

劉燕「啊」地尖叫，雙手手指伸直了，想捣臉，又不敢碰。

馬永才眼中浮現暴戾。「賤人，妳是想燙死我！」將碗狠狠地砸在劉燕的腦門上，「啪嚓」一聲，掉在地上碎成片。

劉燕眼冒金星，恨不得痛死過去。

馬老太太和李氏聽見動靜跑了進來，見屋子裡一片狼藉，馬永才目眥欲裂，憤恨地瞪著劉燕，而劉燕滿臉湯水，蠟黃的皮膚被燙得通紅，看起來猙獰可怖。

「才哥兒，這賤人欺負你了？你別氣壞身子，娘給你出氣！」

李氏用力掐擰劉燕的腰間軟肉，咒罵的話還未出口，劉燕已崩潰地喊叫——

「打死我吧！你們把我打死好了，我用命償還給馬永才。」

不想活了！劉燕活不下去了！這種漫無止境的折磨，她真的恨不得去死，卻又毫無勇氣。剛剛來的時候，她反抗過，迎來的是更慘烈的毒打，整整餓了兩天肚子，她所有的脾氣全都被磨平了。只有逆來順受，她的日子才能稍微好過一點。她現在想和李氏魚死網破，卻餓得頭暈手軟，沒有力氣對抗，心裡恨死了白薇和劉露。

馬老太太這幾天眼睛都快哭瞎了，她一巴掌拍在劉燕身上，乾哭道：「照顧妳表哥這點小事便尋死覓活，才哥兒被妳們母女倆害得這輩子做不成男人，他都還忍受屈辱活著。妳的心怎麼就這麼毒？死在馬家，旁人還以為是我們搓揉死妳，叫我這把年紀還怎麼在村裡做人？」

「滾！都滾出去！」馬永才歇斯底里地喊叫。

馬老太太心肝都要碎了，兩手抹淚，被李氏拉出去。

李氏的手指狠狠戳劉燕的腦門。「都是妳這喪門星！給我去拾糞，糞筐沒拾滿，今日不許吃飯！」

劉燕被推出屋子，臉上火辣辣的疼。冷風一吹，說不出是什麼滋味，恨不得狠狠搓一把臉，痛到極致才能得到紓解。提著糞筐，拎起糞叉，去拾糞。

走出門時，有個小男孩將一張紅色的紙塞進她手裡，聲音清脆地說道：「妳堂姊和鎮上賣豆腐的成親，請妳去喝喜酒。」

劉燕睜大眼睛，想問他在說啥，小男孩已一溜煙地跑了。

她連忙將紅紙展開，這才記起不識字。可她看過曹立業的庚帖，認出那個名字和庚帖上的筆劃一樣，驀地握緊掌心，怒氣在胸腔裡翻湧，將糞筐一扔，往村口跑了。

有人瞧見劉燕跑了，要去馬家告狀。

沈遇目光沈沈地望去，那人的腳立即釘在原地。

曹家豆腐鋪子。

曹母站在院牆下，看著老舊的院牆裂開，牆面往院內方向傾斜，不禁頭疼。鋪子的生意不好做，掙的銀錢少。眼見要過年了，得置辦不少年貨，這面牆若是倒塌，得拆了重新買泥磚砌上，要花不少銀子。

她找來一根樹杈抵住牆壁。只要不招惹它，今年應該還不會塌。

叩叩！門板被敲響，曹母前去開門。

「立兒，你上哪兒去了？怎麼這時候……」曹母絮絮叨叨的話音戛然而止，震驚地看著曹立業的手。「你、你的手。立兒，你的手怎麼了？」

曹立業虛弱地說道：「遇見匪徒攔路劫財，反抗的時候砍斷了我的手。」

曹母只覺得天崩地裂，被刺激得差點厥過去，放聲號哭道：「作孽啊！哪個殺千刀的賊子砍了你的手？我的兒啊，你的手斷了，今後可怎麼辦啊？」她活了大半輩子，見識過形形色色的人，與劉娟相處幾日，她便看出這女人不是個好貨色，好吃懶做，嫁進曹家是奔著享福來的，哪會裡裡外外地操持伺候曹立業？「兒啊，你的命苦啊！斷了手，怎麼過活啊？」

曹母心痛萬分，恨老天爺不公，他們沒有做惡事，為啥遭此橫禍？

曹立業看著曹母備受打擊，傷心絕望地哭罵，心裡陣陣難受。可娟娘再如何都是他的妻子，他不能眼睜睜地看著她被歹徒砍掉雙臂。事情已經發生，再去後悔也無事於補。

「娘，兒子對不住您。」曹立業上前一步，左手摟住曹母。「兒子還有一隻手臂，有娟娘的幫助，能夠將這個家操持好的。」

劉娟低著頭，悶不吭聲。

曹母看著來氣，想對劉娟發作，又怕她今後會對曹立業不好，只得忍住

「劉娟！」劉燕氣喘吁吁地站在門口，死死盯住劉娟，一副要吃人的表情，咬牙切齒道：「我說為啥曹大哥要退親，原來是妳臭不要臉地勾引他！我哪裡對不起妳，妳要這般對我？」劉燕憤怒地衝上前，抓住劉娟撕打。

曹立業驚愕地看向蓬頭垢面的劉燕，她穿著邋遢的粗布襖子，頭髮乾燥粗糙，隨便綁一根辮子，鼻青臉腫，十分狼狽。

「我打死妳這臭婊子！妳勾誰不好，搶我的男人？妳下面癢，欠男人幹，妳幹啥不去窯子裡賣？」劉燕快狠準，抓爛劉娟的嘴巴。可到底沒吃飽、身體虛，被劉娟一把推倒在地上，摔得頭暈眼花，更是氣恨不已，指著曹立業破口大罵。「你這瞎了眼的東西！我哪裡不如劉娟？就是沒有她勾男人的本事罷了！

「她多厲害啊，勾得白孟對她神魂顛倒，後又嫌棄白家是窮酸破落戶，爬上趙老爺的床懷上野種，一腳踢了白孟，想嫁進趙家做少奶奶享清福。她這種貪慕虛榮的女人，能有啥好下場？被趙老爺趕回來後，她又想賴上白孟，可人家白家發達了，瞧不上她，她這爛貨便把你給搶走！曹大哥，她哪裡好了？她早就被男人給玩爛了，這種女人就該浸豬籠！」劉燕臉

上露出一抹詭異的笑。「你罵我心腸歹毒，煽動她下毒，可劉娟若沒有害人的心，我哪裡能夠煽動她？我再惡毒也不及劉娟。她殺了自己的親娘，一把火燒了屋子逃跑，嫁給你吃香喝辣。你以為她真的喜歡你嗎？她是為了報復我，才搶走我的未婚夫。」

曹母被震懵了，有點聽不明白劉燕在說什麼。

劉娟臉色慘白，手足無措地對曹立業解釋。「不是的，你別聽她胡說八道！我、我沒有……」

曹立業打斷她的話，問：「妳是劉娟？」

劉娟眼中閃過慌張，急急想要解釋。

曹立業又問：「妳是故意與她作對，設計與我相遇的？」

「我……我……」劉娟想狡辯，卻一時不知該說什麼。

曹母氣得上前打了她兩個耳光，臭罵道：「好啊！妳這爛貨充當黃花閨女騙我兒子！打從妳這喪門星進門後，我家日子就不得安寧。啥廚師之後？我呸！妳拿我家多少銀子使了？全都吐出來，然後收拾妳的東西給我滾蛋！」

曹立業想上前勸架，但耳邊全是劉燕的話。壓根兒不用劉娟親口承認，從她的臉色就可見事情的真假。早在與劉燕退親時，他心中就有所懷疑，娟娘為何這般清楚劉燕的隱私？可他心中喜愛劉娟，所以自欺欺人，不願尋根究底，卻不知娟娘比他想得還不堪，是他極為厭惡的那種女子。尤其她是為了報復劉燕才設計他，並非與他情投意合，他心裡無法不在意。

他背轉過身，看著空蕩蕩的右手，心裡窒悶得難受。

這時，一個虎背熊腰的男人，兇神惡煞地邁進院子。

「臭娘兒們，妳雇我們兄弟幾人廢了白氏點心鋪子東家的雙手，說事成後給二十兩銀子，結果妳不給銀子，反而告官將我兄弟幾人全都抓走了。」張松滿臉橫肉，鼓著銅鈴大眼。「今兒不捶死妳，老子不姓張！」他醒過來後發現被藏在櫃子裡，兄弟們給他留了一封信，說劉娟和他們鬧翻告官，讓他報仇。

劉娟臉色煞白，恐懼再次襲上心頭，一時嘴快，便說漏了嘴。「不，我沒有！你們事情辦成了，我給了銀子，是、是你們出爾反爾，說遇見麻煩，要剁我的手消災。」

「我兒子是給妳擋災才斷的手?!」曹母尖叫道：「我上輩子造了啥孽，竟招惹上妳這災星！」她欺身要打劉娟，曹立業卻攔住她，曹母捶著胸口恨恨道：「立兒，事到如今，你還要護著她?她生得一副蛇蠍心腸，一個婦人敢學人買兇殺人，甚至連自己的親娘都殺，對你能有啥感情?」

「娘，您放她走吧。」曹立業沈聲說道：「您是生我養我的娘，您教訓晚輩，我們自當順從，不該忤逆您。但她是我的妻子，在被外人欺負時，我護住她也是應該的。無論如何，我和她夫妻一場，最後留給對方一個體面吧。」

曹母情緒十分激動。「她把你害得這般慘，就這樣放她走?沒門！我不打她，這種賤人打她我都嫌髒手，我要把她扭送官衙，讓官老爺砍她的腦袋！」

劉娟臉色灰白，幾乎沒有多想，轉身就跑。

劉燕去追，抓住劉娟的衣袖。

劉娟掰扯劉燕的手指。「放手！妳教唆我娘掐死我，我搶妳的未婚夫算是扯平了！」

「扯平？妳不搶走曹大哥，我怎麼會變得人不人、鬼不鬼，過著生不如死的日子？妳就是死也難洩我心頭之恨！」劉燕面目猙獰，死也不肯撒手。

曹母拉住曹立業，不許他多管閒事。

劉娟看張松掄著拳頭走來，心裡焦急不已，慌亂地去踹劉燕，兩個人扭在一團，倒在地上撕打，翻滾到牆邊。

劉燕騎坐在劉娟身上，死死掐住她的脖子。

劉娟奮力反抗，扭動著身子將劉燕推倒，「砰」的一聲悶響，劉燕的腦袋重重撞擊在院牆上，劉娟驀地睜大眼睛，連跌帶爬地逃命。

驀地，裂開、往內傾斜的整面院牆轟然倒塌，「轟」的一聲，瞬間將兩個人掩埋。

「娟娘！」曹立業紅著眼睛大喊。

曹母嚇呆了，一時鬆開了曹立業。

曹立業衝過去，單手將磚頭扒開。

張松眼見鬧出了人命，拔腿就跑。

這般大的動靜，早引來了街坊鄰居圍觀，此時紛紛幫忙將磚頭搬開，就見劉燕、劉娟趴在地上，一動也不動。

「娟娘！」曹立業跪爬過去，單手將劉娟摟進懷裡。她滿頭滿臉都是血，渾身軟綿綿，還有微弱的呼吸。「活的，她還是活的！娘，您快去請郎中！」曹立業幾乎喜極而泣。

鄰居探一探劉燕的鼻息，也還有氣，立即去請郎中。

「等郎中給她們包紮傷口後，若沒啥大事，就將她們送官去吧。」有鄰居提醒曹母。

曹母吶吶地應下。

白薇躲在窄小的巷子裡，遠遠望著鬧烘烘的曹家，握緊拳頭，牽動右手的傷口，疼痛拉回了她的思緒。

她轉身看見沈遇綁住張松，用一塊布堵住他的嘴，張松猶在不斷地掙扎，沈遇嫌他鬧騰，一記手刀將他給劈暈。

大鬍子和大漢從後門逃竄時，被沈遇鏢行的兄弟給抓住了。

她既然利用劉燕上門來鬧事，劉娟的「光輝事蹟」一定會被抖出來，所以她得知大鬍子砍錯人，廢了劉娟相公的手臂後，便逼迫大鬍子寫一封劉娟告官的信塞進張松懷裡，讓沈遇將張松藏在他們的老窩。張松一開始就被沈遇踢暈了，並不知道後面事情的發展，看到這封信必然會找上劉娟報復，引出曹立業的手是因為劉娟而被廢，激發出曹母的怨恨，不會輕易放過劉娟。如今兩個人雖還活著，卻免不了後半生在牢獄裡度過的命了。

「手受傷不要用力。」沈遇的目光掃過她的手。「傷口會裂開。」

白薇「嗯」了一聲，心情有些沈悶與惆悵，不過算是好事一樁，往後不必再擔心劉燕與劉娟使壞。

兩個人走出巷子，街邊停靠著兩輛馬車。

沈遇將扛在肩膀上的張松扔進鏢行的馬車後，站在白薇身側。「別想太多，好好養傷。」

白薇點了點頭。「你不和我一起回家嗎？」

「我將他們送去縣城。」沈遇不想夜長夢多。

「辛苦你走一趟了。今日會變天，你不必趕回家，在縣城留住一宿。我明日會去縣城，我們再一起回家。」白薇感受到空氣濕冷，晌午還有日頭，轉眼間天空就灰暗，顯然不是個好天氣。

沈遇低笑一聲。「好。」

白薇坐上馬車，朝沈遇揮一揮手，垂下簾子。

沈遇站在原地，目送馬車離開。

白薇縮在馬車裡，凳子上擱著一張毛毯，摺疊得整整齊齊，她詢問車伕。「這毛毯是你準備的嗎？」

「是您相公放在馬車上給您禦寒的。」

白薇一愣，挑起車窗簾子，透過縫隙看見沈遇身形挺拔地站在街頭，遙遙遠望著她的方向，天際烏雲沈沈墜在他的身後，掩不住他那雙炯炯黑目裡的光芒。

腦海中不期然地閃過一個畫面——他身形矯健地出現在鋪子裡，漆黑的瞳仁裡燃燒著憤怒的火光，氣勢懾人。那一刻，她也被沈遇給震懾住了。

他們的交集似乎越來越深，他不再只是單純的哥哥的好友，對她的關照已經超過界限；而她同樣沒有將他定位在一個長輩的身分、隨時會一拍兩散的合夥夫妻。她在相處中，早已不知不覺地將他當成一個男人看待了。

白薇望著車外青山綠水的景致，慢慢放下簾子，將毛毯展開裹在身上，臉頰貼著柔軟的毛毯，一顆心分外柔軟。

白薇回到家中，廚房裡飄出陣陣鮮美的雞湯香味。

江氏與白啟複提前回家，白薇的手受傷流了不少血，江氏將雞殺了，斬成雞塊放入鍋中滾煮，然後裝進罐子裡，擱在小爐子上用小火慢煨。白薇回來的時候，已經煨了一個半時辰。

江氏忙不迭地給她盛一碗湯。「薇薇，妳嚐一嚐。」

白薇舀一勺放入口中，加了口蘑菇的湯汁十分鮮爽，香味濃郁，火候時間也掌握地剛剛好，雞肉酥爛而不柴，她一連喝了兩碗，身體都暖和了起來。

「好喝嗎？」江氏詢問，將白薇鬢邊散落的頭髮別到耳後。

白薇覺得能吃母親做的飯菜最為暖心，笑咪咪地點頭。「好喝！」

「妳喜歡喝湯，娘明天給妳換魚湯。」江氏見白薇喜歡，心裡歡喜。「再加一道鍋燒肉。」

「好，咱們鋪子明天歇業。」

江氏滿口應下。「讓妳大哥寫一張歇業告示貼在門板上，我打算年後再開張。」白薇手受傷了，江氏打算不去開工，留在家裡照顧她。而且馬上要喬遷住新宅子了，家裡很忙，乾脆翻年後再開張好了。

白薇沒有意見。

母女倆有一搭、沒一搭地閒聊。

屋子裡點一盞油燈，暈黃的燈影溢滿一室，一片溫暖的顏色，暖意融融，隔絕了屋外的寒涼。

白薇奔波了一天，疲累不已，打不起精神。

江氏打一桶熱水提來白薇的屋子，又幫她解衣裳。

白薇被江氏的動作嚇得清醒過來。「娘？」

「妳的手受傷了不好使力，娘給妳擦身。」江氏看白薇羞紅了臉，不由得笑道：「阿遇不在，不然有他伺候妳。」

是親娘啊！幸好沈遇不在。

白薇嚇得立馬解開褻衣擦身，換上乾淨的褻衣後，倒在床上睡得香甜。

白薇精神飽滿，穿戴整齊地走出裡屋。

沈遇穿著一件單薄的練功服在院子裡練拳，白薇駐足看了一會兒後，回身去廚房漱洗。

江氏端出一碗蒸荷包蛋擱在桌子上。「全給吃乾淨了，不許剩。」

白薇聞到一股阿膠味，詫異地看向江氏。「娘，妳從哪兒弄來的阿膠？」

「阿膠？這黑糊糊的是叫阿膠啊？」江氏慈祥地笑道：「這是阿遇帶來的，說妳傷著手，得滋補一點。」

這東西是挺滋補氣血的。可歷史上這種東西應該是用作貢品吧？

醫館裡若是有賣，郎中早就推銷給他們了。

白薇壓下心裡的疑惑，細嚼慢嚥地吃完荷包蛋後，將碗送去廚房。「娘，阿膠還有嗎？」

「有，阿遇拿了兩大塊回來。」江氏擦乾淨手上的水，從罈子裡取出來，獻寶似地給白薇看。

白薇打開油紙包，兩板阿膠裹在裡面，背面用朱砂描著「杏林貢膠」四個大字。她透過窗子看向沈遇，對他的來路感到很好奇。

沈遇收拳，見白薇從廚房出來，他一邊擦汗，一邊低聲道：「段老知道妳的手受傷，讓妳今日不必去縣城，安心在家中養傷。」

「你告訴他的？」白薇皺緊眉心。「這件事不必告訴謝玉琢，我這段時間養傷，正好可以潛心畫圖稿。」

沈遇頷首。

「阿膠你是從哪兒弄來的？」白薇忍不住問道。

「段老給的。」

「你怎麼認識段老？這阿膠是貢品，十分貴重。以我和段老的交情，他是不會隨便給的。」

沈遇抬眸看向白薇，黑漆漆的眸子波瀾不驚，可白薇卻覺得暗含深意，盤根問底的話已經逾越了。她張了張嘴，還沒解釋兩句，沈遇已將汗巾搭在肩膀上，大步邁進屋中。

「宅子已經快裝修好了，用完早飯帶妳去看一看。」

「哦。」白薇知道他在轉移話題，也不再追問。對他的來歷隱約有底，他怕是京城人士。

沈遇洗完澡後，江氏也煮好了餛飩。

用完早飯，白薇與沈遇去了新宅。

四合院已經蓋好，只差一些細節需要完善。

宅子有六、七個白家那麼大，重簷飛翹，周邊砌一堵高牆，十分氣派。村子裡都是泥牆農家院，白家修的是青磚白牆四合院，顯得鶴立雞群，卻也和諧不扎眼。

正房有東、西兩個堂屋，兩間屋子；東廂三間屋子，帶一間廚房；西廂三間屋子，帶一間柴房；前院寬敞，可以種幾棵果樹；後院有兩塊菜地，一間小雞舍。

屋裡還沒有裝修好，只簡單地清掃過，空蕩蕩的。

今日已經十六，還有八、九日就可以將家具搬過來。二十八是黃道吉日，正合適喬遷。

白薇轉了兩圈，十分滿意。「沈大哥，宅子和我想像中一樣。我很喜歡，謝謝你！」

沈遇的嘴角微微上翹。「手好了後，給我煮一碗水粉湯圓。」

「好！」白薇爽快地答應下來。

從這之後，白薇隔三差五會來一趟新宅子。

裝修完工後，白薇就窩在工棚畫圖稿。

江氏好吃好喝地餵養，又加上用淘米水洗臉，白薇黑黃的皮膚倒是養白了。

白薇的小日子滋潤閒適，可白離與之相比，簡直就是噩夢。

他蹲在灶臺旁邊生火，一隻手拿著竹筒，一隻手往灶裡添柴，用竹筒對著灶吹氣，濃煙滾滾往屋裡飄，嗆得白離撕心裂肺地咳嗽，看見燃起小火苗，欣喜地笑了，連忙刷鍋，舀幾勺水倒進鍋裡。

白離從前十指不沾陽春水，除了唸書，啥活也不用幹，突然間要擔起照顧白老太太的重任，啥都要從頭開始學。

白老太太躺在炕上，被煙熏得差點咳斷氣，怒罵道：「你怎麼生個火也生不好？十多天了，這般簡單的事情都學不會，除了吃，你還會啥？比江哥兒差遠了，真是沒用的廢物！」

白離做一次飯，白老太太得跟著遭一次罪，每天活在煙霧籠罩中。白老太太身體虛弱，被濃煙熏得病情加重，咳了好幾天。然而更糟糕的是，白離做的飯食難以下嚥。不吃就得餓肚子，吃進肚子裡又猶如吃了巴豆，立竿見影。白老太太拉得腿軟，整個人虛脫，身上養的肉全都掉光了，眼窩深陷，整個人蒼老許多。可無論她咋託白離去請白啟複，白離都不肯再去，只給她請郎中，氣得白老太破口大罵，哪裡還能裝作慈祥和善的老太太？

白老太太十分懷念在鎮上的日子，現在是憋著一口氣，死強著不肯回去，彷彿她一走，便是向白薇認輸。驀地，白老太太肚子絞痛，咕嚕咕嚕響。她呻吟一聲，嚷嚷道：「快！白離，你快揹我去茅廁！」

白離對白老太太的咒罵習以為常了，聽到她的喊叫，連忙將剁成塊的紅薯扔鍋裡，蓋上鍋蓋，風風火火地揹著白老太太去茅廁。

他怕白老太太拉在身上，換下的褲子得他給洗了。雖然白離嫌噁心，拿銀子請村裡的婦人洗，可屋子裡的臭味熏得他反胃，實在難以忍受。

白離滿肚子牢騷，對白老太太已是各種不滿，往日的敬重早拋到九霄雲外了。

「白離，我沒帶廁紙。」白老太太有氣無力地喊。

白離狠狠揉了一把腦袋，他覺得自己當初腦子肯定被驢踢了，才會覺得白老太太是好人。忍下滿腹怨氣，白離給白老太太送廁紙後，又揹她躺在床上。突然，他聞到一股焦臭味，忙慌手慌腳地衝進廚房，揭開鍋蓋，紅薯已經糊鍋底。

「白離，你燒廚房了？怎麼那麼臭？我就說你爹又憨又蠢，怎麼生得出聰明能幹的？紅薯糊糊都煮不好，拉得我喲，屁股都要裂兩半了。你二叔家的孩子聰明能幹又孝順，煙兒會掙銀錢，雪兒和江兒乖巧懂事，會哄老婆子開心，你看看你們，只會活活氣死我！」白老太太罵得口乾舌燥。「白離，我渴了，給我倒水。剛剛拉空了肚子，餓得慌，你實在不會做，就上你家偷點吃的來。」白老太太吸一吸鼻子，聞到白家傳來的紅燒肉香，忍不住吞口水。

白離一個頭、兩個大，白老太太很聒噪，她一面嫌棄他各種無能，又對他頤指氣使，他實在忍無可忍，「砰」地一聲，將鍋蓋摔在地上。「我是廢物，我無能！妳成天指著我這個蠢蛋子伺候，不是自己活活找氣受嗎？白玉煙、白雪、白江孝順又聰明，還會討妳歡心，妳怎麼不去鎮上享清福，要白白留在這裡折壽？」白離用鍋鏟將糊鍋底的紅薯糊糊盛進碗裡，重重擱在炕頭。「午飯只有這個，妳愛吃不吃！」

白老太太看著焦黑的紅薯糊糊，氣得仰倒。「好你個忘恩負義的白眼狼！煙兒給你一百兩銀子，你說會記住她的恩情，你就是這樣報恩的？我是你奶奶，是你祖宗，別說伺候我天經地義，就你拿了煙兒的銀子，你都得好好孝敬我！我要吃紅燒肉，你不做也得給我去買回來！你不伺候好我，拿了煙兒多少銀子，就給我吐出來！」白老太太手一撥，碗打碎在地上。「買個奴才只要五兩銀子，會把人伺候得妥妥貼貼，你拿了一百兩銀子，燒水、做飯的活都幹不好，還有臉在這兒委屈？你姊用這銀子夠給我買幾十個奴才了，我哪用得著遭罪？」

白離的臉脹成紫紅色，眼睛都氣紅了。奶奶在心裡把他當奴才。

他把白玉煙給的銀子全扔在炕上。「不就是幾個臭錢，有啥了不起？都給妳，我不伺候了！」衝進裡屋，白離鋪蓋一捲，扛回白家。

白老太太傻眼了。「站住！你給我站住！」她急急爬起來，想去追白離，但渾身沒有力氣，結果直接從炕上栽倒在地，碎片扎進肉裡，痛得她哀號。

白離聽見了，心裡別提多解氣。

回到自家院子，白離聞到肉香，連忙將鋪蓋往裡屋一扔，激動地跑去堂屋，卻眼睜睜看著白薇端著一碗紅燒肉，一人分一塊，最後只剩下一個空碗。白離心裡委屈不已，眼淚撲簌簌地往下掉。

江氏看到白離一張大花臉，整個人還瘦了一圈，站在門口掉眼淚，不禁嚇一大跳。「離兒，你怎麼回來了？」

「娘，我想吃肉。妳不知道奶奶多過分，把我當奴才使喚，還嫌棄我是個沒用的廢物！」白離在江氏跟前撒嬌。「我這十來天沒吃過一口肉，娘，我要肉吃！」

江氏心疼道：「娘這就給你做一碗肉菜去。」

白薇卻淡淡地說道：「你腸胃許久不見油星，忌諱大魚大肉，先吃幾天清粥調整一下再說。」

江氏點了點頭。「你姊說得對，娘給你煮一碗稀粥。」

白離小心肝碎一地，梗著脖子瞪向白薇。

白薇慢慢地將一塊紅燒肉放入嘴裡嚼。

白離肺都要氣炸了！

「你說奶可憐，她一個人留在祖宅不好，所以爹才讓你照顧她。在她回鎮上之前，你留在祖宅伺候，免得村裡人戳咱家脊梁骨。」白薇慢條斯理地道：「你快娶媳婦的人了，得學著照顧人，若凡事都依賴別人，你和廢物有何區別？」

「我是被她騙了！」白離出奇憤怒。

白薇勾唇。「我們對你又不好，你受了委屈，為啥還要回來？」

白離張了張嘴，那句「我們是一家人」說不出口。他懵懵懂懂，像是明白了什麼。

這段時間與白老太太在一起相處，他理解了白老爹那句話：表面對你好並非是出自真心，對你嚴厲的並非對你不好。好與壞，得用心去體會。

仔細想一想，他盡心盡力伺候白老太太，沒有得到一句好話。

白薇看他不順眼，可他做錯事情，她會給他收拾殘局。

賭坊一事過去這般久，被打走的人沒有再上門找碴，想必是她解決了。

「因為你心裡清楚，無論你做錯什麼，我們會對你嚴厲管教，卻不會不管你，所以你才會有恃無恐。」白薇拿出一張字據。「原先說等你掙夠五十兩銀子，再讓你重新回到書院，可惜你一文錢都沒有掙回來，所以你不用再去書院了。我們家在鎮上有一間點心鋪子，你和娘好好經營。如果你再幹吃裡扒外的事情，我會讓爹將你從家裡踢出去，不再是我們白家的孩子。」白薇將字據撕碎，又重新拿一張給白離簽字。

白離瞳孔一縮，上面羅列的條例有他觸犯過的，也有他沒有觸犯過的，一旦再犯，便自族譜上除名。「爹……」白離難以置信地看向白啟複。

白啟複知道白離與白薇不和，白離是一個糊塗的人，容易受人蠱惑，要有利害關係的東西制約他，行事才會三思，便說：「這是我的意見。」

白離受夠了白老太太，不願再去祖宅，因此心一橫，簽下不平等條約。

白老太太躺到第二天，白離都沒有回來，白家也沒有一個人過來看她，她一口牙恨得幾乎要咬碎，餓得頭暈手軟，終於不甘地拄著木棍下床，花銀子請人給她租一輛馬車，回到鎮上去。

車伕敲開宅子門。

門僕瞧見是白老太太，恭敬地將她攙扶去正廳。

小劉氏與白玉煙一起過來。

白玉煙笑盈盈地喚一聲「奶奶」，瞧見她病懨懨的，大驚失色。「奶奶，您身子不舒服嗎？清減了許多呢！大伯他們一家沒有照顧好您嗎？」

小劉氏也心疼地說道：「在咱們家好不容易養了一些肉，精神頭也很好，不過去大伯家十來天，怎就折騰成這般模樣啊？」

白老太太過得太憋屈了，開始數落起白啟複不孝、白薇歹毒給她下藥、指派白離這個啥也不會幹的伺候她，她的這條老命差點給折騰沒了等事。

「我的命好苦啊，生了白啟複這種不是人的東西，眼睜睜地看著老娘給他兒女搓揉死。老娘下地獄都要在閻王爺那兒告他一筆，讓他死了下十八層地獄！」

白玉煙輕輕摟著白老太太，拍著她的後背給她順氣兒。「奶奶，您別氣壞了身子。離兒也算孝順，盡心盡力地伺候您。明天我派人請他來鎮上，好好答謝他。」

白老太太臉色一變，冷哼一聲。「別提這無能的東西了，說他幾句不愛聽的，就將妳給的銀子全還給我，捲著鋪蓋回白家了！煙兒啊，奶奶本尋思著養好身體再讓白離偷圖紙，可他做的東西吃得我越發不好了，他以為我故意找他碴，瞧著我眼睛不是眼睛，鼻子不是鼻子，壓根兒使喚不動。」

白玉煙臉上的笑容斂去。「銀子還給您了？你倆鬧僵了？」

「煙兒，他就是個蠢蛋，能頂啥用？銀子還回來正好，免得白白給他打了水漂兒。他們大房就是這樣的壞種子，無情無義，哪裡是個知恩圖報的人？」白老太太半個眼睛都瞧不上白離。

白玉煙心中惱怒，她怎麼會不知道白老太太的秉性？狗嘴裡吐不出象牙，白離說不定是被白老太太罵得與之作對的。這點小事也辦不好，白玉煙淡了籠絡白老太太的心思，給小劉氏遞了個眼色。

小劉氏不贊同白老太太的話。「娘，老大憨厚，最聽媳婦的話，您若籠絡住江氏，哪裡會沒有好日子過？您動輒對江氏動手，那一家子怎麼能忍您？」

白老太太眼皮子都不動一下，將手裡的包袱遞給一旁的於晴。

於晴沒有接，看向小劉氏。

白老太太眼皮針扎了一般跳了跳，張嘴罵道：「這是怎麼了？使喚不動妳啊？」

小劉氏笑道：「娘，您知道老爺的生意不好做，鋪子裡大半的生意給白薇搶走了，債主成天上門鬧著要債，昨天還闖進來打砸了。我怕傷著您，那可是老爺的不孝順了。我和老爺商量了一下，您還是住在石屏村吧，我們每個月拿銀子給您，等家裡熬過去這一段艱難的日子，再將您接回來同住。」

白老太太懵了，這是要攆她走？

小劉氏說著紅了眼圈，捏著帕子擦拭眼角，心酸道：「娘，老爺這些天都睡不好覺，整個人瘦下十來斤，頭髮也大把地往下掉。這個家但凡稍微好一點，我也不會不讓您住進來。咱們婆媳這麼多年了，我在心裡將您視作親娘，寧願虧待自己也不會委屈您半點的。您不在府裡這些天，擺碗筷上桌吃飯時，老爺老看著您坐的位置，心裡直惦記著您可有吃飯？我們早就想將您接過來了，可情勢不允許啊！

「其實老爺哪裡放心您住在石屏村？他沒有辦法，所以心裡很難受，躺在床上也念著您過得好不好。待會兒若瞧見您這般模樣，只怕更沒有心思做事兒，不會准許您回石屏村了。」小劉氏帶著哭腔，淚水滾滾落下來。「鋪子要被封了，封了鋪子後，咱們這宅子也得跟著封。老爺一心想讓您享清福，哪裡能眼睜睜看著您和我們一起被趕出去啊？」

白老太太心裡很難過，媳婦不許她一起住，可聽清楚緣由，又很心疼白啟祿，也兩眼淚汪汪地道：「他從小就不容易瘦，這會兒累瘦了，我聽著心窩痛。祿兒這般為我著想，我這個做娘的哪能不為他考慮？我回石屏村住，等你們扛過這段艱難的時期，再接我回來。」

小劉氏撲進白老太太懷中，默默地流淚。

白老太太心都要碎了，拍了拍小劉氏。「我得走了。」

小劉氏挽留她。「娘，您好不容易來一趟鎮上，吃完中飯再走吧？我讓老爺送您回石屏村，給您在大伯跟前撐一撐腰。大伯心裡再怨您偏心，也得有個數，兄弟姊妹多了，總有得意與不得意的。我娘偏疼小妹，難道我就不認她了？她十月懷胎，千辛萬苦地生下我，不提別的，只這一點，我就該好好孝敬她。」

白老太太深以為然，對白啟複更是怨到骨子裡。「我就不吃飯了。」白啟祿向來孝順，若瞧見她這副模樣，肯定沒心思做事。

小劉氏假意勸說幾句，見白老太太去意堅決，她便包了幾盒點心給白老太太帶回去。母女倆親自送白老太太出門。

白老太太一步三回頭，十分不捨。

門一關，小劉氏的臉色就變了，朝門口啐了一口。「沒用的老東西！這點事都辦不好，還有臉委屈？活該給人搓揉！」她向來看不上白老太太，既然已經將白老太太打發出去，哪裡還會讓她再住進來壓在自己頭上？

白玉煙沒有說話，她籠絡住白離是有大用處的，如今卻被白老太太壞了這步棋。段羅春已經挑中白薇，讓她參加明年的玉器大比。

白玉煙心中嫉妒，這才煽動劉娟廢掉白薇的手，哪裡知道劉娟也是個沒用的。

兩個人邁進正廳，白啟祿正坐在主位上喝茶。

「娘走了？」白啟祿一直躲在裡面，沒有出來。

「走了。」小劉氏坐在凳子上，捏一捏痠脹的腿。「鋪子的生意穩住了嗎？」

「不能與之前比了。」白啟祿得意地道：「但咱們的鋪子開了這麼多年，我在外鑽營，如今還有些根基，讓妳和孩子們豐衣足食不成問題。」

小劉氏鬆一口氣，又恨道：「白薇是個邪門的，之前不顯山、不露水，怎麼突然這般好本事？」

白啟祿冷笑。「跳梁小丑，就再讓她蹦躂幾日吧！」

第十四章

石屏村。

鄉鄰瞧見白老太太風風火火地去鎮上二兒子家，轉眼間又被送回來，忍不住在背地裡笑話。

「白老太太是個不開竅的蠢貨，還當白啟複和以前一樣是個窮酸貨啊？人家新宅子造得闊氣，比鎮上的可不差。我若是她，早該好好籠絡住白啟複一家，日子別提多舒坦了。」

「白啟祿可不是個實誠人，將她送出來了，再想住進去可就難了。」只有白老太太看不明白，一心向著白老二。

「江氏不是說她家收石頭嗎？我聽說劉露賣了筐石頭，得了些銀子才被馬氏纏上，想替她姪兒強娶劉露。咱們這山頭多的是石頭，不如撿石頭賣給白薇，掙點銀子打打牙祭？」

鄉鄰說動便動起來，立即揹著竹筐去撿石頭，賣給白薇。

白薇正在屋內用左手畫圖稿。

江氏進來道：「薇薇，鄉鄰揹著石頭要賣給妳，妳去瞧一瞧？」

「石頭？」白薇差點忘了這一件事，之前江氏通知鄉鄰，除了方氏外，沒人上門賣石頭。「我去看看。」

四、五個鄉鄰站在院子裡，腳邊擱著竹筐，裝了半筐石頭。

白薇一個個檢查過去，淘到四、五塊瑪瑙石，其他都是普通石頭。

她將瑪瑙石按價給，普通石頭她也挑一些，留給白老爹做石雕。

鄉鄰得了銀子，歡天喜地離開。

他們之前以為江氏騙人，今兒試一試，沒想到石頭真的可以賣銀子！

這個消息瞬間傳遍整個石屏村。

白離從外回來時，鄉鄰熱情地和他打招呼，他整個人都暈乎乎的，不可思議地對白薇道：「他們不是一直挺嫌棄咱們家，愛理不理的，老欺負咱們嗎？怎麼突然對咱們熱情了？」

白薇意味深長地說道：「咱們身處低勢，他們朝咱們扔石頭，不用急著將石頭朝他們扔回去反擊，將這些石頭留下來做建築高樓的基石。等我們站在高處後，他們就會仰望我們，對我們恭維。」總而言之一句話：利益所致。

白離的目光瞬間變了，不可否認，他們家能過上好日子，全都是白薇的功勞。

他扭扭捏捏，想喊一聲「姊」，但無論如何都喊不出口。

這時，謝玉琢上門了。

「薇妹，那玉壺妳雕刻得怎樣了？」謝玉琢進門，瞧見白薇蹲在一堆石頭裡。「喬縣令的女婿原來是說年後訂親再赴京趕考，咱們這兒離京城近，十天半個月便能到，哪知突然又變卦，說年前先訂親，年初二進京，這玉壺便催得急了。」

白薇站起來，因為蹲太久，眼前發黑，身體晃了一晃，往後倒去。

白離下意識扶住白薇，等她站穩腳，連忙鬆開手，沒好氣地說道：「妳站穩一點，別摔我身上。」說完，他轉頭進屋，左手打右手。瞧你們能的！摔死她不是更好嗎？

白薇有些詫異地望著緊閉的屋門。

「白離似乎轉性了？」謝玉琢也瞧出門道了。

白薇沒有說話，一個人的性子不是這麼輕易就能改變的。他現在充其量是開竅了，至於能不能改好，還得往後看。

「我有一個玉壺是以前雕的，你看行不行。」白薇領著謝玉琢去工棚，她拉出一口大木箱開鎖，取出一個盒子遞給他。

謝玉琢打開盒子，裡面是白玉壺。

形狀似元寶，壺嘴與壺身一體，僅在邊緣處雕出小小的扣手圓鈎，極為別致。

玉壺的製作難度極大，費工費料費時，歷來價值高昂。其中最難的一道工序是掏膛，要在一整塊玉料上一點一點地雕琢出內腔，還要把壺壁盡可能雕得很薄，稍不留神便會報廢。

謝玉琢端詳著手中雅致的玉壺，心裡極為滿意。「妳之前哪有銀子買這玉料？」之前還擔心時間太趕，白薇雕不出來，但他實在捨不下這筆佣金，便過來一問，倒是有意外之喜。

白薇笑而不答。「你只管說這玉壺行不行？」

「妳雕的，哪有不好的？」謝玉琢拍了個馬屁後，將玉壺小心翼翼地放回木盒裡，帶著東西去交貨了。

白薇望著謝玉琢離開的身影，稍稍吐出一口氣。

第二天，便到了二十五，木匠鋪子將家具拉了回來。

白薇與江氏一起去新宅收拾。

謝玉琢急吼吼地趕來，臉色發白道：「薇妹，出事了！妳的那個玉壺有瑕疵，會往外滲水。」

「滲水？我試驗過，沒有這個問題。」白薇皺緊眉心。「你交貨的時候有當面驗貨嗎？」

謝玉琢臉色驟變。「沒。我忘了驗貨。」這回徹底慌了，說話的聲音都在發顫。「他把時間提前，我讓對方加了兩成貨款，一共是六千兩，他們痛快地答應了，但是立下字據，說若是有問題，我們便要十倍賠付。」

白薇早晚有一日要被謝玉琢給氣死，謝玉琢這貪財的毛病，遲早會害了他！

「你幹這一行多少年了？交貨時得驗貨，這是保障雙方的利益，防止買方的損失，同時避免賣方被訛詐。若是對方驗貨後確認無誤，必須得讓他們簽下責任書，一定時間內作品有瑕疵可協商修復或者退貨處置，怎麼會是高價賠付？這種情況應該是玉料有問題，方才假一賠十！」白薇根本不用動腦子，就知道謝玉琢在對方爽快答應多給兩成銀子後，便樂得找不著北，無論對方提出多麼過分的要求，他都會腦子發熱地答應。

謝玉琢心知犯大忌，但仍然覺得委屈。「那陳老爺是趙老爺的妻弟，之前有過生意來往，很講誠信，我、我一時大意了。」

白薇冷笑。「你將他當作故交卻坐地起價，你又憑啥認定他不會訛你？」

謝玉琢語塞。他狠狠搓一把臉，懊惱道：「這回跌了跟頭，我下回再不會被錢財迷眼了。六萬兩銀子，砸鍋賣鐵也賠不起啊！妳隨我去看一看吧，看能不能修復？」

「他們既然訛上你，會同意修復？」白薇讓謝玉琢帶路，警告道：「下不為例！」

謝玉琢見白薇是真的動怒了，哪敢有下一次？

兩個人急急忙忙地乘坐馬車，去往縣城。

喬府，書房。

長案上擺著精緻玲瓏的白玉壺，這是陳家託白薇雕刻，昨日送來的。

細小的水珠從扣手的圓鈎下面滲出來，滴墜在桌面上，一旁的范氏拿著絹布擦去。

「倒是沒承想白薇是有能耐的村姑，力壓白玉煙，奪下選寶大會的魁首，聲名大噪。如今在玉器圈子裡成了人們津津樂道的話題，參加貴夫人之間的宴會，都會扯到白薇頭上。」

范氏之前不以為然，直到前幾日參加宴會，在席間遇見趙阮。

趙阮配戴一套翡翠首飾，鑲嵌著不知名的寶石，亮光閃閃，璀璨奪目，被眾人簇擁著，誇讚她的首飾精美漂亮。她打聽是在何處買的，一問之下，竟是出自白薇之手！

范氏被驚著了，原來打算邀請那個玉匠為她量身訂製的，瞬間打消了念頭。誰叫白薇的未婚夫，如今成了她的女婿？范氏是半點也看不上白薇的出身，卻又忍不住拿喬雅馨與白薇放在一塊兒比較。男人總是欣賞有才能的女子。

「白薇被選中做代表參加玉器大比，若是一舉得名，我擔心顧時安會生出其他的想法。馨兒是我捧在手心裡嬌養大的，不曾受過委屈，被一個處處不如她的村姑爬到頭上，比吞下一隻蒼蠅還要令人難受，若是再影響了小倆口夫妻間的感情，可得不償失啊！」范氏眼底閃過厲色。「老爺，您可千萬不能讓白薇出頭。一個沒有好出身的野丫頭，就該知道自個兒的斤兩，還想衝出雞窩成鳳凰嗎？」

「妳放寬心，她擋了別人的路，用不著我們動手，自有人會不許她出頭。」喬縣令的手指撫過玉壺精美的紋路，眼中有著惋惜。「妳派人進京給時安租賃宅子了嗎？」

「已經安排好了，時安進京只管住進去就成。」范氏低聲說道：「我留了一個書僮照顧他的起居。」說是照顧，到底是對顧時安不放心。他能為喬雅馨解除婚約，若是金榜題名，就怕被人榜下捉婿。

喬縣令很贊同。

長隨進來通報，陳德財帶人來了。

喬縣令道：「請他們進來。」

陳德財與白薇、謝玉琢一前一後進來，幾個人給喬縣令見禮。

范氏的目光落在白薇身上，她的身量苗條，容貌秀麗，一雙眼睛烏黑清澈，充滿靈動之氣，讓人看著覺得漂亮舒心。范氏暗暗心驚，原來以為白薇長得平庸，卻沒有想到容貌如此出色，對白薇不禁多了幾分警惕。

「大人，這位是謝氏玉器鋪子的東家謝玉琢，這位姑娘是新崛起的玉匠師，您手裡的玉壺便是出自她之手。我和謝玉琢相識，對他太信任，交貨時沒有驗收，哪裡知道竟出現問題。」陳德財覥著臉賠笑道：「您將這玉壺給我，我讓白薇檢查，免得她不相信，以為咱們糊弄她。」

喬縣令指著玉壺，讓他取走。

陳德財雙手托起玉壺，遞給身後的謝玉琢，臉上諂媚的笑隱去。「你和我姊夫是老交情，白薇名動寶源府城，我對你們十分信任，可你們卻用殘品來糊弄我。若是我自個兒收藏的也不會追究你們，幫我修復好就成，可這是贈給新人的賀禮，這玉器有裂痕太不吉利了，修復好了也晦氣，咱們按照合約走吧！」

白薇在陳德財領她來喬府時便知道他的用意了——手裡捏著合同，在喬縣令跟前逼她賠銀子。這玉壺是陳德財以訂親賀禮的名義贈送的，最後雖是落在喬縣令手裡，她也不能扣他一頂貪污受賄的罪名。

謝玉琢與陳德財套交情。「陳老爺，不如這樣，我們重新給您挑選一塊上好的玉料，另雕一個玉壺？」六萬兩銀子啊，即便陳德財承擔一半責任，他也得賠三萬兩！

「謝老弟，親兄弟明算帳。咱們不按照章程走，人人講情面，今後還咋在外做生意？」陳德財指著玉壺道：「你看不如這樣，你們拿走玉壺，賠給我六萬兩，我再找你們雕一個玉壺，照顧你的生意？」

謝玉琢臉色難看。

白薇將玉壺拿過來，順著滲水的地方找到那道口子，位置在圓鉤內部。掏膛打磨得很薄，只有一條小指頭半個指甲蓋長的口子。

可見他們是用心的，裂紋位置隱密，當時沒有發現很正常。

「陳老爺，沒有您說的這個規矩。行規都是玉料作假或者仿古玉方才一賠十。若是瑕疵問題，我們只管修復與退貨。」白薇將玉壺裡的水倒了，抽出乾淨的細棉布擦拭水漬，裝進木盒中。「謝氏玉器鋪子的合約是我擬定的，裡面沒有這麼一條霸王條約。不說您請大人作主，便是告到府城去我們也不怕。」

陳德財將合約拿出來，扔在白薇的臉上，冷笑道：「交貨時，謝玉琢在下面親自添了這麼一條。我陳德財走南闖北，在外講究誠信，家產雖不及姊夫卻也腰纏萬貫，豈會訛你們這點銀子？這若是傳出去，我這張面皮往哪兒擱？」

白薇拿到合同，仔細看下去，除了新加的一條霸王條款，其他都沒有變動。

「姑娘，做人要守誠信，妳若失信於人，如何讓人對妳信服？即便妳有出眾的手藝，倘若不會做人，再大的名氣也禁不起妳折騰。」范氏神色傲然，頗有些居高臨下的意味。「妳出身鄉野，但看著是個明事理的人，應該知道取捨。妳若執意不肯認帳，傳出去，妳的名聲會毀於一旦。」她神情緩和，嘴角隱隱牽起笑意。「妳得知府大人器重，明年要參加玉器大比，若是鬧出這等醜聞，便辜負大家對妳的期望了。」

「這並不是我的過錯，我為何要攬下來？今日若是給了銀子，只怕不消半日，我便臭名遠揚了。」白薇哪裡不知道他們的算盤？說來說去，是因為她要參加玉器大比。成功與失敗的機率各一半，他們寧可在這之前將她踩進泥濘裡，不讓她有出頭的機會。

陳德財被激怒了。「妳這是不打算認帳？」

白薇質疑道：「陳老爺，謝玉琢被錢財沖昏頭腦而忘記驗貨，您是玩玉器的老行家，這玉壺又是用來贈人的，怎麼也不該疏忽大意吧？還是您『猜到』這玉壺有問題，才會特地提出添加一條不合理的條約呢？」只差沒有明著說他故意破壞玉壺，訛這筆銀子！

陳德財臉色鐵青。

白薇又道：「每個玉匠師都有自己慣用的打磨手法，請老道的玉匠師就能夠分辨出細微的差異。究竟是我雕壞的玉壺，還是陳老爺故意找碴，喬縣令大可託人去天工會，請一位技藝高深的玉匠師來鑑別。」

陳德財心驚肉跳，背上幾乎瞬間冒出一層虛汗，可聽到白薇的後半句話，他又悄悄鬆了一口氣，心裡嗤笑：到底是個丫頭片子，再能言善辯，還是太嫩了一點！

喬縣令與陳德財對上眼神，他請長隨去天工會請玉匠師。

陳德財輕鬆地笑道：「白薇，妳雕一件玉器有幾千兩，雕十來件就夠賠的了，死死抓住這六萬兩銀子而敗壞名聲，得不償失啊！天工會的人是知府大人親自挑選的，玉匠師若過來一趟，不出幾個時辰這事便會傳到知府大人耳朵裡。現在人還沒有過來，妳再思量思量。」

謝玉琢相信白薇，可他這一回不太相信喬縣令會是一個公道的人。陳德財會這般有恃無恐，恐怕是與喬縣令沆瀣一氣。他腸子都悔青了，就不該貪財，逼著白薇接下這筆訂單。手指悄悄勾動白薇的袖子，動了動嘴唇：咱們認栽吧！妳還小，今後有大好的前程。

白薇冷淡地看他一眼，收回視線，當作沒有看懂。

謝玉琢急得抓耳撓腮。

陳德財將兩個人的小動作看在眼裡，哼笑一聲。待會兒有你們後悔的！

喬縣令成竹在胸，放鬆地看公文。

范氏眼底的笑幾乎遮不住，白薇自尋死路，她怎麼能不高興呢？「妳這丫頭就是不開竅！妳能掙多少個六萬兩，何必抓芝麻、丟西瓜？」范氏假意勸白薇幾句。

白薇很認同地點了點頭。「是啊，陳老爺家裡生意做得大，這張臉就是門面，能掙多少個六萬兩，何必死心眼呢？」她又笑咪咪地說道：「大家都說喬縣令是個廉潔清正的好官，縣令夫人生著一副菩薩心腸，今日一見，百姓果然沒有說錯。就是希望今日之事，不會敗壞了你們的好名聲。」

范氏臉上的笑容僵滯，將手裡的帕子當作白薇撕扯。讓妳先得意！

陳德財的臉色同樣難看，遠遠地瞧見長隨帶著玉匠師過來，雙手背在身後，對謝玉琢道：「謝老弟，我們是老交情，我再給你最後一次機會，別不識抬舉。」

謝玉琢看見人來了，他認得那個玉匠師，與陳德財是一夥的！「薇妹……」謝玉琢急得像熱鍋上的螞蟻般團團轉，他牙一咬，道：「我……」

「我們不揹鍋！」白薇擲地有聲，態度堅決。

「好好好，我看你們是不見棺材不掉淚！到時候可別說我陳德財不講仁義！」陳德財將玉壺取出來，等天工會的人一進屋，他立即將玉壺遞過去。「蔣師傅，您看一看，這玉壺是掏膛雕琢時弄壞的口子，還是人為故意損壞的？」

蔣師傅將玉壺拿在手中，玉質細膩、溫潤，行雲流水般的紋路精美絕倫，他暗暗讚嘆雕工的同時，又覺得這玉壺似乎有一些眼熟。

陳德財殷勤地取來一壺水，倒在玉壺中，水珠開始滴滴地往下墜。

蔣師傅將水倒出來，用細棉布擦乾淨水漬，站在門口對著光細細端詳裂紋，又用手去摸內壁，裝模作樣地看了一會兒後才說：「這玉壺的裂紋是——」話音戛然而止，神色劇烈一變，連呼吸都屏住了，手指仔細撫摸內壁的字。

陳德財得意洋洋地看向白薇，催促蔣師傅。「是打磨時就弄壞的？」

范氏雙手拽緊帕子，緊張地等著後半段話。

喬縣令雖然是昏官，但在官場浸淫日久，慣會觀言察色，已敏銳地覺察出蔣師傅神色不對。他轉頭看向白薇，只見她氣定神閒，竟捧著茶杯在品茶！

「蔣師傅，這裂紋是怎麼造成的？」白薇毫無心機地問道。

「我技藝不精，看不出來。」蔣師傅將玉壺還給陳德財，他不想得罪喬縣令，只能推託道：「段老如今在縣城，不如請他來一趟？」

喬縣令的臉色變幻莫測，已經知道這個玉壺來歷有問題，才會讓蔣師傅諱而不言。倘若將段羅春請來，該發生的仍然會發生，倒不如由自己人來說，這樣一來說不定還能反轉。

「你只管說實話！」喬縣令將最後面兩個字咬得很重。

陳德財神情嚴肅。

蔣師傅便問喬縣令要來朱砂，抹在內壁，再用油燈一照，三個字清晰地顯露出來——段羅春。

喬縣令差點失態。

范氏的臉色隱隱發白。「怎麼會是段老的？」

陳德財懵了。「怎麼可能？」

「段老的技藝有目共睹，區區一個玉壺，他怎麼會雕壞？」

白薇在謝玉琢找上門來，說有人指定讓她雕刻玉壺，準備贈給喬縣令作為喬雅馨的訂親賀禮時，就留了個心。她不得不先以小人之心度君子之腹，猜忌他們是否在算計她？即便不是算計她，但經她的手雕的東西，最後在喬雅馨和顧時安手裡，難免今後讓他們大做文章。

從一開始，她就沒有想過自己動手，卻也不打算拒絕。萬一他們在挖坑給她跳呢？這樣她能夠做好應對準備，總比他們在她防備不了的地方下手。

她私底下找上段羅春，將事情原原本本地告訴他，經過他的同意後買下玉壺交給謝玉琢。果然，是一個巨坑！

陳德財惱羞成怒。「我指名請妳雕刻，妳卻拿別人的玉壺充數，違反了合約。」

「第一，合約上注明若是出現不可避免的突發事故，可以找人代勞。第二，你找我雕刻不過是看中我的名氣，而段老的作品，愛好玉器的收藏者卻是求而不得，價值遠在我之上。我並未抬價，足以表明我的誠意。」白薇嘴角一揚，丟下一記重磅炸彈。「第三，陳老爺恐怕不知道，喬大人的女婿是我的前未婚夫，我相信喬小姐並不願意在大喜之日，收到與我有關的東西。」

謝玉琢聞言，差點從椅子上滑倒在地上。

陳德財臉色鐵青。「妳哪裡符合第一條？」

白薇拉開袖子，露出包紮好的手臂，解開細布。「有匪徒傷了我的手，暫時不能治玉。」

陳德財臉頰肉抽動，陰冷地瞪著白薇。這一刻，他哪裡還不明白白薇是故意的？否則，她的手受傷了不能治玉，要用其他人的作品替代，必定會通知他。

「陳老爺，對不住了。我們年輕氣盛，不識抬舉，只想追求一個公道，有得罪的地方還請您多多包涵。」白薇將長案上的合約展開，指著第九條。「若是買主將玉器故意損毀訛詐賣主，賣主有權取消買賣，買主將玉器照價賠償。」

陳德財氣血上湧，這個條約是白薇故意制定的，她早就留了這一手！

白薇又往他心口扎一刀。「陳老爺，這玉壺若是我的，就當這件事沒有發生過。可這玉壺是段老的，他若是知道他的玉壺被人故意破壞，事情便不好收場了。按照段老的作品市價來算，這個玉壺價值兩萬兩。」

陳德財氣瘋了，白薇是故意獅子大開口！

「這筆銀子你不必給我，直接送去給段老吧！」白薇堵死陳德財的退路，他不敢得罪段羅春。這個啞巴虧，陳德財吃定了！白薇讓謝玉琢將六千兩銀子還給陳德財，道：「我得去找郎中包紮，先告辭了。」帶謝玉琢走出喬府，看著范氏精彩繽紛的臉，她忍不住想發笑。

謝玉琢很擔心。「妳這樣坑他們，不怕喬縣令報復嗎？」

「我不得罪他們，他們照樣會找我麻煩，所以既然能讓他們不痛快，我為啥要憋屈自己？他們不是愛坑人銀子嗎？我就讓他們嚐一嚐這滋味。」白薇心中冷笑。陳德財從一開始就沒安好心，又怎會注意到合約上不合常規的條約？她擔心合約作假，才會故意說那些話，讓陳德財拿出合約檢查，確定無誤後，她便以牙還牙。這只玉壺即便是段羅春雕刻的，價值也在六千兩左右而已。陳德財明知價格，卻不得不多掏銀子消災，估計要氣得內傷了。

「妳怎麼就知道他們一肚子壞水？」謝玉琢不知道白薇的腦瓜子是吃啥長的？

白薇笑而不語。因為事情牽扯到顧時安，她才會變得特別敏銳謹慎。

坐上馬車，讓謝玉琢去段府。

他們的馬車駛離後，顧時安從另一輛馬車上下來，望著白薇離開的方向。

當初得知白薇跟著謝玉琢學玉雕，他只當是一個笑話，未曾想到會狠狠被打臉。白薇在選寶大會嶄露鋒芒，並且被知府看重，明年要代表寶源府城參加玉器大比。

白薇這般有能耐，顧時安十分詫異，這樣的白薇與他認識的那一個人完全不一樣。

「顧哥哥。」喬雅馨從馬車上下來，見顧時安望著白薇離開的方向出神，她絞緊手裡的帕子，咬住下唇道：「你喜歡她？」

顧時安輕笑一聲，眼神溫柔地凝視著喬雅馨。「說什麼傻話？我喜歡她便不會與妳訂親。」白薇再有本事，不過是個商戶而已。他需要銀子，更需要官場人脈，這是白家給不了他的。他的選擇沒有錯，且早已沒有回頭路可走，所以他不會錯的。

喬雅馨甜蜜地笑了。

陳德財被喬縣令怒斥一番後，灰溜溜地坐著馬車去鎮上，直奔白氏玉器鋪子。

白啟祿正躺在裡頭的矮榻上呼呼大睡，白玉煙則拿著棉布在外面擦拭玉器。

陳德財心急火燎地走來，一臉急色。「姪女，妳爹呢？」

「陳叔，我爹在裡面休憩……」白玉煙話音未落，陳德財已大步往內走。

白啟祿被吵醒，眼睛睜開一條縫，瞧見是陳德財，瞌睡蟲全都跑了。

白玉煙見白啟祿醒來，準備出去。

白啟祿將她留下來，想讓她聽一聽白薇的下場，高興高興。

陳德財陰著臉，往口中灌一口茶。「白老弟，姪女給我帶來不少生意，她現在遭受委屈，你找我替她出頭，我二話不說便答應下來，但現在東窗事發，你也脫不了關係。我找白薇雕一個玉壺，她拿段羅春的作品給我，我著了她的道。現在這玉壺咱們弄壞了，她開口要兩萬兩，咱們若是不給便得罪了段羅春，今後甭想在這個圈子裡混下去了。我思來想去，咱們一人出一萬兩吧，不用你一個人承擔。」

「啪」的一聲，白啟祿手裡的杯子砸在地上。「你、你說啥？」白啟祿簡直不敢相信自己的耳朵，陳德財沒有搞臭白薇的名聲，反而被白薇訛銀子？他情緒激動地拍著桌子。「你是怎麼辦事的？你出高價指定她雕，她拿別人的東西充數，這不合規矩。你可以讓她賠銀子！」

「她的手被匪徒刺傷了，咱們沒法讓她賠。」陳德財頹喪地坐在凳子上。如果不是與白啟祿有利益牽扯，他壓根兒不會蹚渾水。現在沒有達到目的，還自個兒血虧。

白玉煙的臉色驟變，白薇的手會受傷是她的主意。錯失了讓白薇身敗名裂的機會，甚至他們還要反掏出一萬兩銀子，她怒氣攻心，一股腥甜往喉間湧來，她硬生生吞嚥下來。

白啟祿偷雞不成蝕把米，心口在滴血。他哪裡拿得出一萬兩？若是在選寶大會前，他能眼都不眨地掏出來，但白玉煙被除名後，許多商賈解除了合作關係，大把銀子往外流，如今手裡頭只有一、二千兩銀子。「我手裡沒這麼多銀子，陳兄……」

「這筆銀子你砸鍋賣鐵也得湊齊。」陳德財知道，白啟祿的氣數盡了。「我明天上門取銀子。」說罷，快步離開。

白啟祿的胸口像針扎一般疼痛，他摀著胸口，倒在矮榻上，呼吸困難。

「爹，您怎麼了？」白玉煙嚇一跳，連忙吩咐小廝去請郎中。

白啟祿制止住。「爹沒事，緩一緩勁就好。」他憤懣難平地說：「一萬兩啊，咱們得幹幾年才能掙一萬兩銀子？如今要白白掏給白薇，我想到就、就憋屈。我寧可不開這玉器鋪子，也不願掏這筆銀子。」

白玉煙不想得罪段羅春，勸道：「爹，賣宅子、賣石場，咱們也得給這筆銀子。」

她若是知道白啟祿要算計白薇，當初無論如何也不會煽動劉娟買兇廢白薇的雙手。事已至此，後悔也沒有用，再不甘心也得打斷牙和血往肚裡吞。

「宅子賣了，爹得被人笑話死！石場也不能賣，賣了咱們的鋪子怎麼經營？」白啟祿越想心裡越難受，好不容易積攢的家業，全都散出去了。

「賣石場。」白玉煙忍痛割掉石場，相當於自斷一臂。「我去求趙老爺買下咱們家的石場，等咱們恢復元氣之後，再將石場買回來。」石場很搶手，她當初費了不少工夫才買到手的。賣給別人只怕拿不回來，但趙老爺不一樣，他自己有玉礦。

白啟祿照白玉煙說的去辦。

「爹，您下次不許擅作主張了。」白玉煙吃了一次悶虧，今後定要盯牢白啟祿，免得他扯後腿。時間緊迫，白玉煙拿著書契去找趙老爺。

白薇來到段府。

段羅春在工棚裡，研究一塊新得手的白玉。

白薇叩門進來，段羅春正在粗繪，她站在一側細看，看清楚玉石，眼睛一亮。「這是翠青玉？」

「這是一塊白玉。」段羅春看著白玉上分布著翠綠色的條帶，遺憾地道：「這白玉凝重細膩，算得上是一等玉石，可這抹翠色瑕疵，影響了創作發揮。」他準備用剜髒去綹法，將這抹翠綠給剜掉。

「這不是瑕疵，它是翠青玉。這種玉極少單獨產出，幾乎依附白玉等原料產出。您手中這塊玉底子白，翠色靈動鮮活，如同枝頭嫩芽，十分清新淡雅，細膩油潤，又無雜質裂紋和水線，品質極好。」白薇笑道：「把握好題材、比例、刀法、翹色運用在翠青玉上是點睛之筆。不信您可以嘗試一下，成品絕對會很驚豔。」

翠青玉在九零年代方才出現在市場，漸漸被大眾喜愛，只是好的翠青玉十分難得。

段羅春聽白薇一番話後，重新換個角度審玉。這抹翠色有一種透與不透的光澤，一動一靜，似綠水浮雲般飄逸，細糯膩滑。他不禁問道：「妳認為什麼樣的題材合適？」

白薇左手轉動玉料，最後拿筆上手細繪，不多時，一幅畫卷躍然於玉料上。

白的部分雕琢出小鹿，翠綠的部分做森林松柏，似兩隻小鹿在林間嬉戲。這一幅圖渾然天成，並無半點突兀。

段羅春撫鬚大笑幾聲。「妳的心思巧妙，看來妳師父把妳教得很好。妳認我做師父，我未必能將妳教得這般出色。」

白薇心虛，她只是來自後世，見多識廣罷了。若真正活在這個年代，會被秒成渣渣。

「他的薄胎技藝沒有您高深。」

段羅春笑了，眼中有驕傲。「妳還年輕，可以跟我學。」

「好啊！待大賽後，我跟您學薄胎。」白薇只學了三年薄胎，許多技巧不如段羅春純熟。他肯傳授，她受益匪淺。

段羅春滿口答應。「妳跟我學了，就得喊我師父。」

「我已經拜過師，您若不介意，我喊您二師父。」

段羅春倒是不介懷。

白薇認下段羅春做師父後，與他親近了不少，很自然地提起喬府發生的事情。「您賣給我的玉壺被人為損壞，陳德財會賠兩萬兩銀子，到時候您給收著，咱倆一人一半。」

段羅春並不在意。「妳已經給過我銀子，這兩萬兩是妳靠本事得來的，全歸妳。」

「我託您給趙老爺雕的玉器，您開工了嗎？他給了我一間鋪子，還提供我石場，您可得雕好一點，到時候說不定他看著喜歡，能賣我一座石場呢！」白薇思來想去，覺得自己有石場才好，但是一座石場得花不少銀子，她現在雖然有名氣，可還是窮得響叮噹，因此愁眉苦臉道：「一座石場得要多少銀子啊？」

「得看大小，妳若要買一座小的，陳德財這筆銀子足夠了。」段羅春見白薇眼睛發亮，忍不住潑一盆涼水。「尋常人不會賣的。」

白薇撇了撇嘴，對段羅春說道：「這兩萬兩我就收下了，到時候參加玉器大比雕刻的玉器，我贈給您。」

「妳若是輸了，我要來有何用？」

白薇在心裡翻了個白眼。「您就不盼著我一點兒好？」

「這得看妳用了幾分心思在裡面。」段羅春意味深長地道。

白薇面色一肅，被他戳中心事。

「妳不必給自己太大的壓力，權當去歷練的，不用將它當作一場比試。心態平和，心境豁然。」段羅春點撥她幾句。

白薇抿緊唇角。參加選寶大會時，她便知人才濟濟，而這只不過是一個玉匠師並不興盛的府城。正如謝玉琢所言，安南府城溫、姜兩家在培養玉匠師上頭花費了巨大的心血，以她的資歷想要贏，得冒險。她心態不平穩，思維受到局限，一直沒有靈感，心中便越發急躁，而越是如此，越無法沈下心，段羅春的話讓她得到了開解。「我會盡快調整好心態。」

「妳可以做到。」段羅春鼓勵她。在他眼中，白薇就如一塊璞玉，經過打磨、精雕細琢，便會煥發出璀璨耀眼的光芒。

白薇望著段羅春充滿信任的眼神，輕輕咬住唇角，低下頭。

白薇從段府回石屏村，段羅春將一塊羊脂玉玉料一併給她帶回來，這是用作參賽的玉料。她讓沈遇幫忙搬回工棚，看了大半宿後，睡在工棚。

第二天起來，她腦袋還是空蕩蕩的，索性揹著竹簍去山上，興許能夠觸發靈感。崇山峻嶺、古木叢立、洞壑溪澗。忽而間，她靈光一閃，心中有了主意，立即下山，去工棚繪圖。

這個時候，趙老爺再次不請自來。

白薇沈下心畫稿，並不搭理趙老爺。

趙老爺倒也怡然自得，兀自品茶看著白薇作畫，不時說上幾句。「玉器你們開始雕了嗎？大約什麼時候可以完工？」

「……」

「妳這是在作參賽的圖稿嗎?我瞧著普通,妳拿這個比賽能贏嗎?」

「……」

「我認識溫家少主,要不介紹妳認識一下,再去他們工棚參觀學習?深入敵軍陣營,知己知彼,方能戰無不勝。」

白薇抬頭看向趙老爺,皺緊眉頭。

「怎麼?妳想去溫家?」

「你太聒噪,吵得我心煩。」

「……」趙老爺還是頭一回被人嫌煩,但他居然一點兒都不覺得生氣,甚至還想要笑。

「已經開始在給你治玉了,由段老一個人獨立完成。」白薇下逐客令。「你若沒有別的事,可以走了。」

「玉器圖稿我有些細節要變動,妳能引薦我去見段老嗎?」趙老爺詢問道。

白薇知道他醉翁之意不在酒,主要是為了段老。

這時,段老派人給白薇送了銀票過來。兩萬兩,厚厚一疊。白薇拿在手中,生出一種久貧乍富的激動情緒。

「你想要去見段老?」白薇壓下激動的心情,問趙老爺。「你的石場出售嗎?我既然要自己做玉器生意,有個石場會便利許多。」

趙老爺沒有吭聲。

白薇又道：「段老還有兩日便回府城，眼下忙著雕刻玉器，沒空見人。」

瞎矇誰呢？誰不知道妳昨兒才見段老？今兒他都有空給妳送銀子來了。趙老爺酸了。

「石場啊？我好像有那麼一個可以脫手。」

「是嗎？我正好明天要給他送圖稿去。」

趙老爺從袖子裡拿出一張書契。「一萬五千兩賣給妳，我分文不賺妳的。妳該知道，石場不輕易脫手，這是我原來答應了賣主不賣，等她兩個月後贖回去的。」

白薇一愣，還真的有石場賣啊？

趙老爺立即表功。「妳是趕巧了，這石場是我昨兒才入手的，再早可沒有得賣。」

趙老爺為了見段羅春，捨得下血本，所求必定不小。白薇猶豫了，她不能為一己之私給段羅春增加負擔。

趙老爺是個人精，哪裡不知道白薇的顧慮？

「段老人忙，妳明天替我傳個話就好，至於能不能見，全憑我的運氣。」

他話說到這個分上，白薇便將石場給收下了。看到書契上的面積，驚覺石場真的是寸土寸金。她不占趙老爺的便宜，按照市價給他，一萬八千兩。

第二日，趙老爺派馬車來接白薇一同去段府。

到了後，趙老爺坐在馬車上等，白薇帶著畫稿去見段羅春。

段羅春很驚訝，白薇這麼快就將圖稿畫好。

白雲、流水、蒼松翠竹、古道夕陽、老翁幼童。

她以山水人物、亭臺樓閣為題材，雕刻出一幅淡雅寧靜的山水風景。

白薇見段羅春執著畫稿良久不言，心中忐忑。玉山子在歷史上盛行於明清，而《大禹治水圖》玉山，標誌著中國古代玉器走向鼎盛。若說玉山子代表玉雕藝術的最高水準，那薄胎工藝便是不可跨越的豐碑。

「玉山子看似簡單，可也講究技藝。」段羅春將圖稿放在長案上。「山石布局講究均衡、穩重，層林疊起，高低錯落，深淺對比，力求雕刻出其中清淡意境，古樸莊重。」

白薇對玉山子創作純熟，心中有勝算在。在明朝之前，山石雕琢以鑽法為主，孔狀、砣狀鑽痕尤為明顯；而在明清時期，會採用高浮雕、淺浮雕等多種雕法，玉器更為美觀。經過她的觀察，現在對於玉山子的雕刻，都是停滯在明朝之前的技術，所以她才會選用玉山子。

可段羅春的一席話，令她心神一震，立刻意識到她看到的只是一個片面。寶源府城的玉雕技術太過落後了，恐有坐井觀天之憂。白薇不敢大意，立即坐在凳子上側耳傾聽。

「玉山子適用大件玉料，需要對複雜圖案精準的掌握住，更注重細節處理。我們的時間不足，只能雕刻小件，小件若想要取勝，難。」段羅春下了最後的定論。

白薇耷低垂腦袋，可憐兮兮地喊。「二師父，您指點指點迷津吧！」

段羅春哈哈笑了幾聲，將畫稿捲起來，敲在她腦袋上。「自個兒再琢磨琢磨！若我直接給妳個圖稿，反而會讓妳受到限制，失去靈氣。」

白薇蔫蔫的，來時滿滿的自信心受到了打擊。「趙老爺託我給他傳個話，他想要拜訪您，不知您可有時間見他？」

段羅春瞪她一眼，哼哼兩聲。「妳又得了他的好處？」

白薇嘿嘿笑道：「您說石場難買，這不是我正好瞌睡，他就遞來一個枕頭嗎？我架不住這巨大的誘惑。不過他表態了，我只負責傳個話，您不必為了我而勉強自己答應他，反正石場已經賣給我了。」

「我不想旁人說我的徒弟過河拆橋。」

「趙老爺也沒少幹過這種事，他應該能理解。」聳聳肩。

段羅春將白薇攆走，讓她將趙老爺請進來。

白薇前去通知趙老爺後，便坐在亭子裡等人。

院子裡種滿一片翠竹，再無其他的綠植。

白薇倚著美人靠，寒風吹著翠竹沙沙作響，地磚上鋪著一層枯葉。

木輪壓過枝葉的細微聲音傳來，白薇側頭望去。

只見一位年輕男子坐在輪椅中，一頭烏黑的青絲半紮半束，簪一支梅花玉簪，裹著雍容華貴的銀貂裘，領口一圈雪白的皮毛映襯著他清俊秀美的面容溫潤無害。寬大的袖襬中露出一隻瘦窄修長的手，骨節清晰可見，指間握著一串佛珠。

「咳咳……咳……」段雲嵐拿著錦帕摀住嘴唇咳嗽。他歪歪地斜靠在輪椅中，劇烈的咳嗽令他胸口震動，淺色的唇瓣顏色越發白了幾分，倒有幾分病弱之美。

白薇愣住了，認出是買她玉鐲的男子。

元寶將段雲嵐推進亭子，放下幔帳，遮擋住寒風。

段雲嵐喉嚨裡的癢意緩解，慢慢止住了咳嗽。

「天寒地凍，姑娘為何不在屋子裡等人？」段雲嵐眉眼柔和，眼角染著淡淡的笑意。

「後院中有幾株梅花，景色比前院優美雅致。」

白薇笑道：「各花入各眼，我倒喜歡這份清幽寧靜。」

段雲嵐輕輕一笑，眼睛像月牙一般下彎，透著遠山煙嵐的朦朧感，秀美的面容平添幾分靡麗之色，語氣十分溫和。「妳說得極是。」

白薇的目光落在他手中的佛珠，這才發覺他身上透著清冷的檀香，並沒有半點藥味。

他們並不相熟，白薇遂垂下眼角，沒有再搭話。

元寶端著茶壺溫在小爐子上。

兩個人靜靜地坐在亭子裡，只有小爐子上溫著的茶壺汩汩冒著裊裊煙霧，清香四溢。

白薇搓著手指，眼神落在茶壺上。

段雲嵐骨節分明的手指輕輕撥動珠子，他坐在白薇的斜對面，她的一舉一動都在視線中，他抬起薄薄的眼皮，睇向候在一旁的元寶。

元寶心領神會，立即拿出兩只碧玉杯倒茶，擱在托盤裡遞給白薇。

白薇一愣，當看見盛茶的玉杯時，眼睛都發直了。

蓮花瓣香草紋薄胎碧玉杯，線條流暢柔韌，精細秀麗，她透過杯壁能夠看見裡面沈浮的茉莉花瓣。

段雲嵐淺抿一口茶，看見白薇驚喜又詫異的眼神，轉動著杯身道：「這是段家的玉匠師雕琢而成的，妳覺得如何？」

「挺好的。」白薇心潮澎湃。她被困在這一方小城，眼界受到局限，根本不知道寶源府城之外的玉器工藝發展得如何。段羅春的指點，眼前少年的玉杯，一次次打破她的認知，讓她震撼。

段雲嵐悠然閒淡地飲茶道：「我見識過姑娘的作品，妳的雕工不錯，但與京城裡的工匠相比，卻相差甚遠。妳還太年輕，留在這小小的縣城會埋沒妳的天賦。我是惜才之人，妳若有機會去京城，我引薦妳會一會這位玉匠師。」

白薇沒有想到他這般平易近人，她將茶杯握在掌心，暖暖的熱流化去指間的僵硬。「謝謝。今後有機會去京城，我定當去拜訪。」

段雲嵐微微頷首，不緊不慢地道：「我聽聞妳拜段羅春為師，他在玉器大比之後會動身去京城。若是如此，我們便約在盛夏。」頓了頓，他的語氣越發輕柔低緩。「盛夏炎熱，秋涼之際最佳。」

白薇心中訝異，卻面不改色地道：「我不會去京城。」

「為何？」

元寶也忍不住說道：「白姑娘，京城才適合您發展。您若是去京城，必定能有一席之地。」

「我的家在這裡，自然要留在這裡。」白薇隱隱覺察出從一開始，段雲嵐故意拿出這套茶杯引起她的注意，目的便是說動她去京城。這樣一想，她便問出來了。

段雲嵐笑了笑，並不否認。「我為段家招攬妳。」

「多謝公子好意，但我自由散漫慣了，不喜歡受到約束。」白薇婉拒。

段雲嵐點了點頭，默默不語，慢慢品茶。

白薇多次拒絕，但段雲嵐脾氣很好，並不動怒變臉，氣質如蘭，溫和淡雅。

段雲嵐一杯茶喝完後，元寶將杯子接過去，他拂了拂衣袖，抽出一封信，帶出一物落在腿間。

白薇看著那塊黃皮子玉器，赫然是她在選寶大會上雕刻的酥餅。她後來贈給沈遇了，怎麼會落在他的手裡？

元寶將信封遞給白薇。

白薇疑惑地看向段雲嵐，並沒有動。

段雲嵐道：「白姑娘，這個妳收下，或許對妳有幫助。」

白薇看著他手裡的玉器，遲疑片刻後，將信封接過來。

元寶推著段雲嵐離開。

白薇望著段雲嵐的背影，猜不透他的用意。將信塞進袖子的內袋裡，便見趙老爺從屋子裡出來。

趙老爺滿面春風，對白薇的態度更好上了幾分。「薇丫頭，妳的那個石場太小了，出不了多少好玉料。參賽需要啥玉料，妳只管與趙叔說，甭客氣！」

白薇乾脆地應下。

趙老爺親自送白薇回村，隨從自另一輛馬車搬下兩口箱子。「薇丫頭，明天你們喬遷，這是趙叔給你們的賀禮。」

「趙叔，你太客氣了。」

「一點小意思，妳不收下便是瞧不起趙叔。」趙老爺讓小廝將箱子搬去白家。

白薇給趙老爺道謝。

兩人道別後，白薇轉身準備回家，一眼看見白老太太拄著枴杖，手裡拿著一顆白菜。

白老太太將白菜往背後藏了藏，被白薇看到覺得丟臉。

她看了一眼趙老爺華貴的馬車，又盯著白薇手裡提著一籃子吃的，心裡酸溜溜的。「妳家明天喬遷，我去妳家吃席面。」

「知道了。」白薇應了一聲後，頭也不回地離開。

白老太太氣得將手裡的白菜摔在地上，這個賤人從縣城買吃的回來，也不知道孝敬孝敬親奶奶！

林氏正好拎著兩顆水靈的大白菜經過，提醒道：「嬸子，妳的白菜掉地上了。」

白老太太想說不要了，可家裡半點吃的都沒有，只得憋著一肚子悶氣，將白菜撿起來。

白薇回頭看白老太太抱著白菜離開，抿緊了唇角。她哪裡不知道白老太太為啥生氣？無非是氣自己沒給她吃的。白老太太是不知好歹的人，她若是給了吃的，說不定又拿這事興風作浪。

白薇回到家，打開箱籠，趙老爺給的東西很實在，一箱子酒水、一箱子布疋。

江氏和白老爹、白離、沈遇一起去鎮上購置明天喬遷要用的東西。

白薇坐在條凳上，將信拆開，裡面是一幅圖——慶元九老圖。

她皺緊眉頭，不知道段雲嵐給她這幅畫的用意。

「回來了？」沈遇扛著兩個大麻袋進來，前去擱在廚房。

江氏、白老爹挑一擔籮筐擱在雜房。

白離馱一麻袋糧食，扔在廚房裡，然後一抹汗水，腿軟地去裡屋，一頭倒在床上。

江氏與白老爹前去收拾。

沈遇走出來，站在白薇身後，看著她手裡的圖，神色莫測。

「我今天在段府碰見一個少年，他給了我這幅畫。」白薇將畫遞給沈遇，一瞬也不瞬地望著他，注視著他的神情。「我給你的那塊玉餅呢？」

沈遇垂下眼簾，低聲道：「贈給一位故友了。」

白薇低頭，認真地將圖摺疊起來。「是你讓他在選寶大會幫我的？」

「不是。」沈遇坐在白薇對面，倒一碗水。「妳的作品打動了他。」

「如果不是受你所託，他不會參加選寶大會。」白薇觀察過段雲嵐，他的東西都很精細，可見家境底蘊深厚。且段羅春很受人敬重巴結，段雲嵐卻直呼其名，可見他的地位。

沈遇驀地笑了。「這是他的選擇。如果他不想參加，誰也勉強不了他。」

白薇點了點頭。「他這人挺好的，性格溫和，平易近人，你提了一句，他肯定會幫忙。大約是知道我要參加玉器大比，準備用玉山子參賽，他將這慶元九老圖給了我。」

「是嗎？」沈遇唇邊的笑隱去。

「他挺樂於助人的，可能我是你的朋友，他才會幫我。我原來也想雕刻九老圖，可惜我記不住細節。」白薇拿一塊帕子遞給他擦汗。「他的身體看起來不好，病情嚴重嗎？」

沈遇目光沈沈地盯著她手裡的帕子，沒有接，擱下茶碗。「藥石罔效。」

「這麼嚴重？」白薇十分驚訝，他精神看著還不錯。

沈遇沈聲說道：「他不適合妳。」

「……」白薇沒想到她只是好奇地問一下，沈遇就認為她對段雲嵐有其他心思。她無語地看向沈遇，也不知是不是錯覺，他沈靜的目光中隱約摻雜一抹不易覺察的懊惱。懊惱？白薇覺得新奇，他向來穩重，一副似乎什麼事都掌控在手的淡然模樣，極少有這種情緒。

沈遇在懊惱，不該將那塊玉餅送給段雲嵐，也不該請他幫忙，如此白薇便不會認識他，對他生出好感。段雲嵐看似溫和有禮，翩翩君子，可隱匿在他溫潤無害的面容之下的，是殺伐決斷、心狠手辣。想到白薇對他的關心，沈遇眉心狠狠一皺。「看人不能看表面。」

「現在成親都是盲婚啞嫁，全憑父母作主，甚至在洞房的時候才是第一次見面。」白薇看著他越皺越緊的眉心，幾乎能夾死蚊子。「就像咱倆，一步到位，媒婆都省去了。」

沈遇心裡因為白薇對段雲嵐上心而引起的不適，在聽聞白薇這句話時，竟然奇異地得到了安撫。

「你如今二十八，之前沒有議親嗎？」白薇托腮，詢問沈遇。「你若要娶親，對妻子有何要求？」

沈遇微微一怔，不禁陷入沈默。母親在世時問過他，喜歡什麼樣的女子？他說賢良淑德，宜家宜室，後來曾為他訂下一門親事。「有。」沈遇緩緩道。

白薇睫毛一顫，抬眼看向他。「她很漂亮嗎？」

「過去許多年了，已經記不清她的模樣。」

「為啥沒有成親？」

沈遇失笑道：「她有更好的歸宿。」那一年家中驚變，外祖父被貶外放，舅舅下獄，母親暴斃，父親另娶。眾人對他避之唯恐不及，誰會願意嫁給他?待舅舅得以昭雪，外祖父調回京城，妹妹出嫁後，他便遠離那是非之地。

「哦。」白薇胸口有些發悶，心裡不太對勁。「你對我知根知底，我對你卻一點都不瞭解。你是孑然一身嗎？」

「不是，有一個妹妹，她已經成親嫁人。」沈遇只提了沈晚君，其他的沒有多說。

白薇的嘴角微微一彎，他之前對自己家裡的情況都避而不提，如今卻一問便說。

她心情愉悅地說：「我去給你們做飯。」

沈遇看著她腳步輕快地去廚房，唇邊微微露出一抹淺笑。

第十五章

鎮上，白府。

白薇在趙老爺那裡買走石場的事情傳到了白玉煙耳中，氣得她提起水壺，狠狠砸在地上，面目猙獰。「白薇這賤人生來就是和我作對！」又恨趙老爺不守信用。

小劉氏正好推開門，嚇了一大跳。

「煙兒，妳這是怎麼了？」

「娘，咱們的石場被白薇買走了。」白玉煙恨毒了白薇。「她搶走我的生意，搶走我的男人，現在更是買走我的石場。我不會放過這個賤人！一定不會！」

小劉氏心中更恨白薇。「妳別生氣，這個石場妳從溫少主手中買來的，等咱們有銀子了，妳再去找溫少主。以妳和他的交情，他一定會賣給妳的。」

提起溫少主，白玉煙臉色煞白，渾身都在發顫。

溫家在玉器界是巨頭，白玉煙想要攀附，她自恃有重生的先機在，太過得意忘形，略施展小手段算計溫琰，結果他發現後並沒有殺了她，而是想法子折磨她。他養著兩隻瘋狗，將她的雙手綁住吊在房樑上，正是瘋狗跳躍時嘴能觸及她腳底的高度，他餓了瘋狗兩日，瘋狗望著她兩眼發光，露出猙獰的獠牙，對她吠叫，凶狠的勁頭恨不能嚼碎她的骨頭般。白玉煙懼怕至極，瘋狗俯衝跳躍而來，她也會掙扎著抬高腳。後來手上的繩索往下墜，她以為要淪為瘋狗口中的食物時，終於有人過來了。她將白薇今後會發掘出的石場告訴溫琰，方才逃過一命，並藉此機會買下一座小石場。這一份交情，僅此而已。

「娘，您別提他。」這個人對白玉煙來說就是一個噩夢！

小劉氏似乎也想到白玉煙的遭遇，後背滲出冷汗。「不然、不然妳把白薇給他，再向他要一點好處？白薇性子烈，他那種人，白薇一定會得罪他，到時不用咱們動手，溫少主也能替咱們出氣。就算拿不到好處也罷了，只要白薇一死，那個石場也能落在咱們手裡。」

白玉煙眼底閃過一抹狠戾，她立即去內室，翻出一個瓷瓶，拔開蓋子聞一聞，香味馥郁又帶著一絲甜膩，極為好聞的一種香味，但對溫少主而言卻如同索命毒藥。這種香很特殊，只要沾上，四、五日方才會淡去。

「娘，明天白薇一家喬遷新居，我明日去吃席面。」白玉煙準備將這香沾在白薇身上，一想到溫少主聞到這香後那嗜血的模樣，她臉上不禁露出一抹暢快的笑。

吉時在五更天，白薇一家人四更天便起身。包袱全都收拾好了，挑著東西去新宅。

沈遇用火鉗挾著一盆旺火，擱在新宅廚房裡。

江氏拿著新買的掃帚，將提前灑在屋子裡聚財的銅錢全都掃做一堆，再用一塊紅布包起來，放在床底下。

白薇將那一盆旺火移到灶爐裡，添柴禾，然後煮早飯。
她做的是米豆腐，用魚肉做肉末，鮮香四溢。
一家人坐在桌邊等，聞到香味便饞得慌。待白薇將米豆腐端上桌，全都不顧燙嘴，呼嚕呼嚕地吃完。
用完早飯，陸陸續續有鄉鄰將桌凳搬來，幫白家幹活。
白玉煙來的時候，白家正忙得熱火朝天。她目光四顧，在廚房門口找到白薇，笑盈盈地走過去，將準備好的喬遷賀禮遞給白薇。「恭喜大姊搬新宅，今後日子順遂，稱心如意。」
「多謝。」白薇接過賀禮，不管白玉煙話中有幾分真心。她聞到匣子裡散發出一縷清甜香味，有一點像草木香，又混雜著一絲果香，濃郁而膩人。「這是什麼香？」白薇嗅一嗅，疑惑地問，心中卻升起警惕，思忖這白玉煙又想鬧什麼么蛾子了？
「蘇合香。」白玉煙見鄉鄰全都在忙前忙後，善解人意地道：「大姊妳繼續忙，我隨便尋一處坐下。」
白薇正好沒有閒工夫應付白玉煙，隨手將匣子放在地上。
白玉煙的眼神微微一閃，去往後院。大家全都在前院忙碌，後院空無一人，十分清淨。她瞧見白薇的屋子無人看守，心中一動，溜進去後將門合上。
她想看一看，白薇準備用什麼圖稿參賽。
白玉煙的目光環顧一下屋子，四處翻找一番，都不見圖稿，柳眉一蹙，記起白薇性子謹慎，莫不是將東西貼身帶著？這樣一想，白玉煙的視線不禁落在木架上掛著的厚襖，試探般地將手鑽進袖子內袋，抽出一封信。將信拆開，她抽出一幅「慶元九老圖」。

開席的時候，白玉煙從容地入席落坐。

白薇見她安分，沒有鬧事，微微鬆一口氣。這樣大喜的日子，她不願鬧出不愉快的事情。

謝玉琢匆匆忙忙地帶著賀禮過來。「薇妹，鋪子裡來了應徵的人，我給考驗了一番，都有幾把刷子，一共雇了三個人，通知他們年後過來。至於工錢，等妳回去之後再談。」

白薇頷首。「已經開席，你進去尋個位置坐。」

謝玉琢隨了喜錢，六桌差不多已經坐滿了，只有劉露身邊還有一個位置，於是他一屁股坐在劉露旁邊。

劉露立即往一旁挪動，只掛著一邊屁股。

「妹妹，妳只坐這麼一點，不怕跌著？」

謝玉琢忽然開口，嚇得劉露差點坐在地上。

瞧她膽子跟耗子似的，謝玉琢便不再逗弄她了。

劉露鬆一口氣，將攥緊在手心的衣裳鬆開。

同席的白玉煙嗤笑一聲。

鄉鄰熱熱鬧鬧地吃完酒席後一一散去。

劉露坐在謝玉琢身邊一點都不自在，因此她用完飯就去給方氏送飯，餵完又過來幫忙收拾。她將一張桌子揹在背上，起身時一個踉蹌。

謝玉琢在後面扶了她一把。「妹妹，妳可得小心，跌一跤會傷著腰的。」

劉露低著頭，快步往村裡去。

謝玉琢將兩條凳子疊在一起，一邊扛兩條，跟在劉露身後。

江氏瞧見劉露手腳麻利，謝玉琢似乎對她挺上心的，便拉著白薇說道：「謝師父還未說親吧？我看他和劉露挺般配的。」

白薇愣怔住，看著一前一後去送桌凳的兩人，低聲說道：「娘，妳覺得劉露怎麼樣？」

「這姑娘挺好的，幹活麻利，手腳勤快，是個能吃苦的，今後也會持家。」江氏看著劉露長大的，心性也清楚，就是膽子太小。

「妳說她給我做嫂子怎麼樣？」白薇原來想過先問問白孟的意思，可見江氏亂點鴛鴦譜，也不遮掩了。「方大娘身體不好，唯一放不下的就是劉露。她的品行都挑不出差錯，嫁進咱們家，方大娘也安心。」

江氏的臉色頓時變了，她從來沒有考慮過這個問題。她並沒有偏見，嫌棄劉露是個孤女，只是……「薇薇，我給妳大哥相中了隔壁村蘇秀才的閨女，蘇秀才託人來問了，我還沒有和妳大哥說，不知道他心裡怎麼想的？」江氏心裡也中意這門親事。

白薇在腦子裡搜刮一圈。「蘇秀才的哪個閨女？他有個續弦也是生了個閨女，今年十五歲吧？」

「長姊沒有出嫁，哪裡會讓妹妹嫁人？」

「蘇秀才託人來問，若誠心與咱們結親，必定會說清楚是哪個閨女。」白薇語重心長地道：「我聽說蘇秀才的繼室對元配生的孩子並不好，這個節骨眼上來說親，說不定是聽說大哥有希望考上秀才。如果沒考上，那大哥娶的就是長女，如果考上了，誰知是哪個姑娘？」

江氏臉色一沈。「這門親結不得？」

「娘，咱們問問大哥吧，看他怎麼想。我覺得劉露挺好的。」

江氏淡了興致，點了點頭。

白薇準備回屋，見白玉煙站在不遠處。

白玉煙神色誠懇地道：「大姊，妳明天到鎮上置辦年貨嗎？之前在選寶大會上，我口不擇言，差點累及妳的名聲，明日我在百香樓設宴，特地給妳賠罪。」

白薇婉拒道：「年尾正忙的時候，我不得空。」

白玉煙蹙緊眉心，欲言又止，最後靠近白薇，在她耳邊低聲道：「大姊，明日溫少主會來鎮上，在百香樓用膳，我想將妳引薦給他。」

白薇眉梢一揚，白玉煙會有這般好心腸？她心思翻轉，想看看白玉煙在打什麼鬼主意，便說道：「好啊，有勞二妹了。」

白玉煙見目的達成，心情愉快，準備回鎮上去。

白薇要幹活，回屋換下身上簇新的棉襖後，取來木架上的襖子穿上。突然，她動作一頓，手往袖子裡一掏，發現段雲嵐給她的那幅畫不見了。她分明放在袖子裡，並沒有拿出來啊！仔細回憶，又彷彿收起來了？

白薇在屋子裡四處翻找，但凡她覺得會藏東西的地方都找了一遍，依舊沒有找到。

段雲嵐給她的這幅畫無人知曉，若是偷盜東西，不會只盜走這幅畫，竊走財物更實際一些吧？驀地，白薇腦海中閃過白玉煙，會是她嗎？白薇臉色一沈，打算去會一會白玉煙。走到門邊時，她腳步一頓，打消了念頭，心裡另起一個念頭。

沈遇推門進來，屋子裡瀰漫著馥郁的香氣。「妳熏香了？」

白薇嗅一嗅手指，沾著香味。「白玉煙贈的喬遷禮，有一種香味，我打水淨手了，但這香味去不掉。」她將手指放在沈遇鼻端，詢問道：「你聞一聞，這是什麼香？」

沈遇垂著眼角望著眼前細長的手指，聞到一股異香，他分辨出其中兩味。「靈貓香與紫荊香，還有另外兩味香辨認不了。」沈遇淡淡地說：「無毒。」

白薇便放下心來。

沈遇道：「出去用飯？」

白薇「嗯」一聲，想起一事，對沈遇說道：「我們搬來新宅子，有多餘的房間了，你搬去東廂房住？」

「好。」沈遇自然沒有問題。

白薇又擔心被江氏發現。「你的衣裳還是放在我的屋子裡吧，睡覺的時候再去東廂房，不能點油燈。」說到這裡，白薇覺得不妥。「不然你住這間屋子，我住東廂房去好了。唉，這樣下去不是長久之計，我得找個時機和娘坦白。」

「妳住在這裡，等他們都睡了，我再去東廂房睡。」沈遇是個男人，只要有一捲鋪蓋，睡在哪裡都一樣。

白薇點了點頭，兩人一起去用飯。她正巧看見白孟從東廂房出來，連忙喚住他。「大哥，你等一下，我有話和你說。」

白孟站住。

白薇走過去。「大哥，再過幾個月科舉，你有幾成把握？」

白孟學問扎實，但難免會有突發狀況，因此不敢將話說太滿。「六、七成。」

「你個人的事情，準備解決嗎？」白薇又道：「你有心儀的人嗎？」

白孟怔住了，隨即莞爾，抬手拍了拍她的髮頂。「大哥想等科考之後再考慮。」白薇不像是熱衷他婚事的人，突然問起……白孟斂去唇邊的笑，問：「小妹要給大哥介紹嗎？」

白薇不好意思地說道：「大哥，我喜歡劉露，她的性子很軟和，你覺得怎麼樣？」

白孟對劉露的記憶並不深刻，只記得同村有這麼一位姑娘，膽子挺小的。他皺緊眉心問道：「她比妳小幾歲？」

「兩歲半。」

「太小了。」

白薇轉頭看向沈遇，小聲說道：「沈大哥比我大十一歲呢！」

白孟失笑。「等我考完再說。」上一回他胸有成竹，卻名落孫山，如今不敢大意了。況且若是再落榜，村裡難免會惹出閒話，劉露與他訂親的話，也會遭人非議的。

「成！」滿打滿算，也就是幾個月而已。白孟沒有直接拒絕，說明可以往下發展。

至於方氏那一邊，白薇也要回句話。若是她在這其間有更中意的人選，可以為劉露訂下來，以免耽誤劉露；若是沒有遇上滿意的，就等白孟科考完再商議親事。

這件事解決好，白薇心裡輕鬆許多。

用完飯，她和沈遇一同回屋。

兩個人分別洗完澡，各自占據一邊，等江氏等人入睡。

白薇盤腿坐在炕上，炕几上攤開一張宣紙，手裡執筆描畫圖稿。

沈遇坐在桌邊，手裡端著茶杯，目光落在白薇身上。她神情專注地作畫，一頭青絲隨意紮成一個丸子，一綹長髮垂落下來，溫柔嫻靜。他手指微微一動，想將這綹髮別在她耳後。

「你在看啥？」白薇感受到沈遇的視線，摸一摸臉頰。「沾了墨汁嗎？」

沈遇脫口道：「男女有別，白孟碰妳的頭不合適。」

「你也碰過我的頭，還摸過我的手。」

沈遇的臉龐瞬間緊繃。

屋子裡一陣窒息的沈默。

白薇揪了揪頭髮，想緩解一下氣氛，便見沈遇起身。

「伯母他們睡了，我先過去。」不等她開口，沈遇拉開門，大步離開。

房門輕輕闔上，白薇眨一眨眼睛，摸一摸自己的頭頂，有些後知後覺地想著，他不會是吃醋了吧？可又不像啊，上次她就自作多情了。大抵是他的性格太古板吧？

這樣一想，白薇便將剩下的一點圖稿畫完，然後熄滅油燈，倒在床上睡過去。

第二日一早。

白薇起身去鎮上，直接去往百香樓。

百香樓生意很好，離中飯還有半個時辰，裡面已來了不少客人。點一壺茶、幾碟點心、一盤瓜子，十分閒適地聽戲。

白薇一進去，小二便領著入內。「客官，裡面請。」

「我來找白玉煙。」白薇道。

「白小姐訂了雅間，打過招呼，說有人來尋她，直接請去雅間。」小二恭敬地說道：「客官，小的先帶您去雅間。」

白薇頷首。「有勞了。」跟在小二身後，上三樓蓬萊閣。

小二將門打開，引白薇入內落坐，倒上一杯茶，隨後退出去

白薇一路上來，觀察入微，別的雅間門口都無人守著，她這間倒是有人盯著。唇角不禁露出一抹笑，一副「果然如此」的神情。她拉開門，小二站在門口。

「姑娘，白小姐很快就過來，您別亂跑，以免衝撞了貴人。」

白薇挑眉道：「茶涼了，你端下去，換一壺熱茶。」

小二進門換茶。

白薇將門關上，站在小二身後，他彎腰端茶壺的一瞬，一記手刀狠狠劈下去。

咯噹一聲，茶壺掉在桌子上，小二軟倒在地，白薇將人藏到擱放恭桶的小隔間內。

她拉開門，聽見有人上三樓了，趕緊俐落地關上門，藏進隔壁雅間。一看到裡面的情景，白薇連忙捂住眼睛。

趙老爺快要被嚇陽痿了，立即從女子身上爬下來，提上褲子。女子還要纏上來，趙老爺脹紅臉將人甩開，讓她滾出去。

女子將衣裳攏好，拉下裙子，匆匆離開。

趙老爺捣著快速跳動的心臟，一點風度也沒有地瞪向白薇。他縱然花名在外，也是要臉的！居然在他最看重的晚輩跟前，被撞破豔事！

「趙……」

「溫少主，您請進！」掌櫃畢恭畢敬地打開蓬萊閣的門。屋內空無一人，掌櫃愣怔住，

方才不是來了一位白小姐？

白薇噤口，聽見一串腳步聲入內，緊接著是關門聲、下樓梯的聲音。

趙老爺也聽見了，他想說什麼，聞到白薇身上的異香，指著隔壁道：「妳約了溫少主？」

白薇如實道：「是白玉煙約我來酒樓，說要引薦溫少主給我認識。」

「那妳還躲？」趙老爺乾瞪眼，轉而又眉心緊皺。「妳算個機靈的，溫少主聞不得香味，越濃郁刺激的越會要他的命。當年有人約溫少主在花船上談生意，歌姬身上塗抹香粉想引誘他，溫少主險些將人掐死。最後是他呼吸不上來，四肢無力，那歌姬方才逃過一命。可那之後，再未有人見過那位歌姬。」眾人心中有數，這是溫少主事後動的手。

白薇聞言，臉色一沈。

「白玉煙這是要妳的命啊！妳們同出一脈，她怎麼這麼心狠？」趙老爺忍不住感慨。

「妳打算怎麼辦？」

白薇冷笑一聲。「如她所願！」

趙老爺錯愕地看向白薇，便見她拉開門出去。

白玉煙坐在馬車內，看著溫少主進了酒樓，她眼底閃爍著光芒。溫少主有哮喘，而白薇身上的香料中有一味紫荊花香，會誘發哮喘。她在事發之後進去，再請郎中救溫少主一命，到時溫少主便欠她一個人情。

「小姐，今日過後，您就少一個勁敵了。」於晴遞一杯茶給白玉煙，有些顧忌地道：「溫少主不會瞧出來是咱們設局的吧？」

白玉煙將茶推開，看著膝上的慶元九老圖，意味深長地道：「白薇要參加玉器大比，溫少主算是她的對手，對溫少主下手情有可原。至於我，我是礙於白薇的請求，不得已才將她一同帶來赴約的，至於白薇有什麼心思，我一概不知。」

於晴說了一句「英明」。

白玉煙將圖收起來放入袖中，一掀開簾子，便見白薇披頭散髮地衝出來，腳上一只鞋都掉了，脖子上一道紅痕看來觸目驚心，眼中布滿驚恐之色，慌不擇路地跑進人流中逃命。

「小姐……」於晴看見白薇狼狽的模樣，低喃道：「這……咱們這是成了？」

白玉煙望著白薇消失在人流中，嘴角上揚道：「該我們出場了。」

放下簾子，白玉煙整理一下衣裳，於晴攙著她走下馬車，她看一眼跟在後面的那輛馬車，郎中就安置在裡面。想到勝券在握的事情，她越發從容不迫，直接上去蓬萊閣。

於晴叩響門，侍從將門打開。屋子裡一片寂靜，落針可聞。

白玉煙愣住了，這和她設想的不一樣啊！

「白小姐，請進。」侍從做了一個「請」的姿勢。

他一側身，白玉煙就看見立在窗前的一道孤傲身影。溫琰身著一件黑色斗篷，將他陰鬱的側顏映襯得越顯凜冽。聽到身後的動靜，他側頭望來，陰寒的目光投在白玉煙身上，她頓覺彷彿被一條毒蛇盯上般，那一種黏膩的陰冷感覆蓋她全身，令她渾身發顫。

白玉煙趕忙將頭低下來，恭敬地喚一聲。「溫少主。」

溫琰看見白玉煙雙手握成拳，骨節發白的模樣，分明十分懼怕他，卻又極力保持冷靜，驀地一笑。「妳有東西孝敬給我？」

「是。」白玉煙手指哆嗦地拿出慶元九老圖，雙手呈給溫琰。「您可以讓玉匠師雕刻這一幅畫參賽。」

侍從將畫接過來，在溫琰面前展開。

溫琰斜睨一眼九老圖，似笑非笑地道：「妳未能入段羅春的眼，情有可原。」

白玉煙臉色煞白，溫琰這是沒有看上。

「我、我還有一個提議。您可以請玉匠師雕刻薄胎玉器，這樣一定能贏。」白玉煙心裡很緊張，舔了一下乾澀的唇瓣。「白薇的雕工出色，但是她的創作能力比起她的雕工有過之而無不及。」白薇當年險勝，但那個時候是在府城舉行玉器大比，而白玉煙那時還未接觸過玉雕，並不像在縣城這般，能夠聽到一些風聲，所以她不太確定白薇雕刻的究竟是玉山子還是薄胎。她搜出慶元九老圖時，猜測白薇準備雕刻玉山子。前世她跟著白薇學過，知道白薇擅長玉山子。「她雕刻玉山子的技藝爐火純青，我猜想她是打算雕刻這幅九老圖參賽。」

白玉煙說到這句話時，方才引起溫琰的一絲興趣，紆尊降貴地將圖稿接過去。

「溫少主，我的石場被白薇買去了，若是她這一次的確是雕刻玉山子，請您賣一座石場給我。」白玉煙相對瞭解溫琰，他不喜歡旁人算計他，若直接說出自己的目的，他或許會考慮是否與對方合作。

溫琰笑了，這一抹笑彷彿綿綿陰雨，森冷的氣息侵襲而來。

白玉煙有些腿軟，下一刻，脖子一痛，就見溫琰面容猙獰，陰鬱的眸子透著狠厲，大力掐住她的咽喉。「溫……」

溫琰的臉色變了，他的呼吸急促，雙手卻死死掐住白玉煙，恨不得擰斷她的脖子。

白玉煙臉色青紫，雙手掙扎，不知道好端端的，溫琰為何要掐死她？

溫琰胸口沈悶，呼吸困難，臉色漸漸發紺，掐著白玉煙的手發抖，手上的力道一鬆，整個人往後倒去。

「少主！」侍從連忙扶住溫琰，將隨身攜帶的藥拿出，餵他服下去。

其中一個掏出一根銀針，扎刺魚際穴急救。

白玉煙摀住脖子，劇烈地咳嗽，看著溫琰病情發作，腦袋都懵了。她身上沒有香味，溫琰為何會突然發病？驀地，白玉煙臉色慘白，想起白薇來過蓬萊閣，必定會在雅間留下香味，她忘記這一件事了。

「殺……殺了她！」溫琰陰戾怒道。

白玉煙跪在地上求饒。「少主饒命！我、我不知道白薇會在身上塗抹香粉，她昨日哀求我帶她一起過來。」

「咚」的一聲，侍從自隔間拎著小二過來，扔在地上。

白玉煙的瞳孔倏地一縮。

小二迷迷糊糊地睜開眼，看見白玉煙跪在地上，思緒還有些轉不過來，當眼珠子對上溫少主陰寒的目光時，魂都要嚇飛了，若等他們屈打成招，他小命就沒了。因此都不需要逼供，自己就全都招了出來。「溫少主饒命啊！是這位白小姐給小人二十兩銀子，讓小人將白薇留在蓬萊閣，不許她離開，白薇大概瞧出事情有詐，便將小人打暈了。其他的事情小人一概不知，請溫少主開恩，饒了小人一命。」小二見識過溫琰的手段。

「胡說！你胡說八道！我根本就沒有收買你！」白玉煙極力反駁，她不能被坐實這個罪名，否則只有死路一條！「溫少主，您別聽他一面之詞，他說不定就是被白薇買通的。白薇這次參賽沒有把握，您是她的勁敵，所以她才會利用我牽橋搭線見到您，好對您下毒手！」白玉煙跪爬到溫琰的腳邊，淚水滑落下來，楚楚可憐地道：「溫少主，請您明察，別被白薇矇騙了，那個女人向來狡詐！」

這時，一個黑衣人拎著郎中扔在地上。

白玉煙驚恐地瞪大眼睛。

郎中沒有見過這等陣仗，哆哆嗦嗦地道：「是、是這位姑娘請我來治病，讓我先在馬車裡頭等，說是等病人發病了，再請我過來。」

白玉煙矢口否認。「不、不是。」

郎中將診金扔出來。「這是妳給我的診金，妳還想賴帳？」然後又對溫琰等人道：「我所言屬實，你們若是不信，大可請人去醫館問，是不是這位姑娘身邊的丫鬟請我來看診？」

白玉煙想要解釋。

侍從冷道：「白小姐，在妳眼中，少主就是這般愚昧可欺嗎？郎中是在妳馬車裡找到的，若非妳心懷不軌，又如何知道少主會發病？」

白玉煙啞口無言。

溫琰殷紅的唇泛著青紫色，臉色過於蒼白，一雙眼睛格外陰戾沈鬱，看著白玉煙的眼神彷彿在注視一個死人。她無謂的掙扎，勾動了他心底的暴戾之氣，只想捏斷她纖細的脖子。他的手冰冷如蛇，順著她的臉頰掐住她的喉嚨。

白玉煙渾身都在顫抖，極端的害怕令她喘息，想要求饒的話觸及他唇邊殘忍的笑容，全數被堵在喉嚨，彷彿一個字、一個字被他的手給捏碎了。

「敢算計我，這世間上還沒有一個活著的。」溫琰看著她眼底的驚懼與害怕，越發讓他嗜血，手指緩緩收緊。

白玉煙喉嚨劇痛，那種窒息感襲上來，眼淚從眼尾滑下去，她雙手抓住溫琰的手，妄圖從他手中掙脫，費力地擠出幾個字，斷斷續續道：「我……我能……預知……未來。」

「是嗎？」溫琰眼底閃過一抹興味。「我養了兩條瘋狗，快要餓死的時候，給牠們餵一塊生肉，培養牠們吃慣了生肉後就不再餵食的話，牠們便會自相殘殺，吃了對方來飽腹。牠們已有四、五天沒餵食，我正好許久沒得樂子了。妳若是答得不讓我滿意，就給那兩隻畜生做食物。」

這種事情溫琰幹得出來。比這還殘忍出格的事情他都幹過。白玉煙不想做惡狗的食物，她想要借助溫琰做靠山活下來。她不打算將自己重生的事情說出來，否則會被當作妖孽給活活燒死的。「溫家富不過五年……」白玉煙見溫琰眼神變幻，顫聲道：「溫家看似與姜家友好和睦，井水不犯河水，在玉器界各占半壁江山，但其實不然，你們都企圖吞併對方，因此提出聯姻，往京城發展。段家家主命不久矣，你們想將段家取而代之，但實際上段家家主雖然早逝，可他們是百年世家，歷經幾個朝代，底蘊很深厚，對你們來說仍然是龐然大物，不可撼動。姜家最後倒戈相向，與段家聯手蠶食了溫家。」這些事情都是白玉煙聽白薇說的。段家家主死後，段家的確風雨飄搖，岌岌可危，結果白薇橫空出世，與沈遇力挽狂瀾。溫家慘敗，白薇是主要元兇。可白薇如今只不過是小有名氣的玉雕師而已，她如果說白薇是罪魁禍首，下一秒她的咽喉就會被溫琰掐斷了。

溫琰的神色驀地變了。溫家確實有打算與姜家聯姻，這是兩家的秘密，只是有意向罷了，還需要慎重考慮。他不認為白玉煙有這份手段，能夠得到這個消息。眼睛一瞇，看向白玉煙的目光帶著審視，她當真有預知能力？

溫琰探究的眼神讓白玉煙很害怕，她雙手緊緊捏著衣角，迫切地想讓溫琰相信她。「您今日回去之後，溫、姜兩家的親事就應該定下來了。」
不等溫琰思索她話中真假，這時外面進來一人，對侍從耳語一句。
侍從臉色一變，瞥了白玉煙一眼，又低頭告訴溫琰。
溫琰神色淡淡。
白玉煙一顆心幾乎跳出來。
「妳倒有幾分本事。」溫琰低低地笑了幾聲。
每一聲，都如針扎般刺著白玉煙的耳朵，但她緊繃著的背脊終於放鬆了下來。只要溫琰肯相信就好，這樣的話，溫琰一定會籠絡她的。只要有溫家做靠山，她一定能鬥倒白薇！站在沈遇身邊的人，最後一定會是她！
「我爹原來是一個遊手好閒的人，家裡全靠我奶奶養著。後來我一覺醒來，只要心裡惦記著誰，晚上就會作夢。我夢見我們一家最後下場淒慘，於是我利用先知的技能，讓我爹幹這一行，家裡的日子方才好過。」白玉煙趴伏在地上，雖然牙齒打顫，吐字卻很清晰。「我想攀上您這一艘順風船，所以作過關於溫家的夢。若是貿然告訴您，您只怕不會信任我。」
溫琰嗤地笑了。「溫家的命運既然被妳提前勘破了，妳就不能置身事外。我會派人抬妳進門。」
平地驚雷，白玉煙被炸懵了。抬進門？「這、這是什麼意思？」白玉煙不敢相信她聽見的話，祈求是她理解錯意思。

侍從道：「白小姐，少主不殺妳。初六以妾之禮，抬妳進門。」

白玉煙下意識要拒絕。

侍從又道：「白小姐，少主不跟自家人一般見識。妳若是不進溫家門，今日的事情，只能按照少主的規矩辦事。」說罷，給左右兩邊遞一個眼色。

護衛立即上前，要抓她去餵瘋狗。

不嫁就得死！白玉煙根本沒有選擇的權利。她不想死，只能被迫接受溫琰的提議。

溫琰一走，白玉煙跌倒在地上，失魂落魄。

她自作聰明，結果反被聰明誤，葬送了自己的後半生。

雖然利用「先知」暫時活了下來，可並不見得能好到哪裡去。

她前世活的時間並不長，離開白薇之後為了生活疲於奔命，哪裡知道後面的發展？

一旦她沒有任何價值之後，溫琰不會讓她活著的。

白玉煙越想越悲從中來，她重活一世，似乎並沒有改變自己的命運。

於晴衝進蓬萊閣雅間，看見白玉煙痛哭流涕，擔憂地詢問著。「小姐！小姐您怎麼了？」

白玉煙撲進於晴的懷裡。「完了、全完了！」她要嫁給溫琰做小。

白薇跑開之後就一直藏在角落裡，見白玉煙從馬車上下來去了酒樓，忍不住冷笑。

她從袖子裡掏出一只鞋穿在腳上，攏一攏長髮，隨意挽個髮髻，去往謝氏玉器鋪子。

小半個時辰後，趙老爺才喘著粗氣過來。「薇丫頭，好消息！」

白薇拉開凳子，讓趙老爺坐下。「趙叔，您聽見啥了？」

「白玉煙說她有先知，道出溫家氣數將盡，溫少主將信將疑，要納她做妾。」趙老爺事無鉅細地告訴白薇，高興過後又覺得唏噓。之前白玉煙大放異彩，令人追捧，如今卻落得如此下場。進了溫家，這一生幾乎算是毀了。「本是同根生，相煎何太急啊！」

白薇在心裡翻了個白眼。「是她對我趕盡殺絕。」只怕那幅畫被白玉煙拿去討好溫琰了吧？她勾了勾唇。先知？玉山子嗎？

趙老爺看著白薇露出的笑容，只覺得頭皮發麻，當即告辭了。

謝玉琢反倒是神清氣爽，將雇請來的玉雕師刻出來的作品給她看，然後定下工錢。

白薇給每個人一個月五兩銀子的底薪，之後按照雕出來的作品來抽成算獎金。這樣也是一種激勵方式，若想要賺更多的錢，就必定要認真地雕刻作品，讓它賣出更高的價錢。

大年三十，白薇終於將參賽圖稿定了下來。

四合院裡喜氣洋洋，年味十足。

院子裡一棵大樹掛滿紅色的小燈籠，門口貼上對聯，門板上貼著兩個「福」字，窗戶貼著窗花。這些窗花是江氏自己剪的，對聯則是白孟寫的。

江氏想著劉露的事，將對聯和窗花還有一些年貨送去劉露家。

瞧見白薇從屋子裡出來，江氏提起這件事兒。「妳大哥沒有拒絕，方嬸是個實誠人，兩家的親事估計就這樣定下來了，我給送一些年貨。初二的時候讓妳大哥去一趟吧，這之後妳大哥怕是沒有時間了，得專心溫書。」

白薇知道江氏將親事放在心上，既然認可劉露，那就得讓白孟去表個態，讓方大娘和劉露吃個定心丸。「娘，妳看著安排吧！」白薇樂見其成。

說起親事，江氏忍不住提起白玉煙。「她給溫家做妾倒是可惜了，她手藝這般好，若安安分分地幹事業，哪裡能落到這個下場？」

白薇笑道：「個人有個人的造化。」

江氏點了點頭。「還是咱們家好，平平淡淡就是福。」

「妳說得對，咱們腳踏實地的做人做事，自然福氣滿滿。」白薇推江氏一起去廚房，母女倆將年夜飯做出來。

一大家子圍著桌子坐一圈，平時沈遇倒是挺淡然自若，可年夜飯意義不同，他頗有些不自在，坐在白薇身側頻頻看向她。

白薇朝他眨一眨眼睛，讓沈遇安心，別想太多。

沈遇眼神深邃，抿緊唇角。

白薇不禁想起他說有個出嫁的妹妹，卻不肯再提家裡的事情，或許是親緣之間關係不夠深厚？她的手在桌子底下拍一拍沈遇的大腿，讓他將這裡當作自己家。

沈遇感受到一隻柔軟的小手輕飄飄地拂過他的大腿，就像兩片羽毛掃過，立即泛起一陣酥麻的癢意，身體乍然緊繃。

白薇挾了一個四喜丸子放在沈遇的碗裡。「吃了這一顆丸子，福祿壽喜都圓滿。」

沈遇垂下睫毛注視著碗裡的丸子，心思極其複雜。他將丸子放入口中，分明很平常的味道，卻在其中嚐到了溫暖。

白薇見他將丸子吃下去，又給白老爹、江氏和白孟一人挾一個。

白離鼓著腮幫子，碟子裡的四喜丸子沒了。

緊接著，白薇挾一筷子鯉魚放在白離碗裡。

白離的手一頓。鯉魚躍龍門。這是白薇對他的期望嗎？她沒有放棄他？白離激動地看向白薇，白薇正端著碗在喝湯，他緊緊捏著筷子，這是什麼呀？她總是雲淡風輕地攪亂別人的心事，又當作什麼都沒有發生過，實在太可惡！可看見碗裡的鯉魚，白離眼眶有些發熱，心裡即酸且澀，又湧出委屈，還有一絲怨懟與憤懣。白離恨恨地將那鯉魚扒進嘴裡，一囫圇吞下肚。

白啟複看著兒女們圍坐在一起，臉上一直洋溢著笑容。他拿出一個盒子，推給白薇。

白薇愣住了。

「打開看看。」

白薇打開盒蓋，裡面是用一塊白色石頭雕琢而出的觀音像，一手執著柳枝，一手托著玉雪可愛的福娃。她驚喜地看向白啟複，問：「爹，你的手？」

白啟複舉起自己的手，和藹地說道：「爹的手已經好了。這尊觀音像雕得還不太好，太久沒有石雕，手藝都生疏了。」

白啟複的手恢復，是白家今年最大的喜事！

「丫頭，妳和阿遇成親將近半年，咱們家也該添丁了。」白啟複特地雕刻一尊送子觀音，強烈地表達他的心願。

白薇忍不住悄悄瞟一眼沈遇，四目相對，她臉頰上浮現兩抹紅暈，嬌嗔道：「爹！」

沈遇看著她含羞帶嬌的眼神，心神驀地一蕩，擱在腿上的手忍不住摩挲著白薇碰觸過的地方。他一張口，發覺喉嚨發乾。「薇薇初夏要比賽，不太合適。」

江氏打了個圓場。「隨緣、隨緣。」

隨後，眾人一起舉杯，齊聲祝願。「願咱們家幸福美滿，福壽安康！」

砰！屋外燃放著煙火。村莊裡的小孩子紛紛衝出家門，歡天喜地地看煙火，燃放炮竹，洋溢著一片熱鬧的歡笑聲。

白薇站在屋簷下，望著顏色單一的煙火，內心一片寧靜，融融暖意在心尖流淌，十分充實滿足。

沈遇站在白薇身側，她清冷的眼睛被橘色的煙火染上一抹暖色，眉目溫柔，笑容恬靜。心頭那一抹異樣越發濃烈，他不由得朝她靠近幾步。

「這是誰家放的煙火呀？不是咱們村吧？」白薇看著站在身邊的男人，激動地拉住他結實的手臂，往院外衝去。「天啊！那是牡丹嗎？」她以為只是一響沖天散開的火花，沒有任何圖案的煙火，可方才她看見了一朵形似牡丹的花樣。

沈遇垂頭盯著她抓住他小臂的手指，嘴角得微微往下壓，方才沒有往上翹，顯得他的面容十分嚴肅。可一開口，卻洩漏出心中的不平靜，嗓音低啞道：「這是線穿牡丹，用鐵絲箍出一個牡丹花模子。」

「沒有了。」白薇站在院外，十分失望。「早知道咱們也買兩架煙火來放，圖個熱鬧。」

「可以放爆竹。」沈遇不知道從哪裡變出一串爆竹，放在她的手裡。

白薇喜歡煙火卻怕爆竹，她連忙一推。「你放，我摀住耳朵。」

被她這一推，爆竹往下滑，沈遇抓住爆竹，連同白薇的手一併握在掌心。

兩個人頓時愣住了，看著交疊的兩隻手，誰也沒有動。

白薇唯一的念頭便是，他的手掌很寬大，乾燥粗糙，她的手小小一隻被他的手掌裹在其中，感覺是那般的契合。

「抱歉。」沈遇見她怔怔地盯著兩個人相握的手，神色變幻莫測，鬆開她的手。修長的手指收攏成拳，細膩的觸感仍舊清晰，彷彿虛虛一攏，她的手仍在他的掌心。

白薇神色不明地看著被放開的手，不自在地捋順一綹髮絲別至耳後。「我先回屋。」聲音不由得放低放柔，變得都有些不像是她了。

沈遇看著她疾步入內，看一眼掌心，眼中滿含笑意。

白家走動的親戚少，初一、初二串完門後，其餘時候都留在家中，初六又開始幹活。

江氏將鎮上的鋪子重新開張，有那一塊鯉魚的激勵，白離勁頭十足，勢必要讓白薇刮目相看。

沈遇也開始去鏢行。

趙老爺的玉礦新出了幾塊好玉料，他給白薇送來，讓她挑一塊用作參賽。

白薇笑納了，一直留在工棚治玉。

自從除夕握一次手之後，她見到沈遇就犯毛病。心臟撲通撲通亂跳，不自覺得會害羞。這樣一來，白薇更少踏出工棚，吃喝全都是由江氏送進來。直到白孟科舉，白薇都沒有怎麼見到沈遇。

這一次院試在寶源府城舉行，白孟只需要提前兩天出發。

白薇親自下廚炒兩道肉菜，不加水，這樣多放兩天也不會變味。她還烙了幾張蛋餅、幾個饅頭，裝在包袱裡給白孟帶上。

「饅頭硬了就撕碎泡在水裡，這樣容易下嚥。」白薇看著白孟這幾個月整個人都清瘦下來，讀書的壓力想必很大。「等考完了，我做一桌你愛吃的菜，給大哥接風洗塵。」

「好。」白孟失笑，抬手揉白薇的頭頂。

白薇不期然想到沈遇說的那句「男女有別」，下意識躲開白孟的手。

「小妹長大了。」白孟並不介懷，將手收回，打趣白薇一句。

白薇掩飾地摸著自己的髮髻。「大哥，你會弄散我的頭髮。」眼睛輕飄飄地瞥向沈遇，對上他炯炯有神的雙眼，又飛快地收回視線。

沈遇的唇角若有若無地微微勾著一抹淺顯的彎弧。

一家人送白孟去村口坐馬車。

劉露喘著粗氣跑來，將抱在懷裡的小布包遞給白孟，含羞帶怯道：「白大哥，這是奶奶讓我煮的雞蛋，給你帶在路上吃。」

白孟沈默了一下，將小布包接過來。「方大娘的身子骨兒好些了嗎？」

劉露盯著腳尖，點了點頭，不敢看白孟。

江氏知道劉露膽子小、面皮薄，有心讓她與白孟說幾句話，她估計也擠不出來，於是催促道：「時辰不早了，早些動身去安置吧。」

白孟坐上馬車，白薇擺了擺手。「哥，給咱們家掙個案首回來！」這樣他們一家人的腰桿子就能立得更直挺。就算今後不會中舉，有一個秀才的名分，也能開一間私塾養家餬口，還能免除家中賦稅。

白孟不禁朗聲一笑，聲音清越。「妹妹等著大哥給妳帶來好消息。」

劉露悄悄抬頭看向白孟，怔怔地望著他清朗的笑容，面容越發英俊耀眼。她的臉頰似塗抹濃稠的胭脂般，嬌俏嫵媚。

白孟盯著劉露看了好一會兒，又望著懷中的一包雞蛋，神色柔和，叮囑她「保重身體」的話終究沒有說出來，怕嚇壞她。

白薇那句話傳到了縣令夫人范氏耳中，她冷笑一聲。「頭髮長、見識短的小賤人！她以為秀才有那麼好考？案首？白孟能考上一個秀才都是白家祖墳冒青煙了。」他們是小縣城，今年只有五個名額，可是參加院試的人不少，足足好幾千個人。

喬雅馨神思不定，思緒停留在日前顧時安注視著白薇出神的那一幕，那就像一根刺般扎進她心底。聽聞范氏的話，她幽幽笑道：「是啊，考上秀才就算他能耐了。」

范氏為了以防萬一，去書房與喬縣令私談，讓他對白孟「特別關照」，備一份案底。

喬縣令並不想讓白家翻身，並未多想就聽從范氏的意見，交代師爺編撰一份案底。

范氏鬆一口氣，撫摸鬢角道：「或許是我們多想了，唸書還得講究天分，白孟未必就考得上。」

喬縣令笑道：「學政大人與我是同縣同批進士出身，關係不錯。他此番來寶源府城就任，我們得去拜訪一下。」

「那是應該的。」范氏心裡更穩了。

白孟當天抵達府城，準備去尋一間客棧。

一位小廝模樣裝扮的人，手中拿著畫像，比對著白孟看了幾眼後，突然上前，恭敬地詢問道：「您是白家大公子白孟嗎？」

白孟站定，看向小廝。「你是哪位？」

「我是段府的小廝江小魚，老爺派小的在這裡迎接您，請您科考的這幾日住進段府。」江小魚身兼重任，勸說道：「老爺是白小姐的師父，白小姐正為參賽做準備，還要分出心神牽掛您科考的事，老爺希望她全力以赴，便將您安置妥當，如此白小姐也能安心。」又看著川流不息的人馬，說：「參加科考的有幾千人，客棧只怕早已住滿，且人聲鼎沸，您也不能靜心溫書。」

白孟嘆息一聲，在家依靠小妹掙錢唸書，出門在外依舊讓她放不下心，處處給他安排周全。「有勞了。」白孟這次是全力以赴，想要取得一個好成績。江小魚說得句句在理，他沒有回絕這一番好意，跟隨江小魚住進段府。

段府給白孟安置在環境清幽的竹園，裡面用具應有盡有，就連科考必備的四書五經都一應俱全。白孟抽出一本書冊，裡面的注釋見解很獨到，他一時看得入迷，不知不覺間，已經到了傍晚。

江小魚送來飯菜。

白孟用完飯，揹著褡褳，打算去貢院溜一圈。

江小魚跟在白孟身後，一路向他介紹，去往貢院。

貢院朱紅大門緊閉，兩側八個金色大字在夜間光芒灼灼——明經取士，為國求賢。

白孟心頭滾燙，他望著這八個大字，久久方才收回視線。

「公子，您要去酒樓小坐片刻嗎？這個時候，各地考生都會坐在酒樓切磋。」江小魚小心翼翼地詢問。

「好。」

江小魚便帶領白孟去酒樓。

酒樓裡座無虛席，沸沸揚揚。

各個考生三五成群地坐在一起，切磋學問，意見相悖時便爭吵得面紅耳赤。

起因是一個屠夫之子，他在賣豬肉，只要是有學問的人，教他一卷書，便給兩斤肉。如此生意做不成，學業也學得不精，可偏偏這位屠夫之子也一同來參加院試，引起眾人非議。

江小魚聽後，不禁說道：「一斤肉得三十文錢，教他一卷書便是六十文錢，而且不一定各個都是有真才實學的人，他這樣何不去書院呢？」

「天下同歸而殊途，一致而百慮。」白孟笑道：「每個唸書的人，都有自己學習的經驗，而他們教屠夫之子，必定是取自己的長處，將他們各個的經驗歸納總結，取適合自己的方案，有時甚至比夫子授課學得更好。」

江小魚撓了撓頭，他沒有唸過書，所以不懂這些。「背後議論他人，非君子所為。只怕這屠夫之子若考上生員，他們會不太服氣。」

白孟搖了搖頭，不多做評論，腳步一轉，走出酒樓。

江小魚追在身後問道：「公子，您不與他們切磋嗎？」

白孟笑道：「不必了。」諸位學子大多是炫耀自己的才學，討論別人的是非。若是如此，他不如回去多看幾本書。想到白薇說讓他考取個案首，他不由得失笑，力求不落榜吧！

白孟乘坐馬車離開。

接下來的兩日，白孟一直沒有出門，在家將幾本書看完，正好迎來科考。

第十六章

白孟在府城科考，白薇則潛心治玉。

白薇難得遇見瓶頸，特地來找段羅春討論雕刻手法。

說來也巧，段羅春正好收到江小魚送來的信，他看完之後，遞給白薇。

「我哥的信？」白薇將信接過來，信中說考題由考官糊在燈籠上，來回走幾遍供考生看清楚。偏偏白孟視物不清，考題多半靠矇的，她微微皺緊眉心，嘆道：「順其自然吧！」

段羅春道：「還有兩個月玉器大比開始，妳才完成一半，得將心思全都放在作品上，不要讓其他事分走妳的心神。妳若是奪得魁首，白孟即便考不上，替妳打點鋪子也不錯。」

「那是無奈之舉，我大哥志不在此，如果可以，倒是希望他能夠金榜題名。盡人事，聽天命吧！若是無緣得中，我就算多思慮，也只是徒增煩惱。」白薇失笑道：「我之前擔心喬縣令會動手腳，如今看來是杞人憂天了。」

「還未放榜，妳就在這兒瞎操心，說不定最後是一個驚喜呢？」段羅春看了白薇一眼。

「妳的性子太急躁了。」

白薇訕訕的，拿著圖稿與段羅春繼續討論。

等白薇一走，段羅春尋思著她那句話，提筆寫了一封信，派人送給吳知府。

白孟自科考之後就心情鬱鬱，害怕落榜了，白薇會失望。等待放榜的日子，白孟哪兒也沒有去，他將四書五經的注解全都看過一遍，又有了更深一層的領悟。

江小魚將早飯送來時，見白孟還捧著《中庸》在熟讀，甚至在一旁用小冊子寫下心得體會，不禁說道：「這一套書冊是咱們家主寫的，他當年十四歲下場，便得了一個解元。他原來準備參加春闈的，可身子骨兒不好，便繼承了家業，大刀闊斧地整肅一番，熬乾了精血，如今在府城養病。」

白孟笑道：「你們家主學問做得極好。」他看後受益匪淺。

「那是自然。」江小魚將一碗米粥與兩個配菜、小籠包端出來，低聲說道：「公子，今日放榜，您不打算去看一看嗎？我已經派人去看了。」

白孟打從記事起，就一心想讀聖賢書，出人頭地。白老爹出事，他落榜之後，並沒有斷了這份心思，想著等顧時安中舉之後，他再攢銀子走仕途。

如今，他得償所願，重新進入書院，專心唸書考科舉。因為是用小妹掙來的銀子唸書，白孟迫切想要得中。可再次經歷考試，他的眼睛視物模糊，看考題讓他失去了信心。

他如今既期待放榜，又害怕放榜。所以真正到了這一日時，他並沒有像第一次考試那般，迫不及待地去貢院看榜單。

「有勞了。」白孟端著一碗清粥，默默地用早飯。

江小魚心中嘆息，從白孟最後出考場來看，便知道考得不理想。若是考得好，早就去看榜了。他將餐具端出來，正好看見打發去看榜的小廝回來了。

小廝一臉的狂喜。「江哥、江哥！中啦！白公子中啦！」

「中、中……中了？」江小魚沒有抱希望，以為真的落榜了，誰知竟來一個大逆轉。他又震驚、又興奮，撒腿往竹園跑。

小廝跟在後面跑。「欸，我還沒說第幾名呢！」

「公子、公子，大喜事！」江小魚衝進竹園，激動地說道：「您中了！」

白孟手中的書都沒有捧住，幾乎是下意識地問：「中、中了？」

砰地一聲，凳子往後滑去，發出刺耳的聲音。

「中啦！中了第——」江小魚頓住了，他忘了問第幾名。趕緊回頭看向小廝。

小廝比劃著手。「第、第一！」

案首?!江小魚的嘴巴張大，呆若木雞。

一種狂喜的情緒沖向白孟頭頂，他急切地往外狂奔去往貢院。

貢院門口的兩塊木板上，張貼著錄取名單，前面擠滿了人。

他往前擠一步，又被裡面往外走的人推出來。

江小魚乾脆站在後面推白孟，頂住他，不讓人給擠出來。

忽然，兩邊的人退散，「砰」的一聲，江小魚將白孟給擠撞在木板上。

腦門一痛，白孟醒過神來，一抬頭，「白孟」兩個大字映入眼裡。

「公子，您沒事吧？」江小魚心虛，他沒有想到一使勁竟將人給頂飛了。

白孟來來回回、仔仔細細看了幾遍，他的名字就在最頂端，所有的驚喜頓時全都化為安定。他考中了！給白薇掙了個案首！

江小魚看見白孟眼眶濕潤，心中極有感觸。寒門士子十年寒窗苦讀，期待出人頭地，如今只是第一步，接下來還有鄉試、會試、殿試，一重比一重艱難。「公子，您只管回去等紅案。」江小魚跟在白孟身邊伺候沒有多久，可他卻真心實意替白孟感到高興。

白孟笑了一聲。「多謝你們這些天的關照。」

「哪裡哪裡，您是老爺的貴客，奴才照顧您是應該的。」江小魚表忠心。

白孟回到府中，將白薇準備好的荷包拿出來給江小魚，讓他發給府裡的人沾沾喜氣，又表達了一番謝意。明日去貢院寫年齡、籍貫、三代履歷，注明身材、面色、有無鬍鬚等，就能準備回家報喜了。

放榜這一日，喬縣令心中不安。他借著來府城辦公，去學政大人府中拜訪。

劉學政見到喬縣令十分訝異，將他請去書房。

下人奉茶後，退了下去。

「你們縣今年考得好，前十名中有兩名是來自你們縣城的。」劉學政端著一杯茶抿一口，笑道：「案首就出自你們縣城。」

喬縣令很驚訝。「案首是誰？」

劉學政拿起名單看一眼。「白孟。」

喬縣令端著茶杯的手一抖，濺出一些茶水，燙紅他的手背。

劉學政瞧出了端倪。「有問題？」

「您可看了他寫的親供？此人德行極差，犯過案，在縣衙有案底，不得參加科舉考取功名。」

劉學政拿名單的手一頓，將另一疊宣紙取來，上面是各位生員的親供。他找出白孟的那一張，祖上三代背景清白。「他若有案底，為何有參加院試的資格？」劉學政心中疑惑。此事若是當真，那麼作保的廩生也得牽涉其中。

喬縣令嘆息道：「他毆打舉人，出入賭坊欠下一筆鉅款，賭坊的人都打上門去了，性格太惡劣。您若寬恕他，白孟日後參加鄉試、會試、殿試，這其間總有一環會被捅出來，到時您也難辭其咎。」

劉學政皺緊眉心。名單出來之後，他特地看過白孟做的文章，文采斐然，引人入勝，卻又中規中矩、大雅天成。策問通常行文刻板僵化，可見白孟的功底，用詞遣句很高超。

因為這兩樁事情要將白孟從科舉除名，著實可惜。劉學政動了私心，想要替他遮掩下來。白孟隸屬於喬縣令管轄之地，這兩樁事情說大不大，抹去案底也不是沒有可能。可確如喬縣令所言，日後若是深究起來，說小又不小。

「證據確鑿？」劉學政不死心地問。

喬縣令心思翻轉，哪裡會不清楚劉學政想要保白孟？

「石屏村的鄉鄰都清楚，只要一查便無所遁形，您請三思。」喬縣令嘆息道：「我管轄之地每屆中舉都無緣，白孟能一舉得案首，代表十分有望再拿下一個解元。可這種事情，咱們若是私下處理，被捅出來必然得丟了烏紗帽。」

劉學政盯著白孟的親供看了片刻後，隨手放在桌案上。「我心中有數了。」

喬縣令心中稍安，眼角餘光瞟向劉學政，見他眼中流露出惋惜，喬縣令心中大安，端著茶杯喝一口茶水，擋住上揚的嘴角。「可惜了。」喬縣令擱下茶杯。「我到時候去信問問老師，看他這種情況要如何做方能銷毀案底，再恢復科舉。」

劉學政頷首，已經失去興致。

喬縣令目的達成，辭別劉學政，乘坐馬車回縣城。

劉學政站起身，看著白孟的名單，想了想，收入袖中內袋，去找吳知府。

吳知府恰好收到段羅春的信，就聽見家僕通傳，劉學政來訪。

「快快請他進來！」吳知府將書信放入抽屜中，親自開門迎接。「大人裡面請。」

劉學政入內就坐。

吳知府為他斟一杯茶。「您今日過來是為科舉一事？」

「正是。」劉學政將白孟的親供遞給吳知府。「這是本次科舉的案首，才思敏捷，文章寫得很精妙，我十分看重他。可今日喬縣令上門拜訪，我與他提了一句，他卻說這白孟有案底在縣衙，將他除名為佳。」他雖然是三品官，可皇上十分重科舉，管理極為嚴格，到時事情若捅出來，沒法收場。

吳知府面色一肅，將段羅春的信拿出來，呈遞給他。

劉學政接過來，一目十行看完後，臉色沈鬱。「喬縣令當初與我是同窗，行事謹慎，不像會做這種事情的人。」實際上，為了省事，按照喬縣令所言，直接將白孟除名就是。可劉學政自己是進士出身，寒窗苦讀十年，知道其中艱辛，又因白孟確實有真才實學，他起了惜才之心，便想徹查。「暗中派人去查，若情況屬實就將他除名，之後的名次往前移一名。」

「是，我立即交代人下去辦。」吳知府與段羅春打過交道，看人有幾分準頭。段羅春十分看重白薇，對她讚不絕口，因此他並不懷疑白孟的人品。「若是誣賴，您打算將白孟留在縣學？」

「府學。」劉學政已經將名單擬定，結果卻鬧出這種事。

吳知府心中有底，當即吩咐下去，讓人暗中清查。

劉學政又道：「讓人去石屏村走訪鄉鄰。」

「是。」

白孟並不知他攤上事了，高興地乘坐馬車回家。

一家人全在村口迎接。

江氏瞧見白孟從馬車上下來，趕緊迎上去。「孟兒，累不累？瞧你都瘦了。咱們回家，娘給你煲了老母雞湯。」

白孟失笑道：「不累。」

「怎麼會不累？唸書最費神了。」江氏拉住白孟往家裡走。

白孟無奈地看向白薇。

白薇側身，藏在她身後的劉露暴露在白孟面前。

劉露臉色通紅，手指緊緊揪著衣角。

白孟看見劉露在意料之中，朝她微微點頭，唇邊露出淺淺的笑。

劉露滿面嬌羞，頭垂得更低了。

白薇挽住劉露的手臂，一起回白家。

一進門，白薇鬆開劉露，拽著滿臉喜氣的江氏去廚房，留下劉露與白孟兩個人培養培養感情。

「娘，大哥考得怎麼樣？」白薇從江氏的表情，知道白孟考得應該不差。

「案首！妳哥考了個案首！」江氏很激動，她不敢想白孟能考這般好，中了秀才她就很滿足了。

白薇在意料之中。「大哥即便沒回書院唸書前，我也常瞧見他半夜裡一個人在看書。任何的成功都沒有捷徑，付出多少才會得到相應的回報。」

江氏的手在哆嗦，還未從這件喜事中鎮定下來。她緊緊握住白薇的手說：「真是大好的喜事！妳大哥考中個秀才，我就不愁了，這婚事也該提上日程了。」她又笑咪咪地說道：「劉露這丫頭是個有福的，她與孟兒一說親，孟兒就考上了。」

白薇笑而不語，江氏封建迷信也好，這樣會更喜歡劉露。

江氏趴在窗戶上往外看白孟與劉露，心裡美得不行，來年春她估計能抱孫子了。

白孟站在劉露對面，她一直低垂著腦袋，遠遠地像一條小尾巴墜在他的身後。白孟放低聲音，生怕嚇到她。「方大娘的身體還好嗎？」

「啊？」劉露呆呆地看著白孟俊秀的面容，見他的神情流露出關切，遂小聲說道：「嗯，謝謝白大哥關心。」

白孟除了白薇與劉娟之外，並未與其他姑娘打過交道，尤其劉露膽子小，又極其的害羞。「妳煮的雞蛋很好吃。」

「水煮蛋很簡單，奶奶誇我餃子包得好，我下次給你包餃子？」話一說口，劉露幾乎要把舌頭給咬斷！他們還沒有成親，這句話不合適。

白孟見她臉蛋紅通通的，一副羞澀又懊惱的模樣，十分可愛，便應了下來。「好。」兩個人靜默無話。

劉露緊張地絞緊手指。「白大哥，你一路舟車勞頓辛苦了，快進屋歇著吧！」

「妳進屋坐一坐？」白孟邀請劉露。

「不、不用了，我還得回去給奶奶做飯。」劉露連連擺手，往後退一步。「我、我先回去了。」不等白孟說話，她轉頭跑出門外，兩條辮子在身後一甩一甩，像一隻小兔子。

直到看不見劉露的身影，白孟方才將門合上，回到堂屋。

白薇端了一碗雞湯擱在白孟的面前。「大哥，你這一回考中秀才，打算啥時候將劉露娶進門？」

白孟喝了兩口湯後，低聲道：「捷報後讓娘請媒人上門提親，與方大娘商量吧。方大娘若想多留劉露，便年底成親；若另有安排，便交給娘挑選一個黃道吉日。」

「四、五、六、七這幾個月分不適宜成親，得八月去了。」白薇算一算，還有幾個月的時間。

白孟點頭。「捷報還沒有送來，我考取的名次暫時不必聲張出去。」

「好。」

接下來幾天，江氏去鎮上採買提親要用的禮品。

東西買齊之後，她計劃著請媒人去劉露家提親。

白薇攔下來，將白孟的想法告訴她。「大哥打算等捷報下來再去提親。」

「都張榜了，還能有變數？」江氏巴不得早點將親事定下來。

白薇一邊揉搓麵團，一邊說：「大哥行事穩妥，沒有萬全的把握他不會輕易去做，就怕事情生變，劉露會一點退路都沒有。」

江氏嘆息一聲，滿面惆悵。「這都好幾天了，捷報怎麼還沒有來？村裡都說閒話了。」心裡有喜事，面上根本藏不住，白孟考上案首的事情，早傳遍整個石屏村。有人誠心祝賀，也有人心裡酸得冒泡，瞧見縣裡一直沒有動靜，便酸言酸語不斷，江氏聽著心裡來氣。

「再等等，應該就快下來了。」白薇將手指上的麵粉搓下來，瞧見沈遇穿著黑色勁裝從院外踏進來，挺拔修長的身形剛毅健壯，一雙黑目深邃敏銳，覺察到她的視線，他直直望過來，四目相對。白薇心口一跳，驀地收回視線。等再次抬眼望去，沈遇已經不在原地。她垂著眼角，心底的那一抹失落，令她無法再忽視自己對沈遇的感情。「娘，我和妳說一件事。」白薇近來糾結許久、猶豫許久，不知該如何向江氏開口，可方才的一個對視，讓她生出了許多勇氣，因此一鼓作氣地道：「我和沈大哥……」

「娘，我有話和薇薇說。」沈遇站在廚房門口，這一聲「娘」喊得十分自然。

江氏被喊得一愣，而後將白薇往門口一推。「妳先去，有啥話咱待會兒再說。」

白薇抿了抿唇角，待會兒她未必還能說得出口。

她走出廚房後，沈遇將門合上，指著屋子道：「進去說。」

白薇瞧見沈遇神情嚴肅，心裡咯噔一下，定是有大事。「發生啥事了？」

「這一次的生員大多都收到捷報了，白孟還沒有動靜，我便託人去縣衙打聽，他們說中了生員便收到了捷報，若是沒有收到，那便是沒有中。」沈遇沈聲道：「我已經再託人去府城打聽了。」

白薇萬萬沒有想到，竟真的有了變數。「行，我明天也去一趟縣城，拜託二師父幫我打聽一下。」白薇滿面憂愁，決定先將這件事瞞下來。「沒有確切的消息前，暫時別告訴我哥和我娘。」她擔心他們禁受不住大起大落。

沈遇低聲說：「好。」

白薇心裡上火，坐不住。「天還早，我現在去一趟縣城吧！」

沈遇讓白薇等著，他去租一輛牛車。

吳知府派的官差趕來了石屏村，喬裝成殷實人家的小廝。

他進村之後找到一個婦人，問：「白孟的品行怎麼樣？我家老爺看重他的學問，想請他去做西席。」

問得也巧，這婦人正是馬氏。她對白家恨之入骨，一聽是關於白孟的事情，便咬牙切齒地道：「白家沒有一個好貨！你別被白孟讀書人的身分給騙了，他害死我的姪女，若去你主子家做西席，說不定會害了你的小主子！」

官差一愣，又問道：「他賭嗎？」

「賭！怎麼不賭？賭坊裡的人都上門要債了，結果他們一家將人家的手給剁了。」馬氏可不會說實話，讓白家去發達，尤其聽見白孟考中了案首，那一股子妒火便直燒心窩。「他還毆打了舉人，手都給打折了……」馬氏拉著官差，添油加醋地抹黑起白家。

官差一聽馬氏的話，完全與喬縣令說的對上號。這婦人與白孟一個村的，知根知底，喬縣令再能耐，就算能串通幾個鄉鄰，但怎麼會那麼巧，他隨手一抓，就抓到個喬縣令的人？因此，他基本上已經不懷疑此事的真實性了。

馬氏拉住他，不讓他走，神情激憤地說：「白家幹盡缺德事，白啟複連他老娘都不肯贍養，趕出家門，丟在破爛的祖宅。白薇更厲害了，竟當著鄉鄰的面給她奶奶下毒。白孟有個無情無義的爹及心狠手辣的妹妹，他自己又能好到哪兒去？老天爺不開眼啊，好人沒有好報，白家這一家黑心肝爛肚腸的東西，居然出了一個秀才。若白孟做官，老百姓還有活頭嗎？」

「我知道了，這便去回稟老爺。」官差好不容易脫身，解下綁在樹上的馬，準備回府城。

馬氏見那人離開，黃了白孟的好差事，頓時覺得神清氣爽。劉燕被關在大牢裡，馬氏遭受村裡的閒言碎語，整個人死氣沈沈。今日壞了白家的好事，馬氏整個人容光煥發起來。

沈遇將牛車租來了，白薇緊跟著過來。

馬氏看見白薇，眼睛立即就紅了，充滿濃烈的仇恨，狠狠剜她一眼，這才甩手離開。

官差見到白薇與沈遇拉著韁繩，想了想，又上前打聽一番。「你們認識白孟嗎？我家老爺聽聞他考上案首，特地派我前來打聽，準備請他給我家小主子開蒙。」

白薇練過散打和柔術，一眼就看出這小廝下盤穩，虎口有繭子，倒像個練家子。他喬裝打扮，特地來打聽白孟的事情，顯然目的不純。白薇給沈遇遞一個眼色，回道：「恐怕不行，白孟落榜，並未中案首，你們得另請其他的人做西席了。」

官差懵了，這又是鬧得哪一齣？白孟就是中了案首，卻因為他有案底，不乾淨，吳知府才特地勒令他來查探的，咋到這姑娘口中，又變了？

「方才那位婦人說他中了秀才，這種事如何作假？縣裡都傳開了呢！」官差覺得眼前這兩人在騙他，難不成是和白家結仇？

白薇兩手一攤。「考中生員的都拿到捷報了，白孟卻沒有拿到，這不是落榜嗎？」

事情還沒有查清楚，自然是沒有捷報啊！官差在肚子裡嘀咕，皺緊眉心，準備去尋里正問問。「里正家住在何處？」

白薇想說什麼。

沈遇卻先她一步，指著一處。「住在那兒。」

官差將韁繩重新綁在樹上，去找里正了。

白薇疑惑地問沈遇。「你怎麼告訴他了？」

「今天不去縣城了。」沈遇給車伕幾個銅板致歉後，領著白薇回家。「等消息。」

白薇不樂意，可她胳膊擰不過大腿，被沈遇帶回家。

官差找上里正家時，林氏正在餵雞。

「誰啊？」聽見敲門聲，林氏連忙放下雞食，將門打開。

官差問道：「這是里正家嗎？」

「是呢！你有事嗎？」

官差將那句話又說了一遍。

林氏雙手往圍兜上一擦，熱情地招呼官差往屋裡坐。「白孟這孩子實誠，是咱們看著長大的，學問做得好，就是前幾年家裡出了事，沒有再考科舉。後來薇丫頭出息了，開始掙錢，家裡日子好過，才又重新供她哥唸書。這不，考上案首了，在等紅案呢！你們家老爺請他過去，只管放心將孩子交給他，保管能把孩子教好。」

官差回不過神來了，這一人一句口供，誰真誰假啊？

林氏笑容滿面地說道：「不過他考上案首，只怕不得空教你家小主子了，他還得溫書考鄉試呢！」

「他沒有犯過案嗎？」

林氏毫不猶豫地否認。「沒有！絕對沒有！白家是最老實巴交的人，之前窮鬧的，村裡人瞧不上他們一家。如今突然富起來，難免有人嫉妒，背地裡抹黑他家。」

「上賭坊、打舉人的事也沒有發生？」

林氏嘆聲道：「是他弟弟白離給人哄去賭坊，欠下了一筆債，被人逼上門要債。白家知道白離不是讀書的料子，已經不讓他唸書了。至於打舉人，這事情有可原。薇丫頭與那顧舉人是訂親的，顧舉人自幼父母雙亡，白家將他養大，還供他讀書，他考上舉人後卻忘恩負義要退親，被薇丫頭給打斷手，算是了斷了這一樁恩怨。不料顧舉人暗恨薇丫頭打斷他的手，將薇丫頭的玉觀音給偷了，白孟為了替妹妹出氣，才打了他一頓，這是在情理之中吧？」

官差皺緊眉，林氏說得很詳細，可見這事假不了。

「白孟為人太老實了，只有挨欺負的分，若不是將他逼急了，他哪裡會動手？」林氏為白家打抱不平。「你若信不過我的話，大可去村裡找人問一問。」

「我之前在村口找到一個婦人問話，她說白孟害死她的姪女。」官差說出自己的疑問。

林氏知道他說的是誰。「你問的定是馬氏！她家與白家不對盤，能為白家說話才是一樁怪事。」又簡略地將白、劉兩家的恩怨說一遍。

官差將信將疑，又去訪問了幾個鄉鄰，這才確定林氏說得屬實。

他打馬去縣城，尋了兩個衙役詢問一番，確定沒有白孟這一號人開堂審案過，因此基本上可以斷定，喬縣令口中的案底是不存在的。

官差馬不停蹄地回府城，將這一件事回稟給吳知府，並且拿出印有鄉鄰指紋與衙役指紋的口供。

吳知府將口供給了劉學政。

劉學政看後，長舒一口氣，一顆心繼而又沈下去。「喬縣令身為父母官，當為百姓作主，他倒好，公報私仇，葬送自己的前程。」

十年寒窗苦讀方能夠入朝為官，熬乾心血，清楚其中的艱難，更該體恤學子。

而喬縣令做了什麼？直接杜撰案底，葬送一個學子的前程。真是枉為父母官！

吳知府惱怒道：「學政大人，喬縣令如此猖狂大膽，行事作風不端正，還不知他手中有多少錯假冤案呢！如此情況嚴重，事態惡劣，下官寫一封奏摺上達天聽？」

劉學政沈默良久方道：「你看著辦。」

吳知府當即寫奏摺呈遞上去。

他的心是偏向白薇的，白孟是白薇的哥哥，若是白孟出事，會直接影響到白薇創作，哪裡能保持最佳狀態，創作出完美無瑕的作品，擊敗安南府城呢？

喬縣令給他不痛快，找事幹，他不參喬縣令一本，還留著他繼續作惡使壞嗎？

劉學政回去之後，便讓人給白孟送捷報。

白薇回到屋子裡，側身坐在凳子上生悶氣。

沈遇站在白薇身旁，他從未見她生氣，使小性子。他也從未哄過人，不知道該如何哄人。妹妹沈晚君性子沈靜若水，善解人意，即便心中不快，只會悶在心裡自己排遣，不會讓人擔憂。只有母親去世、外祖一家遭難時，沈晚君曾在他面前落淚過，卻從來不肯將自己的脆弱示人。她再難過，都不需要他言語去哄，只須將胳膊給她依靠，等她哭完發洩後，遞一塊帕子即可。

可白薇不同，她臉上明晃晃寫著：我不高興！

他不禁頭疼，坐在她對面。「我若是沒有猜錯，那位小廝是官府的人。」

「官府？」白薇若有所思。「難道大哥的試卷真的出問題了？官府的人是來暗查的？如果是這樣的話，那大哥的案首還在嗎？」她怕這次考試再黃了，會打擊得白孟一蹶不振。

「不行，我得上里正家問一問。」白薇起身往外走。

沈遇敏捷地握住她的手。「問也問不出，他既然隱瞞身分來暗查，就不會將目的透露給里正。再等三日吧，最多三日，就該有消息了。」

白薇的目光落在自己的手腕上，沈遇寬大的手掌緊緊扣住她的手腕。她身上的厚襖已經褪下來，穿的是一件薄厚適中的春裳，沈遇掌心滾燙的溫度彷彿滲透衣料，灼燙了她的手，她下意識想將手抽回來，卻又似乎眷戀著這一刻的親暱，就這麼任由他握著。

沈遇知道自己的舉動不合禮數，太冒犯且唐突了，應該立即鬆開手，將她放開。

白薇睫毛顫動，只看了一眼，沒有掙扎。而他不知出於什麼樣的心理，也並未鬆開，甚至腦海中還想著，她的手腕太纖細了，握在他的手中，若稍稍再用一點力氣，都能將她的手給折斷。兩個人保持著這個姿勢，不知多久，直到沈遇的掌心沁出一層汗水，他方才如夢初醒，將手鬆開。

白薇摸著自己的手腕，抿緊唇瓣。

屋子裡一片靜寂，氣氛卻已然發生了轉變。

沈遇從容地說道：「妳安心治玉，其他的事情交給我。」

「嗯。」白薇一雙眼睛彷彿一泓春水，泛起一層層漣漪。她悄悄瞥向沈遇，又將視線落回自己的手腕，隱隱覺察到沈遇對她並非無意，之前的那些錯覺，不是她的自作多情。按照沈遇老古板的性格，如果對她沒有男女之情的話，一定不會主動握著她的手這麼久。之前在廚房準備與江氏說的話被他給打斷，白薇心念轉動間，改變了主意。「沈大哥，我能問你一件事嗎？」

「妳說。」

或許是眼下氣氛正好，白薇輕易地說了出來。「我娘將你當成女婿，我們假扮夫妻的事情，她如果知道真相，我怕她受不住。」沈遇默默不語，黑如點漆的眸子暗沈得透不出光，一瞬也不瞬地凝視著白薇，似乎想聽完她準備說什麼話，又似乎暗含著鼓勵，誘導她將後面的話一股腦兒地說出來。「我性格還算好，挺好相處的。而你的為人品行沒得挑，算得上一個良人，和你在一起，我覺得很自在。」白薇見他沒有打斷，得到了一些勇氣，將盤桓在心頭的想法說出來。「你如果沒有喜歡的姑娘，咱們可以試著相處，認下這門親事？」

這一番話從她口中說出來，放在這個時代，實在太過大膽了。可白薇心裡藏不住事，她喜歡沈遇，而她覺得沈遇也有一點喜歡她。若是沒有確認，她心裡抓心撓肺的難受，所以才刻意試探他。如果沈遇不喜歡她，一定會拒絕，不同意將就。

若說啟齒之前，心中羞澀又緊張，那麼說出口之後，就頗有一種破罐子破摔的豁達，只想從他這裡得到一個確切的答案。她清透水盈的眼睛大膽地注視著沈遇，不錯過他半絲細微的表情。如果忽略掉她如擂鼓般跳動的心臟，彷彿她此刻只是隨口一問罷了。

沈遇有一些意外，在聽她說的第一段話時，他就知道她接下來要說什麼了。他可以開口打斷，阻止她往下說，可他沒有。白薇的神色很認真，似乎經過深思熟慮才做下這決定。她眼中有對他的喜愛，只是很淡，而這一點感情不足以支撐兩個人共築一個家庭。

良久，沈遇才緩緩地開口。「妳還小。」他擔心白薇對他的感情是因為那一日他出手相救，護住她的雙臂，她將感恩錯當成男女之情。

他拒絕了？白薇神情錯愕，又有一絲難堪。他十分冷靜自持，眼中並無波瀾，對她的話無動於衷，白薇恨不得找條地縫兒鑽進去！

「妳對我不夠瞭解，我是一個什麼樣的人，妳並不清楚。只憑著一點好感，妳便要將自己後半生的幸福賭在我的身上，並不值得。」沈遇看著她臉上出現裂痕的神情，心中不禁一嘆，到底是一個小姑娘。「妳不能明確地分辨對我是哪一種感情，等真正相處後妳若遇見更好、更值得託付終身的人，便會後悔今日的選擇。等妳哪一日能夠堅定地認定這輩子的伴侶是我，不必妳開口。」我會親自表明心意，向妳求娶。

白薇緊緊抿著唇角，緩緩鬆開攥成拳頭的手指。掌心微微刺痛，她的指甲扎破了一點表皮。

「妳好好休息。」沈遇起身走向門口，雙手拉開門。

白薇喊道：「你說得對，我年紀還小，最容易見異思遷，說不定今天喜歡你，明天就不喜歡了。今天嚷嚷著要嫁給你，明天我就想嫁給別人了。」

沈遇腳步一頓，確定她說的是氣話，這才走出屋子，將門合上。

白薇將自己摔在床上，一拳頭砸在軟綿綿的被子裡，氣悶道：「活該你快三十了都娶不到妻子。」

沈遇就站在門口還沒有走，聽見白薇這句話，不禁啞然失笑。

他是對自己沒有信心，畢竟他比白薇大了十一歲。

白薇比沈晚君要小四歲，沈晚君曾經對他說：哥哥，我喜歡比我大三歲的男子，最多只能大五歲，超過五歲我們會沒有共同的話語，這樣的婚姻是不幸福的。她還說：哥哥，你太嚴肅刻板，不招小姑娘喜歡，會嚇壞她們。

他們之間只是相互萌生出一點喜歡之情，並不濃烈。

白薇衝動，他不能跟她一同昏頭。

三天時間，轉瞬即過。

村裡有人從鎮上回來，聽到考取上生員的人全都接到了紅案，只有白孟這裡沒有動靜。之前還在觀望的人，幾乎已經確認了是江氏吹牛皮。

這下牛皮破了，兜不住，沒臉見人，所以天天待屋子裡。

馬氏挑著一擔衣服在河邊洗乾淨後，擱在村口，與來石屏村打醬油的黃氏說道：「麗娟啊，妳家兩個姑娘長得水靈，有訂親嗎？我家臭小子十六歲了，老實肯幹，手腳俐落，是個疼媳婦的。妳家姑娘若嫁過來，只管享福就是。」

黃氏是蘇秀才的繼室，她相中白孟，攛掇蘇秀才找江氏結為親家。如果白孟考中秀才，她就將自己生的閨女嫁給白孟；如果落榜了，就將前頭那位生的女兒嫁過去。

誰知江氏看不上她家的閨女，回絕了這門親事。

她心裡惱火，等著白孟落榜，哪裡知道白孟竟中了案首！於是她怨蘇秀才不肯使力去說親，白白錯過這一門好親事，心裡酸得不行。豈料這都過去好些天了，白孟還沒有等到紅案。黃氏就笑了，這哪裡是中案首了？分明連一個秀才都沒有考中。

「我家閨女還得留兩年。」黃氏壓根兒看不上馬氏。

「妳是瞧不上我家，想去捧江氏的臭腳吧？她家是能耐，吹牛皮誰家有她家那麼厲害？

案首？我呸！再給他考個三、四回，我看他考不考得上！」馬氏幸災樂禍地道：「就算考上了，你們蘇家也沒有分，人家江氏相中了劉露。」

黃氏面紅耳赤，惱羞成怒道：「妳兒子算啥東西？癩蝦蟆想吃天鵝肉！妳從哪兒道聽塗說，說我想和白孟結親？甭說白孟沒考上，就算白孟考上個案首，跪著求我，我也不會將閨女嫁給他！」鼻孔一哼，黃氏拎著一瓶醬油準備回隔壁村，遠遠瞧見送喜報的人騎馬過來。

有鄉鄰瞧見了，撒腿跑去白家通風報信。

白薇、白孟、江氏、白啟複等人跑到村口，氣喘吁吁。

報喜的人是府城來的，雙手舉著捷報。「白孟何在？」

「學生白孟。」白孟雙手作揖。

「恭喜白秀才，下個月初動身去府學上課。」報喜人將捷報遞給白孟。「您的文章做得好，之所以沒有盡快將捷報送來，是學政大人在考量要將您放在縣學或者府學，這才耽擱了時間。」

白孟一怔，感激地行了一禮，表示理解，隨後邀請報喜人進屋吃茶。

報喜人擺了擺手。「我還得回府城覆命呢！」

白薇並不信他的話，心想這功名之前的確出問題了，只是不知不覺又給解決掉。她連忙將荷包塞在報喜人手中，笑說：「官爺路上買酒喝。」

報喜人並不推辭，將荷包收下，塞入袖中便走了。

鄉鄰紛紛趕來看熱鬧，七嘴八舌，叫白孟打開捷報，讓他們開開眼界。

白孟將捷報展開，內容格式很簡單，上面寫了白孟的名字、他的名次，此外就是縣府的名稱。

鄉鄰壓根兒不識字，等里正與族長看後，連說幾個好。

江氏將準備好的紅綢披掛在白孟的身上，帶著他去祠堂磕頭。

劉露站在角落裡，看著披紅的白孟，嘴角輕輕抿著，露出淺淺的笑，心裡為他高興。

白孟拉扯一下紅綢，瞧見劉露在笑看他，不知為何，嘴角也不由得上揚。

他跟在里正和族長身後，接受鄉鄰的道賀，去往祠堂。

白離手裡提著籃子，裝滿紅棗、桂圓、瓜子、酥糖，分發給鄉鄰沾沾喜氣。

白薇站在祠堂外，看著白孟給列祖列宗磕頭，一顆心終於踏實了下來。

黃氏與馬氏則臉色難看，氣沖沖地回家。

白孟磕拜列祖列宗後，回到白家。

白薇問道：「娘，咱們要辦酒席宴請鄉鄰嗎？」

「不辦！」江氏這些天被鄉鄰說的酸話氣得肝疼，沒有興致辦酒席給他們吃喝。「等妳哥考上舉人，咱們家就辦三天流水席！」

白薇噗哧一笑，江氏這是和鄉鄰較上勁了。「好，咱們不辦。明天請方大娘來家裡吃一頓飯，之後再請媒人去提親吧。」

江氏很贊同。

一家人氣氛融洽地用完晚飯後，各自回屋。

白薇這些天都將沈遇當作空氣。

沈遇也不惱，每天從縣城回來，無事就坐在工棚看白薇治玉，晚上則是與她共處一室，執卷看書。今日也一樣，沈遇拿著一本地域志在看。

白薇之前能將他當作不存在，可一旦心思不純潔之後，沈遇這麼大個人往那兒一坐，將她全副心思都吸了過去，她哪還有心思做其他的事？尤其沈遇還一副氣定神閒、完全不受影響的模樣，讓白薇氣得磨牙霍霍。

她抱著衣裳去內室，打一桶水洗澡後，往床上一趟，捲著被子背對他。

沈遇抬頭，白薇烏黑如雲的青絲鋪散在床上，柔亮如緞；緊緊包裹著她身軀的薄被，將她玲瓏有致的身段勾勒而出。他只覺得一股火氣往上直躥，忙擱下書冊，熄滅油燈，去往東廂房。

江氏正好從屋子裡出來，就著清冷的月色，看見東廂房的門被打開，一道黑影躡手躡腳地入內，又毫無聲息地將門給合上。自家人哪裡會這樣一副作賊的模樣？她一個激靈，瞌睡蟲全嚇跑了，立即貓著身子退回屋子，結果等了半個時辰都不見人出來。

壞事了！家裡進賊啦！

江氏將白啟複從床上拉起來，直接推開白孟的房門，就怕敲門聲會驚動他隔壁房的賊。

白孟還未睡，坐在黑暗中盯著捷報出神，見到父母突然進來，不禁嚇了一跳。

江氏「噓」了一聲，對白孟輕聲道：「進賊了！」

幾個人毫無聲息地站在隔壁房門口，江氏拿出幾根棍子來，一人一根，推開隔壁的門板。屋子裡黑漆漆的，隱約能看見床上躺著一道高大的身影。

「賊人，看你往哪裡跑！」江氏揮著棍棒打下去。

沈遇驀地睜開眼睛，抬手握住木棍，動作敏捷地坐起身。

油燈點亮，昏黃的燈光照亮滿室，沈遇的面容暴露在幾人面前。

江氏愕然，沒有想到會是沈遇。

白啟複將棍子立在牆角，納悶地問：「你怎麼睡在這裡？丫頭將你趕出來了？」

沈遇不擅長撒謊，他不知道該怎麼回答這句話。一旦附和了白老爹的話，撒下一句謊話，今後就需要無數個謊言去圓補。

他知道紙包不住火，卻未曾料到這一日會來得這般快。修長的雙腿邁下床，沈遇抓起架子上的外衫披上，請江氏與白老爹坐在桌前談話。

白孟若有所思，他在家中這幾日，半夜似乎都聽見隔壁有細微的動靜，他並未多想，以為是家裡進了耗子。畢竟院牆高，厚重的大門又用木栓緊緊門住，賊子進不來。沒承想，竟會是沈遇！他瞭解沈遇的為人，同樣也深知白薇的脾性，兩人即便鬧彆扭，白薇也不會將沈遇趕出來。或許，他們從頭至尾都沒有承認過這一門親事。

江氏是女人，心思細膩，立即覺出不對勁。「我去喊薇薇！」疾步去拍白薇的門，將她帶過來。

白薇睡眼惺忪，一踏進東廂房的門，立即醒過神來。她看見白老爹、白孟與沈遇端坐在八仙桌前，頗有一種三堂會審的架勢。

白薇攏緊領口，端坐在沈遇身邊，背脊挺直。「爹、娘，大晚上的，你們這是幹啥？」白薇心裡有一種不好的預感，緊張地吞嚥一口唾沫，眼珠子朝沈遇那邊瞟，希望能得到一點兒暗示。

沈遇垂下眼角，看著她伸出一根手指戳他的大腿，掌心一張，白薇的手指便戳進他的手心，沈遇握住了。

白孟將他們桌底下的小動作盡收眼底，嘴角抽了抽，他大概是猜錯了？

「薇薇，妳說實話，為啥和阿遇分房住？」江氏板著臉，她沒往夫妻間鬧矛盾去想，反而因為這件事，想起夫妻兩人大多數時間都比較生疏，沒有同床共枕的那一種親密。難怪沈遇不常喊她和老伴「爹、娘」，她催兩人生孩子，他們也都含糊地揭過去。之前在廚房裡，白薇還吞吞吐吐的，說是有話和她交代。她想到這兩口子是不滿意這一樁婚事，卻故意在他們面前做戲，心口難受，眼淚也跟著掉了下來。「妳這孩子，這門親事不得意，早點說出來，爹娘還會逼著你們在一起嗎？」那時候將事情說清楚，對白薇的名聲好許多。現在再分開，說他倆是清白的，誰相信？江氏越想心裡越難過。她以為白薇最省心，哪知她是最不省心的那一個！「你們說怎麼辦？」江氏雙手抹淚，私心裡還是希望他倆在一起。

白薇沈默不語，沈遇拒絕和她搭伙過日子，現在事情挑出來了，剛好一拍兩散，他也不用再偷偷摸摸地睡在東廂房了。她深吸一口氣，正準備開口，白老爹搶先她一步說話。

「你倆成親有半年多了，既沒有培養出感情，就沒必要再耽擱下去，當假夫妻了，早點澄清比較好。丫頭快十八歲了，也好另外再說一門親事。」

沈遇聞言，面色緊繃。他之前願意給白薇時間想明白，是因為兩個人是「夫妻」，他並不擔心白薇會在短時間內喜歡其他人。如今事情被戳破了，若兩個人毫無關係，江氏與白啟復會盡快給她安排親事，嫁給其他的男人。要讓白薇嫁給其他人嗎？兩人此後陌路？沈遇在心裡問自己，答案是否定。

他收緊掌心，握住白薇的手指，面容嚴肅道：「我和薇薇成婚，舉行過婚宴，已經是夫妻了，哪裡是『假夫妻』。我做錯事、說錯話，惹得薇薇不高興，所以才暫時住在東廂房，讓她耳根清淨清淨。」

白薇震驚地看向沈遇，他這是認下這門親事了？可他前幾日不是拒絕了嗎？

江氏與白啟複面面相覷，沈遇這兒是認下了，可到這個節骨眼了，他們不願意委屈自個兒的閨女。「薇薇，妳是怎麼想的？」

白薇看著兩個人握在一起的手，唇角微動。

沈遇捏一捏她的手指，低聲說道：「我不會說話，惹妳不高興，妳別往心裡去。今後我……定會三思。」

他低沈醇厚的嗓音在耳邊響起，白薇耳根發癢，她揉捏一下耳朵，說：「爹、娘，沈大哥說得對，我和他已經拜過堂，是名副其實的夫妻了，哪裡能再嫁給其他人？」

白薇喜歡沈遇，他既然認下了這門親事，說明他對她也有感情，只是並不深厚。

她之前並不打算成親，正好沈遇入她的眼，方才認下這一門親事的。若是與沈遇一拍兩散，江氏與白老爹必定會再催她成親，她若不願成親，他們壓根兒不會答應。所以，與沈遇在一起，是眼下最合適的選擇。雖然不知道他為何改變主意，但白薇還是順從他的話說。

江氏眼圈發紅道：「你們認同這門親事，就不能兒戲！」

「娘，是我做得不好。」沈遇將責任攬下來。「我會善待薇薇的。」

江氏見兩個人都沒有意見，沈遇又表態了，她也樂見其成。

白啟複一心向著閨女，白薇說啥，他都沒有意見。

於是，這件事有驚無險地揭了過去。

江氏瞪了白薇一眼，將家中多餘的鋪蓋全都收到她的屋裡去。

「……」白薇嘴角抽了抽。

白孟叫走沈遇，一同去他屋子裡，兩個人面對面坐下。

「你與小妹是怎麼一回事？」白孟不信沈遇說的那一套。

沈遇坦言道：「我們之前沒有感情，但薇薇擔心伯母多想，所以我們私底下協商扮演一對假夫妻。如今培養出感情了，準備將這一段婚姻經營下去。」

白孟神色凝重地說：「我信得過你，方才將小妹託付給你，希望你不會辜負她。如果……你們大可結束，各自回到原來的生活。」

沈遇如實道：「我比她大十一歲，年齡差距太大，所以想著日後相處或許會有摩擦，並不如她想得那般美好，會後悔與我在一起，直到今日伯父的那一句話，才讓我清楚自己的心意，只想過好當下，無論今後如何，我只知道不願錯過她。」

白孟冷笑。「不怕她後悔？」

「我不會讓她有後悔的機會。」

「你倒是很有自信。」白孟冷哼一聲。「小妹荳蔻年華，能力卓越，配你綽綽有餘。你若不珍惜，自然會有疼惜她的人。」

「大哥說的話，我記住了。」沈遇一本正經地回道。

沈遇的一聲「大哥」，將白孟的話全都堵在了嗓子，他握拳抵唇輕咳兩聲，才正色道：「沈兄，我將你當作自己人，方才將小妹嫁給你。她對你有意，我看得分明，希望你們今後琴瑟和鳴，舉案齊眉。」他給沈遇倒一碗涼茶。「你的武藝高強，但行走江湖難免會遇見麻煩，上一次你身負重傷，若不是救治及時，你如今已不是孑然一身，今後也還會有孩子，你該重新打算。」

沈遇陷入沈默。

「你可以考武科。」

屋子裡一片寂靜。

不知過去多久，沈遇才道：「我會考慮。」

沈遇回到屋裡。

白薇站在床邊，睡得凌亂的被窩已經被她整理一番，摺疊成四四方方的豆腐塊。

鋪蓋都被江氏收走了，他倆只得躺一個被窩。

白薇還沒有做好心理準備，畢竟沈遇拒絕過她，她幾乎都不抱希望了，哪裡知道男人的心思也如海底的針，捉摸不透。

白薇聽見腳步聲朝她走來，尋思著兩個人要同床共枕，心臟撲通撲通地跳動。

「妳先睡，我去洗腳。」沈遇穿著靴子，腳底板冒汗。

白薇「嗯」一聲，瞧見沈遇去淨房，她連忙踢掉布鞋，脫掉外衫上床，規規矩矩地躺在裡側。

沈遇洗完腳後站在床邊，見白薇雙目緊閉，長而捲翹的睫毛不可抑制的顫動，他的嘴角不禁上揚，那一絲拘謹倒也散了。

白薇很緊張，被褥下的手握成拳頭。他的視線具侵略性，有很強烈的存在感，令她裝睡不下去。好在下一刻，他將視線移開了，她聽到腳步聲遠去。不一會兒，腳步聲又朝她走來，接著是窸窸窣窣脫衣裳的聲音。不等她反應過來，被子被掀開一角，沈遇躺在她的身側，他身上的氣息將她籠蓋住，兩個人的手臂貼在一起。她微微一顫，僵著身體往裡面挪了挪。

沈遇沒有動，鼻端是她身上清雅的香氣，令他凝重的心緒舒展，閉著眼準備睡覺。

白薇背對著沈遇，一點睡意也沒有，全身緊繃著，很拘謹，就怕她睡著了，睡相不好，會滾到沈遇懷裡抱著他睡。「你睡了嗎？」白薇轉過身來，望著他輪廓分明的側臉，問道：「你之前拒絕我了，今天為什麼會改變主意？」

沈遇只道：「最後結果一樣，何必浪費時間？」

白薇撇了撇嘴，倒是好覺悟！

第十七章

黃氏從石屏村回去，臉色難看。

蘇明珠正在繡帕子，瞧見黃氏黑著臉，連忙放下繡品，從炕上下來。「娘，誰給您氣受了？」

「還能有誰？妳爹但凡為這個家多費點心思，咱們家也不至於像現在這樣窮酸。白孟的學問，書院裡的先生都在誇，我攛掇妳爹想法子將妳嫁給白孟，今後就算他不能考中，妳也能做個秀才娘子。白薇那般能掙錢，日子該多舒坦啊？現在倒好，便宜了劉露那野丫頭！」

黃氏心裡恨上劉露，竟半路殺出來搶她相中的女婿。白家若是給白孟挑一個有財有權的岳家，她不至於這般不甘心。

蘇明珠想起白家那棟大宅子，眼神微微一閃。「這不是還沒有訂親嗎？就算訂親了，也有退親的人呀！」

黃氏心裡看不上劉露，她打聽過，劉露與白薇關係好，說不定就是借著這一層關係，劉露才能嫁給白孟。「妳說得對，凡事總有個先來後到。劉露不仁義，搶走咱們的乘龍快婿，就別怪我心狠！」

黃氏招了招手，與蘇明珠耳語一番，拿定主意。

蘇明珠暗中打聽劉露，得知她隔五天會去一趟鎮上，正巧明日是劉露去鎮上的日子，於是她一大早起身，等在村口。

遠遠瞧見劉露揹著竹簍走來，蘇明珠立即從村口出來，熱絡地問道：「劉姊姊，妳今天去鎮上給方大娘買藥啊？」

劉露點了點頭。

「我正好要去鎮上賣繡帕，咱們一塊兒去吧！」蘇明珠拆開繡帕，裡面包著幾塊點心，她拿一塊遞給劉露。「這是我親手做的，妳嚐一嚐。」

劉露搖頭拒絕。「謝謝，我剛剛吃完早飯。」

蘇明珠並不勉強，她細嚼慢嚥地用完一塊糕點後，說起在別處聽來的故事，講得繪聲繪色，劉露聽得入迷。

轉眼間，便到了鎮上。

蘇明珠汗如雨下，她又渴又累，遂將手裡的籃子給劉露。「劉姊姊，妳在這兒等我，我去找水喝。」

劉露不好拒絕，蘇明珠講了一路的故事，方才會口乾舌燥，而她也聽得津津有味，便站在原地等。

忽然，一個婦人哭喊著朝她走過來。「么妹兒，我可算找到妳了。」她掐著劉露的手臂。「娘生妳難產死了，爹病重沒熬過兩年也去了，我這做長姊的一把屎、一把尿地將妳養大，有一口吃的，自己餓得前胸貼後背也捨不得吃，全都塞妳嘴裡。妳身體不好，為了給妳治病，我嫁給一個瘸腿的男人，忍受那一家子搓揉。妳貪嘴，好吃懶做，我不過說妳一句，妳就使性子離家出走！妳若有個好歹，我百年後，怎麼有臉見咱爹娘啊？」婦人拽著劉露的手臂往巷子裡走。「妳跟我回去，咱們跪在爹娘的靈牌前，說一說妳做得對不對？我可有虧待過妳？」

劉露掙扎著，驚慌地道：「妳認錯了！我不是妳妹妹！」

婦人哭天兒抹淚，恨道：「妳還在鬧性子？是要我死在妳跟前，妳才肯回去嗎？」

這時，又來了一個瘸腿的男人，拽著劉露的另一條手臂。「小妹，妳姊找妳一天了，飯都沒吃呢！妳對姊夫有啥不滿意只管說。妳肚子也餓了吧？咱們有話回家吃完飯再說！」

「救命！救命啊！我不認識他們兩個……唔……唔唔……」

婦人摀住劉露的嘴，罵罵咧咧，兩個人一起拖拽著劉露離開人群，繞出巷子後，將劉露用繩索捆綁、堵住嘴，來到一間氣派的宅子後門。

婆子拉開門，瞧見婦人與男人又帶了一個好貨過來，連忙去請鳶娘。

鳶娘是這窯子的嬤嬤，大約三十出頭，濃妝豔抹，打扮得花枝招展。

「鳶娘，我這次又帶了一個好貨，妳給看看！」婦人將劉露往前一推。「穿得土氣了些，但這張臉底子好，皮膚也白，將養一段日子，手上的糙皮就會養細了。」

鳶娘挑剔地上下掃過劉露後，點了點頭。「五兩銀子。」

婦人討價還價，最後鳶娘給了六兩銀子。

劉露嚇哭了，拚命喊叫，雙手不停掙扎，皮膚瞬間通紅。

「行了，進了咱們紅樓，就甭想出去！」鳶娘見慣了又哭又鬧的姑娘，將她指給一個丫鬟後，皺眉道：「將她帶去收拾一番，再找人調教。」

丫鬟拉著劉露上二樓，將她扔進一個房間，吩咐守在門口的婆子，讓她打一桶水進來。

「姑娘，既然來了，妳就乖乖聽嬤嬤的話吧，若是想要反抗，少不得要吃皮肉苦。等妳調教好，成了咱們樓的頭牌，吃香喝辣的，總比妳過苦日子強。」丫鬟一邊勸說劉露，一邊將她嘴裡的粗布拔出來，給劉露解開繩索。

「我不認識他們，是被他們擄來賣掉的。」劉露用力推開丫鬟，朝窗戶跑去。她就算死也不能給人糟蹋清白！

「砰」的一聲，緊閉的窗戶被她撞開，劉露爬上窗子，兩條腿懸在半空。她雙手緊緊抓著窗框，看著離地面有一丈高的距離，頭暈目眩。

丫鬟反應過來，朝她撲過去。

劉露臉色慘白，鬆手就要往下跳時，驀然看見一個青年手裡甩著穗子走過來。「謝大哥！」

謝玉琢陡然聽到叫喊聲，抬頭望去，竟看見劉露整個人掛在窗戶外，搖搖欲墜。他嚇得往後退一大步，見紅樓裡的護衛已經追過來，謝玉琢抬腳就要快步離開。

「謝大哥，我是劉露，薇薇姊的徒弟……啊……」劉露墜了下來，緊緊閉上眼睛，結果掉在一個溫熱的懷抱裡。她驀地睜開眼睛，驚愕地看著齜牙咧嘴的謝玉琢。「謝、謝大哥？」劉露還以為謝玉琢跑了。

謝玉琢踉蹌著往後退幾步，後背抵著牆壁，才不至於跌坐在地上，抱著劉露的手在顫抖。「妳一天天吃的啥啊？長這麼胖、這麼重，我的隔夜飯都要被妳砸出來了！」

劉露所有的恐懼和害怕，都被謝玉琢的這句話攪得煙消雲散。她臉色通紅，又羞又惱地瞪著他。

「欸，我救了妳，妳不領情，還給我白眼！」謝玉琢舉著劉露，佯裝往地上扔。「出了這條巷子後，咱們誰也不認識誰。妳可不許說我占妳便宜，死賴上我，要以身相許來報恩啊！」

劉露嚇得閉上眼睛，緊緊抓住他的衣裳。

謝玉琢哈哈大笑。「妳這點膽子比耗子還小，能平安活著長這麼大，挺不容易的吧？」

劉露氣得想揍他一拳，掙扎著要下來。

那一日白家喬遷，她幫忙送桌凳，謝玉琢跟在她屁股後面，淨說一些令人臉紅心跳的話。但他有時又觀察入微，她需要幫忙的時候，他會適時搭一把手，可眼下又這般欠揍！

她掉頭就走，看見護衛走來，又立刻嚇得躲在謝玉琢身後。

謝玉琢見她像一隻受驚的小兔子般跳到他身後，小臉煞白，遂安慰道：「妹妹，妳別怕，他們只是看著勇猛而已，妳看我的。」捲起袖子。

護衛抽出長刀。

謝玉琢臉色一變，將捲起來的袖子放下來，拱手道：「在場的各位兄弟，我和你們家嬤嬤交情匪淺，都請給我一個面子，將這不長眼的刀劍給收起來。」

「把人交出來！」護衛往前一站，長刀泛著寒光。

「有話好好說。」謝玉琢掙脫劉露的手。「妳別抖啊，抖得我緊張。」

劉露的淚水在眼眶裡打轉，看著他顫動的褲管。「我、我沒抖。」

「那玩意兒不長眼，要不妳先和他們走，我待會兒去找紅樓老鴇贖妳？」謝玉琢轉身，劉露的手指緊緊揪著他的衣裳不放。謝玉琢看見一道窈窕身影走來，腿立馬不抖了，垂頭看見劉露的眼淚掉下來，立即挺直了腰桿，嬉皮笑臉道：「妳看看，又被我唬住了吧？唉，妳都喊我一聲哥了，我怎麼能丟下妳不管呢？」他把袖子往上一撩。「妳等著，哥待會兒就帶妳走。」

劉露強忍著淚水，點了點頭。

謝玉琢擋在劉露前面，雙手扠腰。「正面上啊！你們這些渣渣！」他抬著腿，扭動腳踝。「別浪費時間，你們八個一起上！」

八個護衛面面相覷，而後揮刀上前。

謝玉琢心裡慌了一瞬，腿都軟了，忙朝著街角大喊一聲。「鳶娘，看在妳的面子上，我就不動手了，饒了他們這一回。」

護衛們一聽謝玉琢的話，立即收刀，看向後方，鳶娘正儀態萬千地從轉角走來。

她似笑非笑地道：「喲！我還以為是誰呢？口氣這般大，原來是謝公子啊！」

謝玉琢不客氣地說道：「鳶娘，妳怎麼什麼人都收啊？來歷都不調查清楚，當心捅著馬蜂窩！」

鳶娘有幾分眼力見，與她合作的那兩個人，平時都是逮著窮苦的姑娘下手。眼前這姑娘穿著寒酸，哪會有什麼有力的背景？

「謝公子，你若瞧上了這個丫頭片子，我賣你一個人情，一百兩銀子贖回去。」

「她是趙老爺他姪女的徒弟，妳大可將她領回去，等著趙老爺上妳這兒贖人。」謝玉琢將劉露往鳶娘面前一推，撣一撣袖子，作勢要走。

鳶娘有點摸不準謝玉琢話中的真假。「我開門做生意的，哪裡能做賠本生意？這丫頭是有人賣給我的，甭說她是趙老爺姪女的徒弟，就是趙老爺的姪女，你們要將人帶走，也得給銀子！」鳶娘沈著臉，不通人情。

謝玉琢笑容不變地道：「露兒是良家女，妳不是從她家人手中買走的，儘管和我強著，到時候可別和我們攀交情。」見鳶娘臉色一變，謝玉琢話音一轉，勸道：「鳶娘，妳在鎮上混得風生水起，是個聰明的人，應該知道這筆帳該怎麼算。妳放人，我們不追究。至於妳的損失，在哪兒丟的，就在哪兒給找回來。」

鳶娘不做聲，在心中權衡利弊。

謝玉琢道：「露兒的戶籍不在妳這兒吧？就算妳拿著賣身契，等官府的人上門來，妳還能扣住人不成？別到時候，妳買的其他人，也給捅出樓子來。」

鳶娘斜睨劉露一眼。「謝公子，杜鵑成天盼著你來找她，指望著你給她贖身呢！如今看來，你是有了新人了。念在你是咱們紅樓的常客，我就做個順水人情，人給你帶走吧！」

謝玉琢眼睛瞟一眼劉露，只看到她的頭頂，不禁瞪著鳶娘道：「妳瞎說什麼？杜鵑是趙老爺的老相好。行了行了，改天我約趙老爺來紅樓談生意吧！」

鳶娘嬌笑一聲，端的是萬種風情。「那鳶娘就在樓裡恭候謝公子與趙老爺了。」手一揮，讓護衛退散。

劉露性子靦覥膽小，不會亂走，好端端地怎會被人擄走賣進窯子裡？謝玉琢想叫住鳶娘，盤問是誰擄走劉露？但鳶娘能妥協，已是賣個面子情了，他不能得寸進尺。

而且鳶娘未必肯鬆口告訴他，到時反而打草驚蛇。

「行了，他們都走了。」謝玉琢雙手背在身後，吹噓道：「別看我清俊單薄，我的拳腳功夫可不弱。甭說他們只有八個人，就是再來十個、八個的，都不是我的對手。」

劉露沒有吭聲。

「怎麼？被哥的英姿給迷住了？」謝玉琢彎腰，探頭去看劉露，她那一雙杏眼淚水盈盈。「妳哭啥？他們不會再為難妳了。」

劉露的腳踝鑽心的疼。「我、我腳扭到了。」

「妳不會真的想賴上我吧？」謝玉琢一副看穿劉露技倆的表情。

劉露沒見過這麼可恨的男人，她含淚瞪向謝玉琢。

謝玉琢被她這麼軟軟地瞪一眼，心都酥了，「嘖」了一聲，拉高褲管，蹲在她面前道：「上來吧！妳要賴上我，我也給認了。」

劉露緊緊捏著手指，沒有趴上去。她快要和白大哥訂親了，方才被謝玉琢搭救，抱一下是逼不得已。

「磨磨蹭蹭幹啥？又不是沒有碰過妳。」謝玉琢嚇唬道：「咱們再不離開這兒，待會兒鴦娘反悔，殺個回馬槍，妳就真的跑不了了。」

劉露面色一白，連忙趴在他背上。

嬌軟的身軀壓在他後背上，謝玉琢忍不住心神一蕩，他踉蹌了下，兩個人險些栽倒在地上。他咳兩聲，遮掩道：「差點被妳壓垮了。難怪妳要千方百計賴上我，就妳這樣的，壓根兒沒人會要。」

劉露的臉頰脹得通紅，看著謝玉琢的脖子，恨不得咬死他，讓他閉嘴！

謝玉琢的臉頰也一片通紅，他從未與女子這般親密接觸過，難免會想入非非。

他打住烏七八糟的念頭，悶頭將她送去醫館。

劉露坐在凳子上，將褲管捲起來，露出紅腫的腳踝。
醫女給劉露抹好藥後，開了一瓶藥酒，叮囑她用法。
劉露要掏銀子，這才發現銀子全給那一男一女拿走了。
謝玉琢租了一輛牛車回來後，去結帳，再揹劉露放在牛車上，坐在她對面。「妳瞧著不聲不響，卻是一套一套的好心機。腳扭了，我送妳就醫，妳沒有銀子，就是想花了我娶媳婦兒的本錢，到時候還不上，妳再拿人來抵債是吧？」
「我家有錢。」
謝玉琢往木板上一躺，蹺著腿，聽聞劉露的話，嘴一咧。「我就是要上妳家去要債啊！」他笑咪咪地說道：「妳不會以為我特地送妳回家吧？」
劉露垂著眼，盯著自己的腳踝，沒有搭理謝玉琢。
牛車離石屏村還有一里路時，車輪子裂了，謝玉琢無奈，只得將劉露揹回石屏村。
他準備到村口將劉露放下來，再找個婦人送劉露回家，這樣才不會敗壞她的名聲。
謝玉琢氣喘吁吁地揹著劉露小跑到村口，揮汗如雨，正準備將她放下時，轉眼瞧見白孟扛著鋤頭站在村口。
「白、白孟！你幫我去喊個大嬸過來，將劉露送回家。」謝玉琢雙腿痠痛發顫，將劉露放在地上後，直接一屁股坐在地上，抬手擦著額頭上的汗水，喘著粗氣道：「累死我了。」

劉露心口一跳，有一種在外鬼混被家人抓包的感覺，她緊張地說道：「白、白大哥，我、我的腳扭了，謝大哥送我回來。」她看著癱在地上、滿頭大汗的謝玉琢，心中微微一動，遲疑許久，抽出一塊粗布帕子遞給他。「謝謝你。」

謝玉琢抬頭，細長的眼睛閃爍著清亮的光芒，厚顏無恥地道：「妳這是怕我賴帳，先將定情信物給我？」

劉露真想將帕子塞進他嘴裡！她連忙向白孟解釋道：「白大哥，不是他說的那樣！我、我……」

謝玉琢見她磕磕絆絆，半天都說不全一句話，笑道：「行了，妳不用解釋，白孟是自己人，不會壞妳的名聲。」

劉露快要急哭了，她寧可給其他人瞧見。

「腳好點了嗎？有看郎中嗎？」白孟輕聲問道。

劉露點頭。「看了郎中。」她現在正準備與白孟議親，卻被他撞見和別的男子牽扯不清，她不想讓白孟誤會，以為她是那種水性楊花的女子。

白孟並不覺得有什麼，去將白薇叫來揹劉露回家。

白薇將劉露放在屋子裡後，就被謝玉琢拉到門口說悄悄話。

「妳徒弟今兒個被人賣到紅樓，跳窗的時候遇上我。妳好好問一問她，究竟得罪誰了，竟將她賣到那種地方。」

「我知道了，謝謝你。」白薇點點頭，道：「天快黑了，你先回去吧。」

謝玉琢手一攏，靠在門框上。「劉露還沒有把媳婦本還給我呢！」

白薇從袖中拿出五兩銀子給他。

謝玉琢看著劉露坐在凳子上，與白孟低聲聊天，一副拘謹的表情，彷彿面臨著兄長，生怕挨訓，那副乖巧的模樣，看得他心癢癢的。他不禁想起揹劉露時，她軟綿綿的身子在他背上磨蹭，一股熱血瞬間往頭頂沖。他撓了撓頭，扭捏地問道：「薇妹，劉露還沒有說親吧？我今兒對她又摟又抱又揹的，該不該將她娶進門啊？」

白薇猛地看向他。

謝玉琢不自在地說道：「我看她對我挺有這個意思的，我看她一眼，她的臉蛋就紅通通的，很害羞。我救了她，她該是想對我以身相許吧？」

劉露若聽見謝玉琢這話，鐵定要翻幾個大白眼，她那是被氣紅臉的。

白薇聽了這臭不要臉的話，都想給他一腳了。本想反駁，可這種事又說不準。劉露和大哥是要議親，並不是兩情相悅，她準備先問一問劉露心裡怎麼想的？

「你先回去，這事不許往外說！」白薇將謝玉琢推出門外，砰地將門關上。

劉露正在和白孟解釋今日的事情，隱去了被賣進窯子裡的那一段。「我、我和謝大哥是清白的，你、你別誤會。」劉露面對白孟，下意識地緊張。她幾次去送東西，都是遵從奶奶的意思。那一日他中秀才，被人眾星拱月著，她心裡替他高興，可更多的是生出一種對有學問的人的那一種敬畏。

白孟接受白薇的提議，將劉露當作未來的伴侶看待，可平日看著她緊張的模樣，更多的時候是將她當作妹妹。今日看見她與謝玉琢親密的狀態，也並沒有那種吃味的情緒湧動，很平常。「妳不用多想，妳受傷，他送妳回來，這是人之常情。」白孟寬慰她一句。

劉露點了點頭。

白薇走過來，白孟溫和地問道：「謝兄走了？」

「走了。」白薇拽著白孟的衣袖，讓他先離開，她有話和劉露說。

白孟笑道：「好，我先回去。」

白薇送白孟出門，見他走遠了，將門關上，回頭便見劉露羨慕地看著她。

劉露從小與奶奶相依為命，很羨慕白薇有雙親，還有兄弟。

「我還沒有將銀子還給謝大哥。」劉露突然想到診金，就要起身。

「我給了。」白薇將她按在凳子上，想著謝玉琢的話，她有些不知道該怎麼開口。「謝玉琢欺負妳了？」

劉露臉頰充血，掰著手指頭。她沒有遇見過謝玉琢這樣的人，他說的話讓人招架不住，有時候很氣人，想打他一頓，有時候又讓人臉紅心跳，但照顧人卻也很細緻入微。

他明明不想惹事，可最後還是出手救她。

他明明心裡害怕，卻故意裝作英雄。

他明明不想多管閒事，可最後仍是心軟地揹她去看郎中。

他明明可以將她送上牛車就好，卻又怕她行動不便，一個人回家遇見危險，因此親自送她回來，還揹她走了一段很長的路，累得滿頭大汗。

這些不經意的事情，能夠讓她不計較他說的那些氣人的話。

在村口遇見白孟的時候，她更多的是害怕白孟誤會她的人品。

當謝玉琢說帕子是給他的訂情信物時，她的心跳突地加速。

「沒有欺負我，謝大哥很照顧我。」劉露低聲說道。

「他敢欺負妳，妳只管告訴我。」白薇握著劉露的手。「今日去鎮上，妳遇見什麼事情了？」

劉露見白薇轉移話題，心中一鬆，從她出門開始說起，如何遇見蘇明珠、又如何遭遇綁架、被賣到窯子裡都一一說了。

蘇明珠？白薇皺著眉，心中有底，寬慰了劉露一番，這才告辭回家。

劉露拄著木棍，拖著腿去裡屋。

方氏躺在床上，朝劉露招手，讓她坐在床邊。「今日受驚了？」

劉露趴在方氏懷裡，淚水掉下來，宣洩出心裡的委屈。

「謝小兄弟救妳回來，妳好好給人道謝了嗎？」他們的對話方氏全都聽見了。「妳別多心，白孟是個好孩子，不會誤會你們的。」

劉露搖頭。「謝大哥他……」話開一個頭，又抿緊唇。

方氏一手將劉露帶大的，看出了一些異樣，摟著她問道：「妳喜歡白孟嗎？」

劉露身子一僵。

「妳看見他會有小女兒心思嗎？想著要嫁給他，心裡會既羞澀又歡喜嗎？」方氏只有劉露一個孫女，想要她嫁得好、過得好。

劉露認真想一想，許久後，她搖一搖頭，如實說道：「嫁給白大哥，我心裡覺得很踏實，今後有家了。」她喜歡白家的氛圍，很羨慕那一種生活。在這世間，除了奶奶，她最信任的就是白薇，所以奶奶提出讓她嫁進白家時，她內心沒有排斥。

方氏慈愛地問道：「那謝玉琢呢？」

劉露驚慌道：「奶奶，我和他是清白的！」

「奶奶知道，我們就是假設一下。如果讓妳嫁給他，妳心裡會討厭嗎？」

劉露怔怔地看著方氏，她臉上是和善的笑容，包容中透著鼓勵，讓她大膽說出心裡的想法。她試著去設想，最後陷入一片沈默。

因為她會心跳加速，心底會滋生一種羞澀，隱隱還有一種期待。這是不應該的。

兩個人放在一起做對比，那種區別就出來了。

她對白孟更多的是當作親人、大哥哥在看待；而謝玉琢不同，能夠影響她所有的情緒。

「奶奶，白大哥是秀才，今後還可能會是舉人，甚至做官，而我、我只是個大字不識的村姑，又不擅長和人交際，別人會笑話他吧？」劉露將壓在自己心裡的事情說出來。「我覺得自己配不上白大哥。薇薇姊那麼厲害的人，顧舉人都因為她是村姑而退親了，更何況我？我啥都不懂，只會幹一些粗活。」

「是奶奶疏忽了，沒有想那麼多。」方氏心裡覺得愧疚。當初劉露遭遇那種事情，她急於給劉露找一個依靠，而她們能靠得住的只有白薇，所以她才豁出臉去求白薇，而白薇又如何會拒絕呢？「妳如果不喜歡白孟，和他在一起覺得有壓力，奶奶明天就上門和白家說清楚，向他們賠禮。」方氏揉一揉劉露的腦袋。「妳如果喜歡謝小兄弟，到時候請他來家裡做客，奶奶問一問他心裡怎麼想的？」

劉露咬緊唇瓣，沒有反駁。

白薇離開劉露家，下一個坡時碰見了蘇明珠。

蘇明珠氣喘吁吁的，看見白薇連忙上前道：「薇薇姊，劉姊姊回家了嗎？我今兒和她一起去鎮上，後來去找水喝，讓她幫忙看著東西，站在原地等我一會兒，結果回來的時候她卻不見了。我去醫館找了一圈都沒有找著人，所以過來看看。她回家了沒有？」蘇明珠是裝模作樣過來的，為了排除自己的嫌疑。

白薇目光銳利地審視著蘇明珠。

蘇明珠臉上的笑容幾乎維持不住，她小心翼翼地問道：「劉姊姊出事了嗎？」

白薇緩緩笑道：「她又不是頭一次去鎮上，能出啥事？」

蘇明珠心裡一緊，捲著垂在胸前的一綹頭髮。「我就是瞎猜的，沒有出事就好。」她看向劉露的屋子。「我去找她要籃子。」她心裡隱約覺得不安，從白薇的話中得知，劉露回家了。她沒有被賣進窯子裡嗎？她原想著，白薇他們找到劉露時，她已經在窯子裡過夜，白孟是秀才，還能娶劉露？

「我也還有事找她，我們一塊兒去吧。」白薇逕自走在前面。

蘇明珠的臉色沈了下來，白薇回頭望來時，她立即擠出一抹笑。

兩個人一前一後來到劉露家門前，敲開院門。

劉露看見蘇明珠，連忙說道：「蘇姑娘，對不起，我把妳的籃子弄丟了。多少錢？我賠銀子給妳。」

蘇明珠連連擺手。「不用賠錢。我沒有看見妳，以為妳出事了，這才過來一趟的。妳人沒事就好，籃子不值幾個錢，不用賠。」

「一是一，二是二，還是算清楚比較好。」劉露拄著木棍回家取銀錢。

蘇明珠望著劉露通紅的眼睛，若有所思，心神不寧地對白薇道：「薇薇姊，我先回去了，妳讓劉姊姊不用給我送銀子。」既然沒有得逞，她還得回去和她娘合計合計。

白薇心裡懷疑這件事和蘇明珠有關，但蘇明珠與劉露無冤無仇，不應該害她啊！隨即，她想起江氏提過，蘇秀才有意兩家結親。所以是因為大哥考上了秀才，準備與劉露結親，擋了蘇明珠的路？如果真的是這樣，蘇明珠一定還會有後續的。

白薇叮囑劉露避著蘇明珠，不要與她來往，這才回家。

蘇明珠陰沈著臉回村。

住在村頭的孫癩子瞧見蘇明珠打扮得花枝招展，臉上抹了細粉，頭上戴著一根銀簪子，薄薄的春裳裹住玲瓏有致的身段，走動間細腰搖擺，不禁看直了眼，往蘇明珠跟前湊。「明珠，妳穿得這般騷氣，又要去隔壁村勾引白孟啊？他是秀才又咋了？妳爹是秀才，不就是個窮酸貨嗎？妳就算扒光了往書呆子跟前湊，他也不懂風情啊，這不是白廢了妳這張好相貌？妳跟了我多好？天天弄得妳下不來床，這種日子才叫美呢！」

蘇明珠心氣高，她爹是秀才、讀書人，品德高潔，她自認比這村裡的泥腿子高一等，聽見孫癩子這番下流的話，當即氣得臉色鐵青。「就憑你，也想癩蝦蟆吃天鵝肉？」她看著孫癩子伸手往脖子撓，搓下一層泥垢，胃裡一陣翻湧，嫌惡道：「你滾遠一點兒！就你這種渾人，村裡的寡婦也不願意嫁給你！」

孫癩子色迷迷地盯著蘇明珠，笑嘻嘻道：「村裡的寡婦我看不上，沒有妳帶勁。妳穿這麼騷，不就是想男人嗎？我的心都給妳勾走了，又反過來怪我癩蝦蟆吃天鵝肉，我冤不冤？」

蘇明珠氣得發抖，她惡狠狠地瞪了孫癩子一眼，往家裡走。

孫癩子往她屁股摸了一把。

蘇明珠臉色煞白，「哇」地哭著跑回家。

黃氏正在院子裡收被子，聽見蘇明珠的哭聲，連忙將門打開。

蘇明珠捣著臉衝進家，門被摔得砰砰響。

「珠兒，妳怎麼了？妳快開開門啊！」黃氏擔心，啪啪地拍著門。

蘇明珠滿臉淚痕地將門打開，恨道：「娘，孫癩子他占我便宜！好在沒有鄉鄰看見，不然我就要跳河裡死了！」

黃氏氣得咒罵一通，又問她。「劉露怎麼樣了？鎮裡沒有消息傳來，也不知道事情成沒成？」

提起這個，蘇明珠更來氣。「她好端端在家呢！高老二和他媳婦騙咱們的銀子，明兒我就找他們把銀子要回來！」

黃氏臉色一沈。「事沒成，劉露和白孟這親事就黃不了。」她眼珠子一轉，覺得她們的勁頭使錯地方了。「咱們別打劉露的主意了，沒有她，還有別的女人。白孟現在是秀才了，說不定江氏的尾巴翹上天，要給白孟找一門得力的岳家呢！想嫁進白家，還得白孟同意娶妳才行。」

「我都見不著他，他怎麼娶我啊？」蘇明珠拍了拍屁股，恨不得剁了孫癩子的手。「他和劉露馬上就要訂親了，我又不是天仙，怎麼能一見面就讓白孟對我神魂顛倒？」劉露那邊也不能再動手，白薇好像在懷疑她了，越想越覺得這門親事無望。

黃氏神秘一笑，湊到蘇明珠耳邊嘀咕一句話。

蘇明珠的眼睛頓時就亮了。

翌日。

江氏請方氏和劉露來家裡吃飯。

白孟用完中飯，商議好親事後，就該去府學報到了。

方氏和劉露穿著過年的新衣裳，打扮得整整齊齊地過來。

江氏熱情地招呼兩人進屋，手裡拿著方氏遞來的禮盒。「方大嬸，您來就來，怎麼還客氣地提東西過來？」

方氏見大家都在，讓江氏坐下，不用忙活。「我今兒有事和你們說。」

江氏看方氏神情凝重，也不由得嚴肅了起來，坐在她對面。「您說。」

方氏渾濁的雙目滿含歉疚，她看向白孟，又看一眼白薇，最後目光落在江氏身上，嘆聲說道：「白孟和劉露的親事是我思慮不周。我們祖孫倆相依為命，劉露除了我沒有依靠的人，她手裡有錢財會招人惦記，可我年紀大了，活一天賺一天，說不定哪一天便睜不開眼睛，所以就求薇薇，讓她替我說項，將劉露嫁給白孟。但白孟是個有大出息的人，我家劉露配不上。他今後若做官，娶的媳婦要八面玲瓏、左右逢源，才能幫助他管好家裡。劉露嘴笨，膽子又小，她不得罪人給白孟鬧笑話就很不錯了。

「我只想讓劉露嫁給一個普通的人，不求大富大貴，能對她好就成。白孟如果是個莊稼漢，我心裡是一千個、一萬個滿意，但現在他和劉露有很大的差距，兩人不般配，他應該找一個更好的姑娘。」方氏兩眼通紅，握著江氏的手。「都怨嬸，薇薇是個好姑娘，她不忍心在那樣的情況下拒絕我，怕對我們祖孫倆造成更大的傷害。你們都是好人，我們不能拖你們的後腿，耽誤兩個孩子的幸福。」

江氏很意外，沒有想到方氏竟是為這件事來的。她不禁想起白薇和顧時安，嘆息一聲道：「方嬸，您別這麼說，哪裡有啥高攀不高攀的？孟兒也是鄉下人出身，在官場如何，全憑他的本事。」

白薇看向劉露，她一直低垂著頭，白薇不禁想起謝玉琢的話。方氏今兒來說這件事，說明劉露是同意的。「娘，兩個人能不能結成夫妻，講究緣分。大哥和露兒沒有緣分，便不用強求。」白薇上輩子見證過父母失敗的婚姻，並不願身邊的親人為了利益犧牲掉自己的婚姻大事。縱使白孟考科舉、入仕途，她想的也是自己努力掙錢，用銀子鋪一條路出來，讓他娶一個自己心愛的女子，共度一生。

她擔心白孟日後若是被人榜下捉婿，他並不喜歡，可強權難拒，該如何是好？有一個位高權重的岳家雖然是助力，妻子若是賢良，兩人相敬如賓、相知相許便也無妨，但若是妻子性格強勢，岳家掌控慾強，白孟婚後需要事事聽從對方的安排，那又有何意義？她在現代見過太多家庭裡男弱女強，過得並不幸福圓滿的例子了，因此方氏委託的時候，她方才沒有立刻回絕，想先問過白孟的意思再說。

可方氏剛剛這一番話沒說錯，縱然他們一家沒有門第之見，兩個人的能力也需要匹配。白孟就算沒有得力的岳家，但自己的妻子也需要處事圓滑，對他才多有裨益。

她之前太鑽牛角尖，走進了死胡同。這一件事，她的確欠考慮。

「方嬸，孟兒和露兒還沒有訂親呢，您說這些幹啥？露兒是個好姑娘，她今後會遇見疼她的男子。」江氏順著方氏的心意，將這樁事情當作不存在。

方氏心裡的大石落下，便打算帶著劉露回去。

江氏挽留她們吃完午飯再走。

方氏沒臉留下來，執意回去。

江氏親自將方氏送出去，關上門回來後，唉聲嘆氣地道：「孟兒的親事怎麼就這般艱難？給他找個門當戶對的，今後他飛黃騰達了，差距也會顯出來。女方下嫁到咱們家，如果是個賢良的，日子還能過；若是個蠻橫的，還不得雞飛狗跳？再說，位高權重的人，如今能看上咱家？不管了，我不管了！你的親事隨緣吧！」最後一句是對著白孟說的。

白孟失笑。「娘，不如等我中了進士再說？」

江氏瞪他一眼。「許多秀才一輩子都考不中舉人，你若是考不上進士，難不成要打一輩子光棍？」

白孟連忙告罪，說自己說錯話了。

江氏這才心氣平順。「行了，我去做飯。吃完飯後你趕緊走，我不想看見你！」

白孟無奈地看向白薇。

白薇頭疼，更激起要掙大錢的衝動。之前為了抱上知府的大腿，所以她想要贏得玉器大比，如今就是為了她哥的仕途，她也得要拚命往上爬，在玉器大比上嶄露鋒芒。

一家人用完午飯後，江氏將包袱遞給白孟，交代他去府學要好好照顧自己。

白孟一一應下。「爹、娘，你們保重身體。」又溫和地叮囑白薇。「妹妹，大哥不在的日子裡，煩勞妳辛苦些，多看顧家裡。」轉而嚴厲地告誡白離道：「不許惹事生非！」

白離蔫蔫地應下。「我這段時間勤快著呢，鋪子裡一應事情，都是我在管。」白孟眼睛看過來，他立即噤口。

一家人送白孟去村口。

白孟帶上包袱，辭別親人，去往鎮上。

蘇明珠打聽到白孟今日要去府學，午飯都沒有吃，餓著肚子等在河邊這一段路。

這條路是去鎮上的必經之路，臨河而建。

她遠遠地看見白孟走過來，立即裝作在河邊摘野花。她伸出手去抓離她有點遠的那一株花，腳下一滑，「啊」地尖叫一聲，「撲通」墜進河裡。

「救……救命……」蘇明珠撲騰一下就往水下沈，河水沒頂的那一刻，巨大的恐慌瞬間籠罩著她，她拚命地掙扎，卻越掙扎越下沈。

白孟聽見一道呼救聲，快步過去。

「大哥！大哥，你等等！啊——」白薇手裡抱著一個包袱，腳下一絆，整個人摔倒在地上，手裡一片鮮紅。

白孟瞳孔一緊，滿腦子都是白薇流淌著鮮血的手，他毫不猶豫，立即朝白薇奔跑過去。「小妹，妳別動！」白孟將包袱扔在地上，握住白薇的手，仔細檢查她手上的傷口。

白薇看著白孟緊繃的臉，眉目嚴肅，心裡稍稍有些愧疚。「大哥，我的手沒有受傷，就是摔著，弄疼了手臂的舊傷而已。」白薇拉高袖子，微白的膚色上一道粉色的傷疤尤為顯眼。「手心的不是鮮血，是我給你熬的山楂汁。」

白孟這才鬆一口氣，掏出帕子幫她將手擦乾淨。「慢一點走路，怎麼還像小孩子一樣，毛毛躁躁的。」

白薇乖乖聽訓，心裡嘀咕著：大哥，你得感激我這一摔，不然你可要撿個媳婦回家了。她猜疑是蘇明珠賣掉劉露，謀的是白孟的這一樁親事，因此私底下一直讓人盯著蘇明珠。今兒聽說她早早等在河邊路上，她就準備萬全了，熬一筒山楂汁，藉口給白孟送去，實則是暗地裡跟蹤，就是想看看蘇明珠要做啥么蛾子？果不其然，蘇明珠落水，白孟要去救。她急中生智，故意摔一跤，將山楂汁灑在手裡，遠遠一看觸目驚心，成功阻止了白孟。

白孟看她乖巧地垂著頭聽訓，嘆息一聲，不忍苛責。

撲通一聲，又有人落水了。

白孟驟然記起之前有人落水，他猛地起身，朝河邊跑去。

白薇快步跟在白孟身後，只見一個男子手橫在蘇明珠胸前，將她往岸上拖。

白孟伸手要去拉。

「大哥，我來！」白薇一腳擋在白孟前面，一扭腰將他擠開，拉住蘇明珠的手腕，用力拽拖上岸。

蘇明珠軟綿綿地躺在地上，白薇單膝跪地、雙手交疊，按壓她的胸口急救。

「噗——咳咳……」蘇明珠嘴裡吐出一口水，睜開眼睛，看見站在白薇身邊的白孟，小臉煞白，睫毛震顫著，淚水滾落。「白大哥，謝謝你救我上來。」

白孟。「……」

白薇。「……」

孫癩子抹了一把臉上的水漬，咧嘴開心地笑道：「珠兒，是我把妳救上來的。」

蘇明珠瞪大眼睛，不敢相信這是事實，隨即兩眼一翻，厥過去了。

黃氏帶著鄉鄰跑過來，看到蘇明珠倒在地上，立即撲過去乾哭。「珠兒！妳這是怎麼了？誰推妳下河的？」見蘇明珠沒有反應，黃氏嚇壞了。

這時，一個婦人衝上來，用力掐著蘇明珠的人中。

蘇明珠被掐醒過來，看到鄉鄰全都圍著看熱鬧，登時撲進黃氏懷裡，絕望得痛哭流涕。

「娘，我要回家！我們回家！」絕對不能讓鄉鄰知道是誰救她上來的！

黃氏瞅著白孟在這兒，沒有一個說法，怎麼肯離開？「珠兒，誰害妳掉下河的？又是誰救妳上來的？」黃氏看著蘇明珠一味地哭，不搭腔，只拉著她要走，不禁暗惱蘇明珠不爭氣，膽子太小了。手掐擰著蘇明珠的腰，黃氏讓她開口。「這兒只有薇薇和白孟，是不是他們兄妹倆救了妳的？」

蘇明珠想說是白薇救的她。

孫癩子聞言不服氣了。「白孟和白薇的衣裳都沒濕，咋救珠兒？我這麼大個活人，身上還淌著水呢，妳怎麼就看不見？」

黃氏大驚失色，驚恐地看向孫癩子。「你、你、怎麼可能是你？」

「不是我救珠兒上來，她早就被淹死了！」孫癩子不蠢，心中有數，蘇明珠是為誰落的河。他早就覬覦蘇明珠了，她算計白孟，就別怪他在後面埋伏著。「我是個渾人，妳們看不上我，但我向妳們保證，珠兒嫁給我後，我會改好，掙錢給她花。」

蘇明珠這回是真的恨不得跳進河裡死了。

黃氏更受打擊，嘴唇哆嗦著。「你、你救了珠兒，我們一家都感激你，但珠兒已經訂了親，不、不能嫁給你。」

「她訂給誰了？她屁股、胸我都摸了，不嫁給我，她能嫁給誰？」孫癩子一臉無賴相。

「我今兒將話撂在這兒，蘇明珠的命是我救的，她不嫁給我，敢嫁給別的男人，當心我白刀子進、紅刀子出，誰也甭想好過！」

「你、你敢！」黃氏氣得渾身發顫，孫癩子能幹這種事。但若真的將蘇明珠嫁給他，她這一輩子就毀了！

孫癩子哼笑一聲。「咱們走著瞧！」

「你死了這條心，我就算死也不會嫁給你。」蘇明珠恨白孟狠心，竟見死不救，讓孫癩子鑽空子！「我要嫁給白孟，有本事你就一刀殺了他，我立刻嫁給你。」說完這句話，她怨恨地瞪了白孟一眼，轉頭往家裡跑。

孫癩子眼睛一瞇，掃向白孟。

白薇冷笑道：「敢動我哥，你還會有命娶她？」

孫癩子摸一摸脖子，咧嘴一笑。「我哪敢動秀才老爺？如果不是秀才老爺，我怎麼遇得到這麼一樁好事？」說罷，他對黃氏道：「我明兒就上妳家提親。」

黃氏氣得破口大罵。「你自個兒撒泡尿照照，就憑你這樣的，還想娶我家明珠？她就是一根麻繩吊死，也不會便宜你！」

孫癩子嘿嘿笑道：「她吊死也是我孫家的鬼。」

黃氏臉色青黑，手指哆嗦地指著孫癩子，半天都說不出一句話來。

白薇將包袱塞進白孟手裡。「你怎麼不租牛車去？」

白孟笑道：「我成日在書院裡唸書，沒有空閒在外走動，難得的機會，乘機活動活動一下身子骨兒。」

「你趕緊去鎮上吧，別耽誤了正事。」白薇催促著。

白孟想問她是不是知道有這一回事，才故意摔倒，阻止他救人，化解蘇家設的局？但話到了嘴邊，看著白薇關切的神色，他便打消了這個心思。小妹不論做什麼，都是為了維護他們這個家，這些親人。他的大掌壓在她的頭頂，不容她抗拒地揉散她的髮髻。「府城許多東西比縣城時興，等大哥回家時給妳帶禮物。」

白薇忙不迭地點頭。「我等著大哥回來。」

白孟揮一揮手，去往鎮上。

白薇準備回家，黃氏卻一臉凶狠地攔下她。「都是妳這害人精，讓孫癩子占珠兒的便宜！妳自個兒是女人，何苦為難珠兒，讓她進狼窩，毀她一輩子？」

白薇眼底迸發出寒光。「妳也知道女人何苦為難女人？妳和蘇明珠將劉露賣進窯子裡時，怎麼就記不得這一句話？妳們若沒有動歪腦筋，怎麼會害了自己？蘇明珠會落到這個下場，是妳們自作自受！」

黃氏面色一變，色厲內荏地道：「妳少胡說八道！劉露的事情跟我們沒有一點關係！我不和妳這個惡婦說話，不然又往我頭上扣屎盆子！」她慌張地離開，生怕白薇抓住她算帳。若事情鬧大，捅到蘇秀才面前，她就完蛋了！

白薇在黃氏眼中看到了心虛，知道這件事八九不離十，就是這母女倆幹的！

白薇一回到家，謝玉琢就緊跟著上門。

「我盯著鳶娘的動向，逮住了高老二和他的媳婦，他們交代出來，這件事是黃氏讓他們幹的。這兩人沒少禍害良家姑娘，我給送到縣衙去了。」謝玉琢倒一碗水，一口灌進去才又道：「劉露是妳徒弟，這事要咋整，妳看著辦。」

白薇斜睨他一眼。「你不是要娶劉露？不打算邀功？」

謝玉琢咕噥道：「這不是八字還沒有一撇嘛。」

「這事別聲張出去，劉露雖然被救出來，在紅樓沒有遭遇啥事，但傳出去也對她名聲不好。」白薇眼底閃過厲色。「我把這事告訴蘇秀才，讓他管一管黃氏。」

「成！」

蘇明珠哭著跑回家，去找蘇秀才，傷心絕望地道：「爹，您幫幫我！您不幫我，我只有一死了之了！」一想到要嫁給孫癩子那種噁心的玩意兒，她存了死志。

蘇秀才正在寫文章，聽到蘇明珠的話，無奈地擱下筆墨。「又怎麼了？妳看看妳，如今十五了，還沒有一點規矩。啥時候能像妳姊姊一樣懂事？」他話裡雖有苛責，可眼神卻透著寵溺。

蘇明珠知道他爹偏疼她，長姊在家裡就是個影子，眼下被拿來作比較，她心裡更不舒服了。「爹，我摘野花時掉進河裡，孫癩子救我上來，他嚷嚷著要娶我。嫁給他這麼個渾帳，我這輩子還有啥盼頭？」蘇明珠磨著蘇秀才幫忙。「您是咱們村的秀才，很有名望，您找里正去和孫癩子說一說，打消他這個念頭吧？我名聲壞了，先去姥姥家避一避，再找個家底兒殷實的嫁了。」

蘇秀才皺緊眉心，面色凝重。蘇明珠是他最疼愛的閨女，嫁給孫癩子著實可惜。

蘇明珠又道：「孫癩子若是不肯，就把姊嫁給他。」

黃氏進門時正巧聽見這句話，忙附和道：「大丫長得不比珠兒差，孫癩子能娶到大丫，他該知足了。再說，姊姊沒有嫁人，哪有妹妹先嫁的道理？」

蘇秀才想著畏畏縮縮的長女從來不敢抬頭看他，心裡鬆動了。「我找里正先談一談。」

他起身出去，準備找里正。不到萬不得已，就算不得他心的長女，他也不想搭進去。

黃氏見蘇秀才願意出面，心裡稍稍鬆了一口氣。「珠兒，妳爹願意出面，妳不會嫁給孫癩子了。快去燒熱水洗澡，別受涼了。」

蘇明珠點了點頭，去廚房打水洗澡。

沐浴後，蘇明珠與黃氏坐在炕上等蘇秀才。

黃氏望眼欲穿，等得心裡焦灼。她下炕去門口，遠遠瞧見蘇秀才大步走來，連忙迎上去。「孩子她爹，事辦妥了嗎？」

蘇秀才一言不發，悶不吭聲地進屋。

「爹，孫癩子不肯嗎？那就讓姊嫁給他……啊！」一聲脆響，蘇明珠的頭偏向一旁，臉頰火辣辣的疼。

蘇秀才一巴掌狠狠打在蘇明珠臉上，一雙溫潤平和的眼睛裡裹挾著怒火。「我蘇明言再窮酸，也是村裡頭唯一的秀才老爺！妳是秀才的閨女，嫁給誰沒有好日子過，偏偏上趕著要嫁給白孟，甚至不惜做出惡毒的事情，將一個清清白白的姑娘賣進窯子裡。我的臉都給妳們母女倆丟盡了！」蘇秀才怒不可遏。他是村裡學問最高的人，向來十分清高，注重臉面，今兒卻被里正數落得狗血淋頭，斥責他不會管教妻女，真真是將他的臉皮生生從臉上扒下來扔在地上踩，哪還有半點尊嚴？他當時都恨不得找一條地縫兒鑽進去！

「爹……」

「孩子她爹……」

「孫癩子救了妳，他點名要娶妳，妳給我安心在家裡繡嫁妝，等孫癩子來娶妳！」蘇秀才丟下這句話，進了裡屋。

黃氏懵了，連忙跟進去說項。「你不能這麼做！你忘了自個兒有多疼愛珠兒嗎？將她給了孫癩子糟蹋，你忍心嗎？」

「我就是對妳們母女太放縱了，才會讓妳們在外為非作歹，敗壞我的名聲！這件事若捅出去，叫我還怎麼在村裡做人？還怎麼教書育人？」自個兒的親閨女德行敗壞、心腸惡毒，誰還會將孩子往他的私塾裡送？

黃氏一股邪火往上躥。「如果不是你自己沒有本事，我怎會費盡心力地想給珠兒說一門好親事？你若有能耐，白孟得求著咱們閨女嫁給他！」

這句話算是捅著馬蜂窩了，蘇秀才冷笑一聲。「我沒有本事，沒有能耐，妳不必委屈跟著我，我這就寫一封休書給妳！」

「老爺?!老爺，我……」黃氏心慌地拉住蘇秀才的手，卻被蘇秀才一把推開。

蘇秀才怒斥她。「好好管教蘇明珠，讓她安分地嫁給孫癩子。她若敢尋死，便讓孫癩子將她的屍首抬回去！」

黃氏癱在地上，怔怔地看著蘇秀才在她面前甩上門。

第十八章

蘇明珠嫁給孫癩子的事，連石屏村都傳遍了。

白薇坐在工棚裡雕刻玉器，江氏給她送點心過來時，提起了這樁事。

「蘇秀才最疼蘇明珠了，他就為了名聲，要將蘇明珠推進火坑呢？」江氏唏噓道：「蘇明珠尋死覓活的，蘇秀才就是不肯鬆口，還讓黃氏給她剪刀和麻繩，說就是死也要葬進孫家，心真是太狠了！」

白薇笑了笑，蘇明珠貪生怕死，就算得嫁給孫癩子，她也沒有勇氣去死，最後只能老老實實地嫁。

江氏不提別人家的糟心事了，看著白薇雕刻出來的幾件漂亮玉器。「這是用來參加比賽的？」

白薇點了點頭，離大賽沒有多久了。「我明天去找二師父，他覺得可行，我就將最後幾件雕刻出來，到時候與他直接去府城。」白薇算著時間，只剩一個多月了！她雕刻的是一套茶壺，配幾只茶杯。由於定稿較遲，白薇緊趕慢趕地雕出了幾件，只差三只茶杯。

明日要去縣城，白薇便不再熬夜。鑽膛取芯後，她便收工。熄滅油燈，回屋。

沈遇拆開一封信正在看，神色凝重，聽到開門的聲響，他將信摺疊放入袖中。

白薇推門進來，看見沈遇還沒有睡，挑了一下眉頭。「你還沒有睡？」

沈遇反問：「明日有事要忙？」

「我明天要將參賽作品給二師父瞅一瞅，離比賽只剩一個多月，我還得提前去府城，滿打滿算也只有一個月不到的時間了。」白薇愁眉苦臉地道：「希望能讓二師父滿意。」

即便不行，她也沒有時間再弄其他的玉器了。給段羅春看，是想讓他估量一番勝算。玉器大比他參加過，對溫、姜兩家的技藝有一些瞭解。

「段羅春前兩日回了府城，妳將作品完成之後，直接動身去府城找他吧。」沈遇去淨室裡打一盆水，擱在木架上，取一塊帕子遞給她。「他對妳很有信心，妳不要給自己太大的壓力。有時候得失心太重，反而會影響發揮。」

「你和師父說的話一模一樣。」白薇嘀咕一句，拿著帕子將臉洗乾淨。

「我們經歷得多了，方知心態很重要。」沈遇遞一杯水給她。

白薇撇了撇嘴，心裡腹誹幾句，喝兩口溫水潤一潤喉。

沈遇看見她嘀咕，便道：「在輩分上，妳該叫我一聲叔叔。」

「叔叔，請問一下，您娶一個姪女，心裡是什麼感受？」白薇笑咪咪地問。

沈遇斜睨她一眼，神色莫測，嘴角往下一壓。「早點睡。」他腳步一轉，去往廚房打熱水倒滿浴桶。

白薇隨後抱著衣裳去淨室。

沈遇脫掉外衫，穿著底衣，躺在床邊。

白薇泡完澡出來，將頭巾拆開，一頭青絲如瀑散落在身後，映襯著腰肢越發纖細。沈遇看一眼後，移開了目光。

白薇將頭髮撩到身後，坐在床邊踢掉布鞋，雙膝跪在床鋪上，從沈遇身上跨過去。

沈遇起身避讓的動作一頓，她身上那件白色的底衣彷彿荷苞綻放，那一抹嬌嫩美好的風景倏地展露在眼前。隨著她的動作，身上清雅的草木香湧入鼻息。

他猛地偏過頭，白薇恰好躺到了內側，兩人目光相對。白薇傻愣愣地問：「怎麼啦？」

她歪著頭，覺得沈遇的臉色似乎有些古怪，不由得半撐著身子，湊近沈遇細細打量，忽而，紅潤的唇瓣綻出一抹笑，十分新奇地道：「你的臉紅了。」

白薇的手下意識觸碰著他的臉頰，結果手腕一緊，被他扣在掌心。兩個人同床共枕有一段時間，白薇整個人都放鬆了，變得十分自在。她眉眼一挑，神采飛揚地戲謔道：「叔叔，您握疼我的手了。」她聲音細軟，說話間，臉湊近了沈遇。

溫熱的呼吸灑在他的臉龐上，連同他身上的溫度也隨之增高。

沈遇看著她近在咫尺的臉，恍然發覺，她的皮膚變得白皙細膩、嬌嫩柔滑。她身上的氣息越發濃烈撲鼻，沈遇喉結滾動，鬆開她的手。「睡好。」一開口，方才發覺聲音啞透了。

白薇似乎並不打算輕易放過他。「你剛才在想什麼？」

沈遇緊繃著臉，眼中快速閃過些許的不自然，接著扣住她的臂膀，將她按倒在床榻上，掀開被子，將她嚴實地裹在被窩裡，連下頷都被遮掩住。

白薇將被子往下一拉，蓋到胸口處。「蓋嚴實太悶熱了。」

沈遇看著她將被子掖在手臂下，兩條白花花的手臂放在被面上，沈默半晌後，又將她的手往裡面一放，再將被子掖在她脖子上。「聽話，夜裡涼。」沈遇不等她開口，又解釋道：「即將要參賽了，保重身體。」

白薇最怕熱了，不知道今晚沈遇怎地突然關心起她蓋被子一事？之前她也是將手臂露在外面，也不見他這般關心啊！「我……」

白薇剛起一個話頭，沈遇就邁下床，熄滅油燈，然後背對著她躺下。「時候不早了，快些睡。」

白薇睏了，也懶得和他據理力爭。她被子一捲，背對著沈遇。

兩個人中間隔了一段距離，被子又窄小，她側身一捲，沈遇身上的被子就被捲走一半。一副旖旎的畫面在腦中閃過，他心中嘆息一聲，聽到白薇均勻的呼吸聲，這才朝她靠近些許，蓋好被子。

半夢半醒間，腿上有重物壓來，接著脖子一緊、胸口一沈，熱源緊緊貼著他。沈遇猛地睜開眼睛，一低頭，白薇的腦袋抵在他的胸膛上，手臂抱住他的脖子，一條腿橫跨在他腿上，宛如藤蔓一般緊緊纏住他。

沈遇呼吸一滯，閉了閉眼，壓下那本能的衝動，將她的腦袋推回枕頭上，又拉開她的手，將她推放回原處。

沒等他鬆一口氣，白薇又蹭過來了。腦袋埋在他脖子處，臉頰蹭了蹭；一條腿鑽進他腿下，一條腿搭在腿上，夾住他的腿；手臂橫搭在他的腰間，似乎手感並不柔軟，她無意識地摸一摸，又捏又按。

沈遇青筋都凸出來了，覺得一股熱流躥上心頭。察覺她的手往下滑，他屏住呼吸，緊緊握住她的手。白薇感到不適，掙了掙，手指穿過他的指縫，兩手相扣。

她嬌軟的身軀整個納入他的懷中，緊密相貼，沈遇的神情隱忍而克制。他睜著眼睛望向窗外，還有兩更天便要起身，見她睡得沈穩，也便沒有再折騰她，抑或者是折磨自己。

屋外清冷的月光灑滿內室，他微微低垂著頭，細細打量她的眉眼。

平日裡她一顰一笑都尤為生動，令人看了心情也不由得舒暢起來。她此刻毫無防備，將腦袋枕在他的肩頭，微微仰著頭，線條優美的紅唇微微嘟著，不時說一些讓他無法接的話。沈遇內心湧起異樣的情緒，他緩緩收緊手指的力道，握緊她的手掌，微微低垂著頭，輕而淺地吻上她柔軟的唇瓣，一觸即離。

白薇醒來的時候，手裡抱著一個枕頭，整張床她占據了大半，而沈遇已經不在床上。

她望著自己霸道的睡姿，又看一眼翻著魚肚白的天空，茫然地抓了抓腦袋。難道是她把沈遇給擠走了？她連枕頭都不給他睡。

她的睡姿雖然有時候一言難盡，但那是在睡眠質量不好的情況下。平常都是規規矩矩的，怎麼睡下去的，醒來還是什麼姿勢。

之前兩個人剛一起同床的時候，她心裡拘謹，放不開手腳，起床的時候半邊身體都是僵的。大概是適應了沈遇睡在身邊吧，最近幾晚她睡覺的姿勢著實太放肆了。一睜開眼，她已經占據了沈遇的床位。尤其是今天，竟連他的枕頭也搶來了。不知沈遇在心裡怎麼想她的？

白薇搓一搓臉，一臉喪氣地起床。

漱洗好，拉開門，看見沈遇在院子裡練劍，那股勁頭，似乎在消耗過於旺盛的精力。

沈遇見她醒過來，動作慢了半拍，又行雲流水地舞劍。

白薇想著，她把沈遇給擠下床去了，心裡不太好意思，因此沒打招呼，直接進了廚房。

沈遇看著白薇羞澀的模樣，若有所思，猜測她是否知道了昨晚發生的事情？

白薇俐落地做好早飯後，直接拿著一杯磨好的豆漿、一個蛋捲去了工棚。

沈遇見狀，心裡越發沒底了。

比賽在即，白薇想著她睡覺不規矩，自己又總熬夜到下半夜，索性就宿在工棚。

沈遇見白薇避著他，不再回屋子睡覺，心中的猜測算是落實了。

兩個人各懷心思，這其間倒是沒有怎麼碰面化解誤會，而時間轉眼間過去。

白薇終於在大賽的三天前將玉器雕刻好，她小心翼翼地裝進盒子裡，放在一個箱籠中，準備啟程去府城。

沈遇不放心她一個人去，租來一輛馬車，陪白薇一起去府城。

白薇在縣城採購了一些食物，準備在路上的時候吃。她記掛著燒鴨，去了徐記鋪子。

這家鋪子的燒鴨做得極好，表皮酥脆，內裡香嫩，十里飄香。正好還剩下最後兩隻，白薇全都包了起來。「兩隻我都要。」

「剩下的都包起來。」一道清脆的嗓音橫插進來。

白薇轉頭望去，認出這個丫鬟是喬雅馨的婢女。她轉回來，對徐老闆道：「煩勞您包起來，多給一包醬料。」

喬雅馨也是這兒的常客，徐老闆認出來人，便想了一個折衷的法子。「不如一人一隻？」

婢女陡然拔高聲音。「徐老闆！我們家小姐是你這兒的常客，你不是說常客有優待嗎？我們和她一起來的，姑且不說這種常客的優待，只拿先來後到說事，這兩隻燒鴨也該賣給我們。」

徐老闆幹了大半輩子的生意，已瞧出端倪——這婢女與白薇相識，且在故意針對她！婢女話中透著威脅，他心裡有些舉棋不定。

白薇似笑非笑地看著站在她身後幾步遠的婢女。「先來後到？」不等婢女辯駁，又道：「這都五月了，殿試該有結果了，既然妳們要買這兩隻燒鴨去慶祝，我便讓出來給妳們。」

白薇的聲音並未刻意收斂，停在不遠處的馬車也能夠聽得一清二楚。

馬車內的喬雅馨聞言，頓時坐不住了。

顧時安去京城時，母親給他安排了一個書僮，照料他的生活起居。最初去京城的時候，每隔六、七日便有一封書信來。後來春闈開始，就不是顧時安的親筆信，而是書僮代顧時安寫信過來報平安了。喬雅馨不敢寫信過去，擔心擾亂他備考。算著日子，等他快考完的時候，才去一封書信至京城，但至今卻一直杳無音信。

母親勸她放寬心，說顧時安在等放榜，再給她一個驚喜。

然而，放榜之日過去了，京城裡依舊沒有動靜。

母親又說，或許是殿試緊張，顧時安一心備考，說不定是想直接衣錦還鄉。

母親的話雖是勸慰了她，可到底自己不心安，便悄悄給書僮去信，結果石沈大海。

一家子全都慌了心神，擔心顧時安出事，她便央著父親去信給京中同僚，打聽一下顧時安的情況。這封信倒是有回應，卻帶來一個晴天霹靂——

她的父親被人參了一本，皇上已經派十三道監察御史徹查。他們不願與她爹扯上關係，本著最後一點情誼給他回這封信，讓他好自為之。同時，附贈了顧時安的消息，說他榜上有名，並且考得極好，入了會試前三，很得威遠侯看重。

喬雅馨難以置信，顧時安考取一個好成績了，為何沒有來信報喜？母親的書僮難道被他給收買了嗎？他為何要這般做？心中隱隱興起一個念頭，但喬雅馨不敢深想。她得了失心瘋般，一封接連一封的書信送往京城。連續一個月，沒有任何的回應，她無法再自欺欺人了。

顧時安考中舉子，為了更進一步，與白薇解除婚約。

如今他會試榜上有名，前途光明，又怎會看重她這個縣令之女呢？

喬雅馨魔怔一般，想著那句「顧時安得威遠侯看重」。

她爹爹看重顧時安，他成了自己的未婚夫婿。

威遠侯看重顧時安，所以他這回要成為威遠侯的女婿嗎？似乎只有這樣，才能夠解釋顧時安為何不再理會他們。

喬雅馨動了要去京城找顧時安對質的衝動，可她爹如今正是敏感時期，她不能回京城。眼下天氣好，她出來散心，記起顧時安愛吃徐記的燒鴨，便讓車伕過來買兩隻，哪裡知道會遇見白薇。白薇的話如同鋒刃，又深又狠地刺進她的心口！

喬雅馨心中含恨，用力掀開簾子，朝婢女喊道：「買一隻燒鴨怎得要這般久？又不是非吃這個不可，何必爭鬧不休？讓人瞧了，還以為咱們沒有教養，丟了喬府的臉面！」然後，又對白薇說道：「白姑娘別和一個丫鬟一般見識，她從小無父無母，沒有長輩教她為人行世，我代她向妳道歉。」這句話，明裡暗裡都指白薇沒有教養。

白薇瞧著喬雅馨變臉，猜測顧時安恐怕考得不錯，並且又另外攀高枝，甩掉喬雅馨了？畢竟若是顧時安落榜，算一算日子，早該回來了。記起沈遇提及喬縣令正在接受調查中，心思轉動間，白薇微微一笑。「既然是喬小姐要的燒鴨，這兩隻就都給妳了。畢竟咱們交情不淺，說不定還會經歷相同的遭遇呢！」

喬雅馨臉色遽變。

「顧時安為了唸書考科舉，提出與我訂親，考上舉人便背信棄義，與我解除婚約，我不肯答應，要揭露他的惡行，他便將我推下井裡殺人滅口。只要我一死，不但能順理成章解除婚約，還能讓他獲得一個好名聲。可惜我命不該絕，他的詭計暴露了，便先發制人，往我家頭上潑髒水。」白薇嘴角一勾，語重心長地道：「顧時安是幹過這種事的人，他學問做得好，如今殿試已經放榜，他若是沒有消息傳來，喬小姐還請保重啊！」說完拋下主僕倆，去找沈遇會合了。

喬雅馨呆滯地站在原地，滿腦子都是白薇的話。明知定是白薇故意說出來挑撥離間的，可她就是不受控制地去想。她爹好端端地被人參了一本，會是顧時安的手筆嗎？他為了維護自己的好名聲才這般做？只要她爹倒了，他們的婚事就不作數，他便可以做威遠侯的女婿。

「不、不、我不信、我不相信！」喬雅馨喃喃自語，猛地握緊拳頭，甩下簾子，讓車伕快速回府。無論事情是真是假，都要告訴她爹，做好萬全的準備。

白薇回到馬車上，不禁冷笑一聲，不只是顧時安會借刀殺人。

顧時安利用喬雅馨對付她，若是不將喬雅馨的仇恨轉移，早晚會是禍端。

簾子掀開，沈遇坐了進來，兩個人安靜地坐在馬車裡。

時隔已久，白薇早將她霸道的睡姿一事拋在腦後了。

她抱著竹筒喝一口水，紅唇飽滿瑩潤。

沈遇盯著她的唇瓣，不禁想起那一個淺吻，指腹刮過薄唇，靠在車壁上，目光落在她纖長的手指上。似乎感到無聊，她的手指正在竹筒上來回敲擊。他喉結微微滾動，只覺得腹部被撩起星星之火，那一種細膩夾著火熱的觸感，仍然記憶猶新。沈遇撇開頭，不去看白薇。

白薇黑白分明的眼珠子轉動一圈，手指敲擊著竹筒。總覺得方才沈遇盯著她的眼神，有那麼一點點……灼熱？雖然極其的隱晦，可她感官敏銳，不由得想起他方才用手指刮著那兩片薄唇的動作。那個時候，他正盯著她的嘴唇吧？她怎麼覺得沈遇對她有點想入非非呢？

沈遇閉著眼皮，閉目養神，白薇卻直勾勾地盯著他。

他抓起一旁的薄毯，拋擲過去，蓋在白薇身上。「昨夜熬到五更天，快睡一會兒。」

白薇抱著薄毯，望著他嚴肅的面龐，並不覺得怕，這表情落在她眼中，彷彿想遮掩什麼似的。清透明亮的眼睛閃過狡黠，她挪動身子坐在沈遇身側。「你之前是想親我？」

直白的話讓沈遇冷峻的面容幾乎崩裂，越是被說中心事，他表面越是平靜無瀾。側頭望向白薇，他目光沈沈，眉頭緊蹙，彷彿她在說什麼荒謬的話似的。

白薇的手臂搭在他的肩膀上，將他扳轉過來，兩人面對面。

「我倆是夫妻，你親口認下的，咱們有點親密舉動也很正常吧？你想親我，我不會拒絕的。」白薇下意識舔了一下唇瓣，微微抬一抬下頷。「你，不想試一試？」

沈遇心神一動，望著她越靠越近的紅唇，在即將觸碰上的一剎那，大掌扣在她的後腦勺，將她的腦袋往胸前一按，低啞道：「別胡鬧，睡覺。」

白薇雖然在調侃沈遇，可說到最後，心中也有一些意動。她看似膽大，心裡卻極為緊張，當他手掌扣在後腦勺的那一瞬，她心跳加速，生出一種羞澀，誰知她卻被沈遇悶在胸口。她被沈遇搞得惱羞成怒，想要咬他一口洩氣。這樣一想，她張嘴就咬了下去，不料沈遇的肌肉緊繃得如一塊石頭。她意識到自己幹了啥蠢事，不敢去看沈遇的臉色，鬆口，身子往下一滑，腦袋枕在他腿間，將臉悶在他腹部裝死。

沈遇深深吸一口氣，他引以為傲的定力，在她面前幾乎潰不成軍。

他青黑著臉，看著縮成一團、盡力當不存在的白薇，挫敗又無力的感覺在胸口裡交織。

沈遇知道白薇的性子直爽，膽子極大，卻不知道她這般能作弄人。眼見她心虛老實了，他也不訓話，以免她待會兒又語不驚人死不休。

白薇幹了壞事，這一路上都老老實實憋著。她舒舒服服地躺在沈遇的腿上，睡到府城方才醒來，直接去了段府。

段府的門僕聽到他們報出的名字，當即將兩人領去正廳。

沈遇將箱子擱在腳邊，與白薇一起落坐。不一會兒，段羅春大步走來。

「你們來了，比我預想得晚了。」段羅春在主位上落坐，看見白薇能及時趕上，心中歡喜。「妳大哥之前住在竹園，你們這段時間也住竹園？」

白薇沒有意見，說了幾句客氣話後，對段羅春道：「二師父，我將玉器雕刻好了，您先給看看，看我有幾成把握？」說罷，她站起身，準備開鎖片取出玉器。

段羅春連忙制止她。「玉器收好，不必拿給我看。在參賽期間，切勿拿出來。」從他來府城時，便知府中潛入了溫、姜兩家的眼線。「我相信妳的能力。」段羅春慈眉善目，笑容和藹地道：「這兩日好好休息，到時候有一場硬仗要打。」

白薇心領神會，神色不由得凝重起來。溫、姜兩家的手伸得這般長嗎？

沈遇將箱子扛到竹園後，白薇將箱子藏在床底下。

「這兩日我哪兒也不去，就守著這口箱子，等玉器大比之後，再好好逛一逛府城，找大哥一起吃頓飯。」白薇也害怕作品洩漏出去，率先丟了底牌。

沈遇失笑。「妳想去哪兒，就讓白孟陪著妳，我替妳守著箱子。」

「不用。一路舟車勞頓，我身子骨兒也被顛簸得散架了，就先休養生息吧。」白薇滿心想著玉器大比，哪有心思去閒逛？

白薇來府城的消息已經傳出去，吳知府派人來邀請過，段羅春替她回絕了。

溫、姜兩家也同時有人上門，想與白薇認個臉熟，白薇一概不見。

眨眼間，玉器大比的時間到了。

白薇穿著素面細棉薄裳，如今快六月分了，天氣炎熱，她梳著一個馬尾，清爽俐落。

沈遇穿著黑色的棉袍，朗目疏眉，身形挺拔，氣勢凜然。他隻手提著一口木箱子，步履沈穩地邁出段府，將箱子放在馬車中，便見白薇不知從哪兒拿出一塊巴掌大的銅鏡，正在塗抹口脂，飽滿的唇瓣越發嬌豔欲滴，為她清美的面容平添幾分豔麗。

沈遇眼神一暗，掏出一塊帕子，壓在她的唇瓣上，重重擦去口脂。

「嗯！你幹啥？」白薇瞪著沈遇，拍開他的手，不滿地道：「我剛剛塗好！」

沈遇眉目不動，沈聲道：「妳還未吃早飯，沾在食物上不好。」

「我們吃過了啊！」

「是嗎？」沈遇面不改色，伸給她一塊紅棗糕。「再吃一塊墊一墊肚子。」

「不吃！」白薇被沈遇這一打斷，失了興致，將銅鏡與口脂收起來，隨意擱在角落裡。

沈遇的嘴角隱隱往上揚，將沾著鮮紅口脂的帕子塞進袖中。

馬車緩緩停在會場門口。

沈遇率先下馬車，遞出手，攙扶白薇下車。

白薇站定後，正巧對上從馬車下來的白玉煙，她站在溫琰身側，望過來的視線充滿挑釁。

白玉煙冷冷地看向白薇，目光挑釁中裹挾著仇恨。如果不是白薇，她會有大好的人生，光明的前途，而今卻成了一個後宅婦人，一個人人可作踐的賤妾！在溫家的這一段時間，她兩輩子加起來都未感到這般屈辱過。

白玉煙的怨憎毫無收斂，一旁的溫琰感受到了，順著她的視線望向白薇。「她是妳的堂姊？力壓妳鋒芒，一舉奪魁的白薇？」溫琰陰鬱的眸子觸及白薇身側的沈遇，眼底閃過一抹興味。「倒是有些意思。」

白玉煙抬進溫家後，被安置在偏僻的院落裡，溫琰一次都不曾在她房中留宿，對她視若草芥，可眼下溫琰卻對白薇來了興致，她心中頓時又嫉妒、又憤怒。分明她不比白薇差，可他們一個個卻對她徹底無視。白玉煙壓下翻湧起伏的情緒，低聲說道：「正是她。」

「妳說能預知未來，那妳可知白薇身側的那一位，他的命運如何？」溫琰蒼白修長的手指指向沈遇。「他將來如何？」

白玉煙的眼皮一跳，吶吶無言。

「算不出來？」溫琰的氣息靠近，一種窒息感翻湧而來，白玉煙差點要張開嘴喘息。

溫琰陰冷的嗓音再度響起。「也是。妳沒有夢見，又怎麼能夠預知他的事情？」

白玉煙看著溫琰露出的白牙，彷彿毒蛇閃爍著寒光的尖利毒牙，令她不寒而慄。「我、我知道。」白玉煙拚命壓下心裡的恐懼，顫聲道：「他、他的身分顯貴，是、是威……」

「溫少主，您來了，快請進！」管事看見溫琰，畢恭畢敬地邀請他入內。

溫琰對他的打斷感到不滿，瞥一眼白玉煙，卻是不再問了。他心中猜出她要說的是什麼，對她的話信了幾分。

溫家一行人入內，在賽場的位置坐下，溫琰對身側的白玉煙隨口一問：「妳說，今日誰會贏？」除了白薇，今日更是溫家與姜家間的角逐。

白玉煙心頭一緊，她當年並未關注這些事，只知道白薇奪魁，而溫、姜兩家是什麼作品，她壓根兒不清楚。她的雙手緊緊交握，擰成麻花，牽強地笑道：「您奪魁。」

溫琰拊掌大笑，陰氣沈沈的面容彷彿雲開霧散，顯得丰神俊美、風華絕代。

白玉煙一時看呆了。

溫琰冰冷的手掌撫向她的臉龐，而後滑向她的脖子，微微收緊力道。

白玉煙難受地蹙眉，恐懼像藤蔓一般，將她緊緊纏繞住，令她呼吸窒悶。「溫……」

「我平生最厭惡人騙我。」溫琰沒頭沒尾地丟下這一句話後，收回自己的手，拿著錦帕擦拭手指。

他話中的冷意與殺氣令白玉煙打了一個冷顫，她心裡極畏懼溫琰，只是坐在他身邊便覺得有壓迫感。白玉煙心中不適，低聲對溫琰說要出去一趟，沒有得到回應，她輕輕咬著唇瓣，沈默片刻後才起身離開。

白薇與沈遇被段羅春領去見吳知府。

吳知府端坐在主位上，看著白薇年輕又朝氣蓬勃的面容，不禁笑道：「妳在選寶大會上的出色表現令我驚豔，我對妳今日的表現十分期待。」

白薇給吳知府行禮，他自稱「我」，而非「本官」，可見脾性溫和、平易近人，並未端著官架子。「吳大人，我盡力而為。」白薇對自己的作品信心十足，可她的自信心之前被段羅春盡數擊潰，因而不敢輕敵，驕傲自滿。「溫、姜兩家的玉匠師都是經過千錘百鍊的，他們能夠長盛不衰，可見他們的實力。我已傾盡全力，至於結果如何，還得交給大家評判。」她在段羅春的博古架上見過溫、姜兩家玉匠師製出來的作品，無可挑剔。那一刻，她便決定劍走偏鋒。要麼贏，要麼一敗塗地。

吳知府很開通，和善地說道：「妳的年紀在這兒，就算沒有贏，繼續深造，假以時日必定光芒璀璨。」

白薇懂他的意思——只要不輸得太難看，什麼結果他都可以接受。

她來府城之後，壓力倍增，如今有了吳知府這句話，緊繃的神經才稍稍鬆懈下來。

「我與段老已經老了，如今是你們年輕人的天下。未來的路還很長，不必計較眼下得失。」吳知府笑道：「我現在也看淡了，不能入京述職，在寶源府城待著也不錯。」

白薇詫異地看向吳知府，話雖是這般說，可她知道他的心願還是回京。她抱拳道：「今日一戰，希望是眾望所歸。」走出廂房，沈遇站在門口等她。

「如何？」

「還行。」白薇心裡已卸掉一半的壓力。

「我看過妳的作品，勝算頗大。」沈遇低笑一聲。「不要妄自菲薄。」

白薇忐忑不安的心頓時安定了不少，想到沈遇很看好她，她心裡泛起一絲甜意。雖然知道他極有可能是在安慰她，但她還是抑制不住的高興。

兩個人並肩朝會場而去，會場入口，夫妻倆與白玉煙狹路相逢。

白玉煙目光癡癡地看向沈遇，愛與恨交織，在白薇望來的一瞬，迅速斂去眼中的情緒。「白薇，看在妳是我堂姊的情分上，我奉勸妳一句，趁比賽還未開始，帶著東西走人吧！」

白薇回道：「謝謝妳的好意。我已經來了，即便是輸，也想知道自己究竟輸在哪兒。」

「妳的雕工是爐火純青，可妳得知道一山還有一山高。不說姜家，只一個溫家都是妳比不上的，這一場比試的結果早已注定，妳為何就想不通，還要飛蛾撲火？」白玉煙知道白薇的底牌，她必輸無疑。心知白薇不會退賽，故意噁心她的。「妳贏了我又如何？在選寶大會搶去的光環，妳又能維持多久？不是妳的東西終究不會是妳的，早晚要償還。既然妳一意孤行，就別怪我這做妹妹的沒有提醒妳。爬得高了，當心掉下來，摔死了！」

「妳還是好好顧著自己吧！」白薇冷笑道：「我的事情不勞妳費心。」

白玉煙臉色遽變。

白薇懶得與白玉煙糾纏，目光四處搜尋著剛剛離開的沈遇，看見他手裡拿著油紙包過來，眉眼一彎。「你去馬車上拿點心了？我之前太緊張，現在肚子有些餓了呢！」白薇迫不及待地打開油紙包，拿起精緻玲瓏的山藥糕，兩三口吃下肚。

沈遇將竹筒遞給她，低聲道：「快開始了，進去吧。」

沈遇一手拎著竹筒，一手握住白薇的手腕，簽名入會。

白薇將她的作品交給侍從，隨後尋找他們的位置。說來也巧，就在溫琰旁邊。

溫琰注意到後方的動靜，嘴角微微一扯，饒有興味。

白薇並未打量溫琰，低聲與沈遇說話。「快要開始了，我心裡有一點緊張。」

一路進來，她看見擺在多寶槅木架上的玉器，越看心跳越快。

他們的位置在第三排，後面還有四排，幾乎都是溫家與姜家的玉匠師，只有靠左手邊有五、六個位子，方才是他們寶源府城的玉匠師。

溫、姜兩家合起來的人數，寶源府城的玉匠師幾乎得以一挑十。

沈遇看著她雙手交握住，骨節泛白，心知她很緊張。

吳知府與段羅春雖寬慰白薇，讓她勝負心別太重，可他卻知道白薇肩上扛著多大的壓力。這一戰若是輸了，只怕她之前所積累的人脈與努力全都會功虧一簣。

沈遇遲疑片刻，將寬厚的手掌伸到她面前。

白薇望著眼前的手掌，心中微微一動，將自己的一隻手放在上面。

沈遇包裹住白薇的手掌，白薇感受到沈遇傳遞過來的力量，心裡莫名的踏實許多。

「我們的作品相對後面，待會兒可以做一下對比，妳心中能稍微有底。」沈遇偏頭在白薇耳邊低語。「不用怕，就算輸了，我與妳一起從頭再來。」

從頭再來嗎？是啊，輸了大不了從頭再來！白薇心中豁然，抿唇一笑，回握住他的手。

受邀的貴賓坐在前面兩排，每個人手裡有三張票數，可以投給不同的作品，也可以全投在一件作品上，一共有兩百零一張票。

鑑玉人有五位，安南府城與寶源府城各兩位，還有一位來自京城，每個人有十張票。

時辰到，眾人已經到齊。

會長年逾四十，穿著灰青色長衫，手裡握著一柄玉扇，氣質儒雅，風度翩翩。他站在四方臺上，前面有一張長案，用來擺放玉器。

「今日是三年一度的玉器大比，諸君齊聚一方，共賞玉器之美。」會長拿著木槌，望向眾人。「每一件玉器其內蘊含的文化博大精深，展現出玉匠的智慧與巧思，不知今日魁首花落誰家，讓我們一起拭目以待吧！」木槌一敲，序幕拉開，會長側身站至一旁。

侍從端著托盤出現，玉器上蓋著一塊紅綢布，他騰出一隻手拉下紅綢布，第一件玉器便出現在眾人面前。

白薇認出是一塊青花玉，黑白兩色相間，白色如宣紙，黑色如墨。

「這件作品是出自溫家的玉匠師，名為《泰山落羽》。白色玉石部分雕琢出兩片羽毛，線條柔和飄逸，兩隻小蟻圓潤活潑，在墨玉背景的映襯下，顯得晶瑩剔透。」會長親自為作品做講解，他戴著手套，拿著玉器展示在眾人面前。「這件作品十分有創意，柔軟飄逸的羽毛嵌在『泰山』頂端，彷彿隨風飄零而落，而這攀附在山石上的小蟻則賦予了靈魂，讓這件作品充滿靈氣。」

侍從將作品端到鑑玉人面前一一鑑賞。雕工創意雖好，可線條層次感欠佳。

白薇離得不算遠，隱約看出了一點問題。這件作品的構圖不夠細膩、豐滿，缺少層次感，失去了神韻，她不由得看向溫琰。

溫琰的感覺十分敏銳，覺察到白薇的視線，他側頭望去，朝她勾唇一笑，對這件作品的失敗毫不在意。

白薇稍稍愣怔後，再次看向展臺。她心無旁鶩，認真地鑑賞著每一件作品。沈入心思進去後，時間倒是過得很快，轉眼間，離她的作品還有五件。

侍從雙手端著托盤出來，放在長案上。

一名侍從端著玉器出來，白薇目測那高度與形態，瞳孔微微一縮。

會長看一眼名稱，笑道：「這是出自溫家的玉匠師，雕刻的是富貴吉祥薄胎玉壺。在座的都十分熱愛玉器，對它們具有一定的瞭解，必定知道薄胎這種技藝在治玉之中是最高超的，可用鬼斧神工來形容，讓人嘆為觀止。所謂薄如蟬翼、輕若鴻毛、亮似琉璃，由此可見它的難度。能夠雕刻出薄胎玉器的人屈指可數，而今溫家製出了薄胎玉壺，讓我們一睹它的風采。」他親自將紅綢揭開，青綠色的玉壺立即呈現在眾人面前。「玉壺厚薄均勻，花紋精美，線條流暢。它以纏枝蓮紋為主圖案，寓意生生不息，萬代綿長。」會長將玉壺送呈至鑑玉人的桌前。「若用燭光照耀，可從內壁看出外面的紋路，是目前為止最佳的作品。」

有幾個人甚至忍不住站起來，傾身去看，隨即低聲細語，一同討論薄胎玉壺。這是迄今為止，他們見過雕刻得最薄、最精細的玉壺。一時間，眾人沸騰了。

白薇緊緊收攏手指，臉色沈了下來。

選寶大會上，她原來是要雕刻荷塘童趣，最後因為玉料切割問題而換成玉蠍；而今她因為不敢輕敵，所以劍走偏鋒地選擇薄胎工藝，然而卻又在她前面出現一個薄胎玉壺，玉料、圖案，甚至連名稱都是相同的！

沈遇目光暗沈，他盯著玉壺，擔憂地看向白薇。

白薇怕沈遇擔心，嘴角扯出一抹笑。「撞上圖案了，那就與撞衫相同，誰醜誰尷尬。」

「他的在前面，妳的在後面，兩個人一樣，若是不夠出色、令人驚豔，即便妳的雕工勝出他些許，同樣會被他給擊敗。而妳若輸了，會被人說是剽竊圖稿。」沈遇不得不擔心。若只是單純的輸了，坦蕩無畏。但若是坐實了剽竊，將會臭名遠揚。

白薇手指一緊，面不改色道：「我也想知道這是意外，還是剽竊。」

沈遇鬆開白薇的手，從一旁的包袱裡拿出一塊關東糖給她。

白薇愣住了，不解地看向他。

「心情不好時，吃一塊糖能夠緩解。」沈遇原是準備等比賽結束後給白薇的。

白薇張開嘴。

沈遇無奈地嘆息，看一眼眾人，注意力全在臺上欣賞玉壺，他快而輕地將糖塞入白薇口中。

白薇含住一小塊關東糖，並未去咀嚼，甜絲絲的味道在口腔中化開，似乎真如沈遇說的那般，心情輕快了些許。她的目光重新放在臺上，鑑玉人給了很高的評價，可見所有的作品出來之後，若是沒有更出眾的，只怕這件玉壺的得票會是最高的。

白薇不禁看向溫琰，白玉煙側頭望來，嘴角微微一彎，彷彿在說：妳輸了！

下一件作品是姜家的，採用一幀敦煌壁畫，雕刻反彈琵琶的玉器。赤足少女，舞姿曼妙，彈奏輕歌。最妙的是挑選的玉料是種老、水足的翡翠，冰底有幾分朦朧、幾分清晰，如一瀑淡淡清水，恰恰與情景交融，相得益彰。

白薇從入場到現在，已經鑑賞了幾十件作品，參差不齊，但溫、姜兩家的作品無論是雕工還是選料，都十分純熟精湛。她靠在椅背上，輕捏眼角，緩解視覺疲勞。

這個時候，兩名侍從抬來一件玉器，擱在木桌上。

白薇粗略一瞥，會長將紅綢抽下來，一尊玉山子驟然出現在人前。

「這是出自溫家的玉匠師，雕刻的玉山子。無論從取景、布局，再到層次排列都十分絕妙，足可見玉匠師的功底已達到爐火純青的地步。」會長笑道：「溫家果真臥虎藏龍，今年玉器大比，極大可能是溫家奪魁啊！」

鑑玉人看著，無論是布局或者是細節都無可挑剔，雕工十分精湛，與方才的薄胎玉壺不相上下。他們不禁看向溫琰，心思各異。

白薇眼底一片冷意，目光如刃地射向白玉煙。

玉山子是白玉煙獻給溫琰的，她早已料想到，只是看見這件玉器時，白薇心底有一個念頭無法抑制的滋長——富貴吉祥薄胎玉壺同樣是她搞的鬼！

白玉煙對上白薇冰冷的目光，唇邊綻出一抹燦笑。無論是薄胎抑或是玉山子，她都將白薇的路堵死了，而比賽進行到目前來看，魁首勢必花落溫家！

「接下來的作品，是出自寶源府城玉匠師之手，這位玉匠師在選寶大會嶄露頭角，是這個行業裡的新秀，不知她今日的作品，能否如選寶大會般令人震撼，一鳴驚人？」會長站在一旁，看著侍從將托盤放在長案上，從外形可見是玉壺，他不禁看向白薇的位置，見白薇神色淡然，他皺眉睨向作品名稱，臉上的笑意倏地淡去。

眾人敏銳地覺察到氛圍不對勁。

「富貴吉祥薄胎玉壺。」會長低聲唸出名字後，如平地驚雷，炸得會場驚瀾四起。

會長揭開紅綢，碧綠的玉壺展露在眾人面前。

一束光線投射在玉器上，華光流轉，亮似琉璃，外壁上的花草圖紋柔美流暢，巧奪天工！會長原以為是白薇剽竊溫家的作品，可當看見作品後，只覺得眼前一亮，十分驚豔。

「妙！絕妙！整件作品薄厚恰到好處，這才堪稱得上『薄胎』兩字！形有神之韻，形化神之靈，將花草的靈動、秀美、細膩和飄逸全都融合在裡面，獨具匠心！」會長不禁提起與白薇相同的作品。「之前那一件作品同樣出色，但與白薇的這一件相比卻略輸一籌。薄胎技藝，講究薄如蟬翼，若是稍厚便會顯得笨重，少了那一種輕盈美感。」

鑑玉人拿在手中，線條如雲舒卷自如，似水轉折不滯，柔和輕盈。那富貴兩字，圓勻遒勁，外柔內韌。壺嘴和壺把彷彿是黏在其上，任何死角都沒有出現厚薄不均，簡直完美！

若說白薇這只玉壺是一張宣紙的厚度，那麼溫家的那件便是三張宣紙疊加在一起。

「這般技藝登峰造極，堪稱鬼斧神工！」鑑玉人給了今晚最高的評價。

眾人切切實實地感受到何謂嘆為觀止。

白玉煙臉色大變，她知道白薇的雕工精湛，卻沒有想到這般驚為天人，與白薇前世名揚京城的技藝根本不相上下。白薇治玉真的只有兩年嗎？白玉煙驀地想起什麼，驚懼地看向身側的溫琰。他看來並未動怒，反而像發現一件趣事般，眼中是濃厚的興趣。

溫琰看向白薇，她一副寵辱不驚的模樣，讓他有一些讚賞。

白薇見白玉煙變了臉，不禁揚了揚眉，但不到最後，她不敢鬆懈，就怕溫、姜兩家有壓軸的作品。

白玉煙看到白薇自得的模樣，深吸一口氣，緩緩道：「這件玉器與溫家的一模一樣，是白薇剽竊嗎？」聲音不大不小，令不少人都聽見了，眾人紛紛地望過來。白玉煙心中很緊張，可她知道若不破壞的話，今夜極有可能是白薇奪魁，而她之前告訴溫琰，魁首非溫家莫屬。她在眾人的注視下緩緩地站起身。「這件玉器的形貌與溫家相同，諸位一眼便能分辨出來。你們這般誇讚她的作品，不問清楚來路，豈不是在助紂為虐？」

會場鴉雀無聲，白玉煙滿意地坐下。

好一會兒後，會長看向白薇。「妳有什麼話解釋？」

白薇從座位上站起來，背脊直挺，走向臺前。她並未急於解釋，而是吩咐侍從去打一盆水過來。

侍從看向會長，得到准許後，匆匆去打水。

眾人等著看白薇如何洗清剽竊的罪名，並不出聲阻止。

侍從很快將一盆水擱在長案上，退了下去。

白薇拿著她搭配玉壺的玉杯，清亮澄澈的眼眸看向眾人。「大家只知道薄胎薄如蟬翼，又可知它還有一個別稱——水上漂？」她手一鬆，玉杯落入盆中，飄蕩在水面上，可見其輕盈的程度。然後，她走過去將溫家的玉杯拿過來，放入水盆中，飄蕩兩下就漸漸傾斜下沈。「誰的技藝高深，一目了然。我有這份雕工，何必去剽竊技不如我的作品，壞了自己的名聲？」白薇並不舉證，而是讓在座的人自己去分辨。「據我所知，溫家並不擅長雕刻薄胎。玉壺的雕工雖十分精湛，可他卻並未將薄胎的『薄』展現出來，說明他對薄胎的理解尚不透徹。我心中有一個疑問，為何一個不擅長此項技藝的玉匠師，要去雕刻一件他並未鑽研通透的薄胎作品？是太過於自信輕敵了嗎？可溫家既能夠在玉器界奠定牢不可摧的地位，想來對玉匠師的要求極為嚴厲，謹小慎微必為家規，又豈會犯下這種低級的錯誤？」白薇看見白玉煙準備起身，便又說道：「白玉煙，妳能解答我的疑問嗎？」

白玉煙被點名，驚得說：「妳在說什麼？我不懂妳的意思。」

白薇道：「當初在選寶大會，我準備雕刻『荷塘童趣』，因為玉料切割的問題，我換了圖稿，否則就會出現如今這種情況。當初我在選寶大會贏了妳，妳卻指控我請人雕刻參賽作品，原以為妳知道悔改了，未料到妳的手段變得更卑劣。妳將我的圖稿偷給溫家是想要讓他們贏我，給我扣上一頂剽竊的帽子，變得臭名遠揚，可惜妳低估了我。以我眼下對薄胎的實力，即便雕刻其他作品，同樣能夠脫穎而出，又何必剽竊別人的圖稿呢？打溫家的臉嗎？我沒有這個癖好。」

白玉煙臉色難看地道：「妳的意思是溫家自取其辱嗎？」

白薇勾唇笑道：「妳心中是如此認為嗎？我姑且認為是不自量力！」

白玉煙臉色蒼白。「以溫家的實力，難道會剽竊妳一個初出茅廬之人的作品？妳不過是僥倖巧勝而已，何須在這兒大放厥詞，將溫家貶低得一無是處？分明是妳剽竊，如今倒是將髒水往溫家頭上潑。妳這般言之鑿鑿，可有證據？」

白薇神色不變，目光清澈，望向第四排的一個玉匠師，正是玉山子的創作者。「請問您雕刻的這尊玉山子，構思靈感來自何處？」

會長本想讓白薇莫要轉移話題，似乎想起什麼，又閉口不言，讓這件事繼續下去。

玉匠師一愣，目光閃爍地道：「這幅圖名為慶元九老，這是我與家人去寺廟祈福時，看見有人吟詩作畫、尋歡作樂得來的靈感。」

「沒有其他的寓意嗎？為何取名慶元九老？」

玉匠師支支吾吾地道：「取自慶元年號，又因九全十美之故，所以雕刻九位老者，因此叫慶元九老。」

白薇「噗哧」地笑出聲。

玉匠師心裡有不好的預感，不由得看向溫琰。

溫琰垂下眼皮，神色莫測。

氣氛剎那緊繃。

白玉煙的雙手緊緊交握在一起，心裡發慌，甚至冒出了一層虛汗。

眾人一頭霧水，不知白薇在笑什麼。

白薇站在玉山子前，解釋道：「這的確是慶元年間發生的事蹟，九位致仕的老人相約麓山歡聚尚齒之會，既醉且歡之際賦詩畫畫的情景，故此取名為慶元九老圖。諸位若不信，大可細細觀賞，這一尊玉山子雕刻的水榭、房舍、板橋、河堤、護欄、石凳等物，是否與麓山如出一轍？」若是不知畫的出處，便會忽略這些細節。玉匠師說不出個所以然，只怕是溫琰並未上心。他大概以為是隨手構畫的，卻不知道這是真實的人物情景。

白玉煙臉色煞白，她沒有想到這幅畫居然、居然是真實存在的。

白薇拿不出玉壺剽竊的證據，可在點出慶元九老圖是剽竊之物時，她已經不需要了。

「白玉煙，妳還不肯承認嗎？這幅慶元九老圖是我原先打算用來雕刻玉山子參賽的，與薄胎相比，我其實更擅長玉山子。可這幅畫作失竊了，以防萬一，我才重新構圖治玉，不料卻還是栽在妳的手裡。好在溫家的玉匠師並不擅長薄胎，否則我今日若是輸了，不僅名聲掃地，只怕在玉器圈子裡也沒有我的立足之地了。」白薇語氣平和，並不高亢，卻字字如刀，刺進白玉煙的心口。

眾人懵了，只想給白薇跪下。她不擅長薄胎，還能雕刻出如此巧奪天工的作品，若是擅長呢？又該是怎樣的驚天地、泣鬼神啊！

「我……我……」白玉煙想要否認，卻見原本慵懶地靠著椅背的溫琰忽而坐直身體，嚇得她渾身一顫，哆嗦著說不出話。

「溫家技不如人。」溫琰一句話，認輸。同樣地，也承認了存在剽竊一事。

他這般耿直，讓眾人都要驚掉下巴了。

按照這位主以往的作風，即便是鐵板釘釘的事情，他只要不認帳，你待如何？離開這場所後，只怕小命都會不保。可白薇如此打溫家的臉，明嘲暗諷的，他竟然認了！突變的作風，引起眾人極度的不適。看向白薇的眼神也變了，不知她是何方神聖？

白薇也很意外，不過溫琰乾脆俐落地承認剽竊，讓她省心不少。她重新回到自己的位置坐下，溫琰的目光卻一直黏在白薇身上。白薇心裡很不舒適，朝沈遇靠攏。

沈遇托扶白薇站起身，兩人交換位置，目光凜然地射向溫琰，暗含警告。

溫琰殷紅的唇瓣上揚，笑得意味深長，收回的視線掃過白玉煙時，又驟然變冷。

白玉煙的呼吸都要屏住了，戰戰兢兢地道：「少、少主，還不到最後，輸贏未定。」

溫琰一隻手支著下頷，一隻冰涼的手撫向白玉煙纖細的脖子。「這般漂亮的脖子擰斷了，本少主不太忍心，但妳讓溫家聲名掃地，不若，用玉石熔化之後，澆注在妳身上，做一尊玉人吧？」

白玉煙嚇得魂飛魄散，如果不是在眾人面前，她幾乎要忍不住跪在地上求饒了！她張了張口，溫琰卻已經偏過頭看向展臺。

之後雖然還有出眾的作品，可有白薇的珠玉在前，其他的再難入眼。

溫家的玉山子因為剽竊，取消競選資格，只有富貴吉祥玉壺能一爭高下。

入選的十件作品，進入最後的投票環節。

白玉煙屏住了呼吸，將希望寄託在投票上。姜、溫兩家的作品勝不了白薇的，但許多權貴都與兩家交好，在個人利益前，維護安南府城的利益更為重要，兩家一定會讓那些權貴將票集中投在一件玉器上。

白薇似乎也意識到了，她緊張地抓住沈遇的手，看著眾人排隊上前投票。

投票結果出來，白薇的票數最高，一共六十五票，溫家的玉壺則是六十三票，而姜家的反彈琵琶二十多票。這是前三的作品。

五位鑑玉人手中各有十張票，安南府城與寶源府城各持二十張票，而來自京城的那位鑑玉人尤為重要，決定最後的輸贏。白薇的手心冒出了一層薄汗。

沈遇握住白薇的手，身體朝她那邊傾斜。

白薇緊緊抓住沈遇的手，整個身體靠在他的肩膀上，一瞬也不瞬地盯著臺上。

白玉煙同樣很緊張，她深呼吸了幾次，看著兩方票數幾乎持平，心跳漸漸加快。最關鍵的一票握在京城來的那位鑑玉人手中。

場上的氣氛，陡然緊張。

會長笑道：「高老手中的票數，將決定輸贏。」他環顧一圈眾人。「在場的諸君都十分緊張啊，對於這次的比賽，魁首究竟花落誰家，都十分期待。」

全場的目光都凝聚在高老身上。

高老撫鬚笑道：「這一次的作品出乎意外，讓我驚豔，很驚豔。溫家與姜家的作品，我時常接觸，功底深厚，不負玉石之都的名望。可這次的薄胎玉壺讓我眼睛一亮，無論是線條、造型或者是雕工，都登峰造極。這件作品揭露出來時，我以為是個擁有十幾、二十年功底的玉匠師，後來見了方才知道是一位豆蔻年華的小姑娘。她在這一方面十分有天賦，就是在宮廷的御用玉匠師中，也難尋出幾個在薄胎上有這般造詣的人。」他這話一出，基本已經奠定了輸贏。果然，下一刻，高老舉牌道：「這票我投給白薇。」

會場靜默，緊接著爆發出震耳欲聾的歡呼聲，一群人朝著白薇衝過去。

白薇頓時懵了。

沈遇驟然起身，拉著白薇護在懷中，身形矯健地避開蜂擁而來的人潮，站在展臺上。

直到沈遇鬆開手，白薇才回過神來，看著黑壓壓的人全都聚集在觀眾席間，有人倒在地上被踩踏得大叫，她不禁瑟縮一下。

這一些人多是寶源府城的人，其中，還混雜著安南府城的人。白薇目光一沈。

寶源府城的人如此激動實屬常情，可她獲勝與安南府城的人有什麼關係呢？他們混在人群裡想幹什麼，不言而喻。

沈遇同樣下頜收緊，面容冷峻，目光銳利地掃視著混亂的觀眾席，冷冷對會長道：「你們會場的護衛呢？人群發生踩踏，造成傷亡，你們擔得起責任嗎？」

會長立即安排護衛去維持秩序，看見沈遇眼中燃燒的火光，知道他為何這般憤怒。「這次是我們的安全措施不到位，等混亂平息之後，必定鄭重向白姑娘致歉。」白薇能看出的端倪，會長自然也看出來了，他不禁捏了一把冷汗。

如果不是沈遇反應敏捷，將白薇帶離包圍圈，只怕她會受到傷害。她是振興寶源府城「玉石之都」的貴人，想必十分得吳知府看重，若是在這一場混亂中傷到手，不能再治玉，對寶源府城而言將是重大的損失，他無法交差。

「你快去幫忙維護秩序，盡快將動亂平息下來，免得傷害範圍擴大。」白薇看向觀眾席，依舊混亂不堪，護衛壓根兒沒有多大的用處，她推了沈遇一把。

沈遇深深看她一眼後，上前去幫忙。

第十九章

亂事平息之後，觀眾席一片狼藉。受傷的人被護衛抬走，急召郎中救治。

溫琰被溫家護衛包圍，毫髮無損。

白玉煙跌坐在地上，臉色煞白，額頭上滲出細密的冷汗，半天都沒動彈。她掀開裙襬，露出鮮血淋漓的小腿。這是擠壓中，有人跌倒在她腳邊，手中的匕首將她的小腿給刺傷了。那人身上帶著利器過來，怕是要毀了白薇。白玉煙遭了無妄之災，對白薇更是恨之入骨。白薇贏了比賽，溫琰不會饒了她的。可在這之前，她還替白薇挨上一刀，實在氣得吐血！

溫琰的目光淡淡地掃過白玉煙，隱晦地看向姜家，最後將視線落在白薇身上，在白薇敏銳望來的一瞬，溫琰殷紅的唇瓣綻出一抹邪肆的笑，雙手背在身後，抬腳往會場外走去。

白玉煙被孤零零地丟在這兒，腳動一下就鑽心地疼，沒有郎中給她包紮，也沒有人扶她離開，她只得朝會場的人求救。

姜家的人沒有想到白薇會贏了這一場比賽。

鬧劇平息後，白薇毫髮無損地站在展臺上，姜家為首的中年男子甩袖離開。

白薇對敵視的目光很敏感，覺察到來自姜家那一邊的惡意。她嘆一口氣，早就預料到這一種境地。

會長將事情全都安排好後，擦一擦額頭上的冷汗，再三賠禮道：「白姑娘，今日之事是我疏忽，才導致妳差一點受傷，我難辭其咎。妳將這枚印章收下，他日若有事需要相助，大可來尋我。」

白薇還未開口，一旁的沈遇就道：「收下。」

「謝謝會長。這是意外，你不必歉疚，今後小心一些便是。」白薇遵從沈遇的話，將印章收下來。

會長又將一尊羊脂玉雕刻的白玉蘭遞給白薇，這是玉器大比屬於魁首的榮耀。

白薇雙手捧在掌心，一顆忐忑不安的心徹底有了歸屬感。

段羅春與高老寒暄著朝白薇走過來。「今日奪魁的是我的徒弟，前三十年，後三十年，都難有人超越。說出來怕你不信，她入行方才兩年。」

高老羨慕不已。「若是知道這地方臥虎藏龍，我早隨你一起來，也不會錯失了機緣。」

「你可錯了，這丫頭是看重我的薄胎技藝。你就算來了，她也不會認你做師父的，而你就是再找一個，也比不上我的徒弟。」段羅春很享受高老的羨慕，炫耀著白薇，又順帶把自個兒給誇了。

高老呵呵補了一刀。「她的刀法與你的不同，薄胎不是師承你吧？」

段羅春瞬間啞了，乾瞪著他。

高老笑容和藹地問：「白姑娘，改日能否切磋一番？」

「她沒有時間，抽不開身。」段羅春趕緊將高老給拽走，生怕他搶走自己的徒弟！

高老揚聲道：「我住在吳知府府中，妳隨時可以來拜訪我。」

段羅春氣極敗壞。「你說你怎麼這般招人厭？莫怪皇上趕你出京城，讓你好好反省！」

高老笑而不語，並未將這句話放在心上。

白薇看著要炸毛的段羅春，不禁失笑，這小老頭真沈不住氣。

「高老可結交。」沈遇突然低聲道。

白薇一愣。

「他是太子太傅的兄長。」

白薇脫口而出道：「你怎麼知道？」話一出口，白薇抿緊了唇瓣。沈遇不愛提及關於他的事情，而他來自京城，又知道高老的身分，可見他並非普通人。「我……」白薇想轉移話題。

沈遇低聲道：「我外祖一家在京城，我見過高老。他出身名門，愛好玉石，與段老是摯友。」

白薇腳步一頓，驚詫地看向沈遇。

她呆呆愣愣的神情，懵懂又透著傻氣，失了平日的精明，沈遇冷硬的面容不禁柔和下來。「妳是我的妻子，我的家庭狀況如何妳應該知道。我外祖父尚在，有一位舅舅，他膝下單薄，只有一子。我有一位妹妹，名喚沈晚君，比妳大四歲，已經嫁做人婦。」

「哦。」白薇淡然地點頭，嘴角卻是克制不住地往上揚。沈遇對他的來歷極為避諱，上次也只不過說有個妹妹而已，如今竟肯交代出家中背景，證明他有真正將她當作妻子看待。

「走吧，莫讓吳知府等急了。」沈遇抬腳往一旁的小門走去。

白薇緊跟在他身後，才一出小門，便瞧見吳知府的長隨過來。

長隨恭敬地說道：「沈公子、白小姐，吳大人請您們兩位過去一趟。」

白薇道：「有勞帶路。」

長隨領著兩人去往廂房，高老與段羅春也在。

沈遇這一次同樣站在門口等候，只有白薇進屋。

高老在會場時就注意到沈遇了，他跟在白薇身側，想看不見他都難。

白薇進來時，高老便擱下茶杯踏出屋子。沈遇的身形筆挺如蒼松，一如當年所見，這身傲骨彷彿百折不屈。高老指著一條小徑，道：「與我走一走？」雖是詢問的語氣，他抬腳下石階，篤定沈遇會跟在身後。

庭院深深，春意盎然，院牆邊栽種花卉，奼紫嫣紅。

「你這一別六年，杳無音信，是要拋下親人不顧了？」高老站在一株芭蕉樹下，面容布滿愁緒。「我離京時你外祖父得知我來寶源府城，他知道你大致的蹤跡，託我若見到你，將這個交給你。」高老從袖中取出貼身放置的信，遞給沈遇。「你外祖父與我差不多的年紀，看著卻比我老上十歲不止，那是因為你們操碎了心。我知你煩心威遠侯府的事情，但不能因為他們，你便捨下真正疼愛你的親人。」高老與淩老自小交好，親眼看著沈遇的母親淩楚嵐長大，沈遇小時候叫過他一聲高爺爺，他對待沈遇如同自己的孫子，語氣慈祥道：「白姑娘是你的妻子？倒是個好姑娘。可有在平安信中與你外祖父提起？」

「我月初去信告訴他們，如今該知道了。」

高老問道：「什麼時候帶她去見他們啊？」

沈遇默然。

「白姑娘在玉器大比奪魁，並且是用薄胎。皇上鍾愛薄胎玉器，她聲名遠揚，必定會傳到京城去，你即便不進京，她難道不會去？」高老抬手拍一拍沈遇的肩膀。「有的事情不是你能避開的，終究需要面對。你捨得下淩老頭，難道你就真的放心得下阿晚？」

這一句話，直擊沈遇心口，他並不放心沈晚君。

她是他最親的親人，母親生前叮囑過他照顧好妹妹。

沈晚君嫁給她的摯愛，每年她生辰時，他都會託鏢行的兄弟入京，贈給她一份生辰賀禮。每一回，鏢行的兄弟都說妹婿對阿晚十分好，親眼看見他們夫妻恩愛，沈遇便放心了。

但，若當真過得好，高老不會無緣無故提起沈晚君。「妹妹她……」

高老嘆息一聲，只說了一句話。「阿晚的性情隨你母親，寧折不彎，太剛烈。」

沈遇心口一緊，冷峻的面容覆蓋寒霜。

高老見沈遇想起不愉快的往事，重重一嘆，往回走。

沈遇手臂上青筋凸起，捏緊了信封。

吳知府神情愉悅，白薇為他爭光，讓他揚眉吐氣，他對待白薇格外的親厚。「妳的作品我留下來，託段老送去京城，獻給皇上。妳有什麼想法嗎？」

白薇瞪大眼睛。「給、給皇上？」皇上是天下之主，權力的象徵。她對歷史有濃厚的興趣，生活在皇權時代，她油然生出一種敬畏之情，而眼下，那對她遙不可及的人物，突然因為一件作品拉近了。「我那件作品還有瑕疵。」白薇心裡很緊張。她當然希望皇上看重自己的作品，畢竟這世間沒有哪一條大腿能比皇上的更粗壯。

「近乎完美，很出乎我的意料。」段羅春很意外，白薇會鋌而走險，雕刻薄胎玉器。要知道，薄胎玉器十件中難得有一件成功。時間這般緊迫，若是雕毀了，她便會沒有參賽作品，意味著出局。若她不戰而敗，比她在玉器大比中輸了更可怕。

他這個師父，真的是個名副其實的便宜師父啊！

白薇卻猶豫了。「若是不會影響我現在的生活，這件玉器隨你們安排。若是會有很大的變動，我不願意送進宮。」

段羅春與吳知府面面相覷，而後爽朗大笑。

「丫頭，妳放心，溫、姜兩家每一年都會送玉器入宮，今年依然如以往一樣，不必入京。」段羅春好笑地道：「就算妳要瞞，也瞞不住。一個十七、八歲的丫頭，風頭蓋過溫、姜兩家，妳想不引人注目都不行！」

「那好吧！」白薇點頭應允，而後向吳知府提出一個要求。「我想要一個石場。」

「妳不是有一個小石場嗎？」吳知府皺眉道：「妳想要石場沒有問題，只不過我們現在面臨一個問題——寶源府城的兩個玉礦落在溫、姜兩家手中，我們要從他們手裡拿回來，才能自由安排。」說白了，玉礦有，目前卻不是他們寶源府的，吳知府作不了主。

白薇嘆息一聲。趙老爺賣給她的小石場，出的玉料並不好，所以她才借此機會，想要一個大的、出料好的石場。

「妳若能在三年內將寶源府城的玉器發展起來，寶源府城後續開發出的玉礦，全都交由妳掌控。倘若咱們能將溫、姜兩家的玉礦拿回來，也一併交給妳作主。」吳知府許以利誘。

白薇還真就上鈎了！即便沒有利誘，她也會將生意做起來。何況，吳知府在暗示她，寶源府城可以任她開發玉礦，這個他可以全權作主。若是有本事將溫、姜兩家的玉礦給坑到手，他也不會插手分一杯羹。「成交！」白薇提著毛筆，寫下兩張字據，自己按下一個手印，然後遞給吳知府。「大人，我們空口無憑，字據為證！」

吳知府看著小算盤打得賊精的白薇，摸一摸自己的臉，他難道不顯官威嗎？這小丫頭片子可真會蹬鼻子上臉。心裡這般想，卻俐落地按手印、簽名字。

一式兩份，各自收好。

吳知府遞給白薇一個匣子後，讓她退下。

白薇接過匣子離開，在門口遇見高老。

「丫頭，人情好欠不好還，那一枚印章妳可得收好嘍！」高老提醒白薇，將會長的那枚印章妥善收藏起來，將來可有大用處。

「好。」白薇又問：「您知道沈遇在哪兒嗎？」

高老指著一個方向，狀似不經意地問：「阿遇的外祖父與我是故交，他還有幾個月要過七十大壽，你們會進京慶賀嗎？」

白薇愣怔住，她壓根兒不知道這事。

「七十歲，半截身子已入土，最掛念的就是不在身邊的親人啊！」高老一邊說，一邊進屋，彷彿不是說給白薇聽，只是他由心發出的感嘆罷了。

白薇垂下眼睛，手指撫摸著匣子的表面，這件事她真的不好管。她和沈遇是夫妻，感情一點一點在進展，可他們彼此並未融入對方的生活中。沈遇隻字不提，她若突兀地提起，不合適。懷著心事，白薇前去找沈遇。

沈遇手裡拿著一張信紙，靠在亭柱上，微微低垂著頭。

白薇只看見他那弧線優美的輪廓，淡色的薄唇緊抿，透著涼薄。「怎麼了？」

沈遇在白薇靠近的時候將信紙摺疊好，裝入信封中。「高老帶來了外祖父的信，他七十歲大壽將至，希望我們回京賀壽。」

「他是你的親人，又是大壽，我們當然得去慶賀。你不喜歡京城，我們到時候再回來。」白薇從沈遇的神情中得知，不單單這般簡單，他還隱瞞了一些事。但他不說，她便不問。將字據在沈遇眼前甩動，她眉飛色舞地道：「我跟你說，我是要幹大事的人，我要將寶源府城發展成玉器帝國，享譽西嶽國，到時候咱們將外祖父接過來養老。」只是想一想，都覺得熱血沸騰。

她那個破石場都要一萬八千兩銀子，養活溫、姜兩家的玉礦，那得是什麼樣的天文數字？要緊的是吳知府鬆口許諾，可以任她挖掘玉礦，說不定還會行個方便，派人協助她。

沈遇靜靜地望著白薇，她眉眼生動地暢想未來，而在她未來的人生中，不只將他，連同他的親人也安排在其中。這種微妙的感覺很不賴，令他心中滋生喜悅。他應聲道：「好。」

白薇將吳知府給的匣子打開，裡面是一疊銀票，她將木匣子給沈遇。「回去之後我得找趙老爺，讓他帶我去參觀參觀石場。我得挑選一些玉料，將訂單雕刻好出貨。」

沈遇建議道：「這一筆銀子，妳用來在村裡建兩個工棚，一個用作治玉，一個用作石雕。爹的手已經治好了，他可以將石雕發展起來。村裡都是石山，並不缺乏工藝石頭。妳找村民一起，挑選一批能幹的青年，跟著他學石雕，一批人則去山上採石、運石。」

白薇一想，這個想法很絕妙。「還有一部分人，可以銷售，去拉訂單。但凡拉到單子後，給予一定的抽成，這樣他們才會盡心盡力。至於我治玉的工棚，也同樣分工合作，成了規模化，產量就能夠提升上來。」

沈遇讚揚一聲。「妳很聰敏，用不了三年，定能使寶源府城的地位在玉器界達到一定的高度。」

白薇說幹就幹，當即準備回府，將工棚草稿圖給畫出來。

一出府，一個婢女上前道：「白小姐，少主讓奴婢知會您一聲，這幾日出門，身邊多帶些手腳俐落的人，您莫要離了人。」

「妳家少主是？」

「溫少主。」婢女說罷，福身告辭離開。

白薇不由得想到會場的混亂，她很意外溫琰竟會特地派人告訴她要防備。好在她不打算在府城久留，等明日與白孟吃完飯，她便回去了。

「回縣城之後，我從鏢行雇幾個人，留在妳身邊。」沈遇同樣不放心。

白薇笑道：「不是有你這個現成的嗎？」

沈遇啞然失笑。「我有事不在妳身邊時，他們護著妳，我心安。」他聲音微沈道：「就這麼說定了。如果再遇上之前在鋪子裡發生的事情，他們總歸能派上用場。」

白薇不再拒絕，坐上馬車，從車壁裡掏出筆墨紙硯，將墨條交給沈遇讓他磨墨，她咬住竹管，對著空白的宣紙構思，要建造什麼樣的工棚？面積多大？得多少個雜間？等等問題。

直到回竹園，又熬到半夜子時，白薇才在沈遇的催促下躺在床上。

這一段時間太累，精神很緊繃，睡眠質量並不好，如今得償所願，白薇倒在床上立即睡得香甜，不知不覺間又滾到沈遇懷裡。

沈遇睜開眼睛，感受到身邊的熱源，他甚至在心裡默數幾個數，果然，不消片刻，白薇的雙手雙腳又緊緊纏繞住他。

沈遇眼中閃過無奈，又暗含著縱容。調整一下姿勢，側躺著，將她整個人納入懷中。

白薇驚醒過來時，雙腿夾著被褥，側趴在被褥上面，沈遇已經不在床上。

她對自己的睡姿絕望了，遂自暴自棄，打著哈欠起床，穿衣漱洗後用完早飯。

一張邀請帖送到白薇手中，是白玉煙邀請她去滿庭芳相聚，說要告訴她一個秘密，溫家是從哪裡剽竊她的作品。

白薇的手指摩挲著燙金的邀請帖，沈吟半晌，最終敵不過好奇心。她的作品無人看過，為何卻會被人給剽竊？難道有人能未卜先知？她將邀請帖往桌子上一放，準備去會一會白玉煙，猜測她是不是與自己一樣，死而復生？

滿庭芳是寶源府城休閒消遣的地方，有投壺、捶丸、馬球、蹴鞠等豐富多彩的娛樂活動，達官顯貴、文人雅士都愛聚集在此。

白薇站在門口，「滿庭芳」幾個描金大字龍飛鳳舞，古樸清幽，她抬腳入內。

小二立即迎上來，詢問道：「您有約嗎？」

「有，白玉煙。」白薇報上名號。

小二去櫃檯前翻動預約的冊子，一眼掃下來，並不見白玉煙的名字。「客官，最近兩日的我都看了，白小姐並未預約。我們滿庭芳都需要提前一日預約，您是走錯地方了嗎？」小二臉上並無異色，眼神卻很隱晦地打量白薇，她的穿著實在是不像能進這種地方的人。而且來這裡的都是老客戶，即便有新客人，那也是由老客人帶過來的，白薇眼生，白玉煙的名諱也未聽過。「客官，您請回。」小二伸手，引著白薇出去。

白薇心裡想過許多種可能，獨獨沒有想到會是這麼一種結果，畢竟白玉煙不會是這般無聊的人。她抬腳就走。

「這不是咱們大名鼎鼎的白姑娘嗎？昨天玉器大比贏了，今兒就敢上滿庭芳？」一位身穿杏色長裙的少女站在樓梯上，居高臨下地藐視白薇，譏誚道：「吳知府給了妳多少銀錢？來這兒開眼界，裡頭的東西妳玩得起嗎？」

眾人哄堂大笑。

小二認出那是姜家大小姐。

「來這兒玩得花不少銀子，妳省著點兒，下回好託人買圖稿，再一鳴驚人。」姜姍不由得諷刺。這話暗嘲白薇不是有真本事，她是買圖稿贏的，徒有虛名。

白薇眉梢一挑。

小二擔心鬧事，急忙小聲在白薇耳邊道：「這位是姜家大小姐，您還是請回吧。」事情在滿庭芳鬧大，他們也不好交差。

白薇冷嗤一聲。「照姜小姐的意思，我沒有真才實學，弄虛作假贏了你們。你們姜家是玉器界的泰斗，輸給我一個名不見經傳的小人物，豈不是更浪得虛名？」

姜姍臉色一變。

「若是我，恨不得撝死了，哪裡還會上竄下跳地出來丟臉？」白薇毫不留情面。

「妳！」姜姍的臉色青白交錯，胸口劇烈的起伏，白薇這是掃了他們姜家的臉面！姜大小姐隱忍下怒火，冷哼一聲。「鄉野人說話都不太中聽，我不跟妳一般見識。」她眼神一轉，高高在上地說道：「白玉煙的腿受傷了，行動不便，怕是忘記讓人帶妳進去。既然我遇上妳，便帶妳一程吧！」

白薇想看看他們葫蘆裡賣什麼藥，便與姜大小姐一同去往後院。

內院裡樹木蔥蘢，百花爛漫，一股清流自山石縫隙中傾瀉而下。穿過曲徑向北行幾步，平坦開闊，兩邊飛樓拔地而起，雕梁畫棟，隱於山坳樹木之間，隱隱傳來清脆的歡笑聲。

白薇往前一步，便見寬廣的平地一角，幾位少女右手各執桿準備擊球，中間有一個小洞，身後兩位婢女侍立，每人手中拿著備用的球桿。

她不由得一愣，看著其中一位少女站在擊球點，揮桿擊球，「咚」地滾進小洞。

姜大小姐見白薇盯著一個方向出神，輕笑道：「這是捶丸，妳玩過嗎？很好玩的，不如咱們過去玩一局？」

在場的少女穿著打扮得十分精緻，出身不凡，陡然瞧見姜大小姐與白薇，略微蹙眉。

白薇的眼神十分新奇，就像一隻野雞落入了鳳凰窩。

「姜姍，這是哪家小姐？之前不曾見過。」有人問了一句。

姜姍意味深長地道：「妳是沒有見過她，但她的大名妳一定聽過。昨天玉器大比，奪得魁首的白薇。她的出身低微，好在有點名氣，妳們可得好好招待她。」

眾人聞言，心中有了計較。

「妳來試一試。」姜姍拿著球桿遞給白薇。「很簡單的，白小姐聰明伶俐，這捶丸想必難不到妳。」

白薇看著手裡的球桿，又看著婢女將球撿回來放在擊球點，不禁緊張地舔了一下唇瓣。

「就是把球打進洞就好了嗎？」

「是啊！」姜姍先做一個示範。

白薇一揮桿，球擦過旗子，滾進牆角。

眾人掩嘴嘲笑。

白薇臉一紅，將球桿往姜姍手中一推。「我不玩了。」

「這有什麼呀？她們第一次玩，都是打好幾桿才進球的，不信妳再試兩個球。」姜姍將球桿又遞給白薇。

白薇遲疑，姜姍直接將球桿塞她手裡。

白薇看著球洞，好半晌才閉上眼睛出桿，不敢看。

「妳看！我就說妳能行，球進洞了！」姜姍讓人將球踢進洞，高傲的神情難得對白薇顯露出一絲嘉獎，對眾人說道：「白姑娘第一回來，咱們添一點彩頭，算作熱場吧！」

白薇張口要拒絕。

姜姍直接拿出一張地契。「這是我在寶源府城的一間鋪子，作為彩頭。」

她出個大彩頭，其他人也不好落下乘，紛紛拿出鋪子、地契。

「妳出什麼呀？我們都是拿地契，妳拿銀子不合適哦！」姜姍笑得一臉高深。「妳不是有個石場嗎？不如拿出來做彩頭？」

「我……」白薇眼神一閃，很心動。可自己的籌碼太大，她們的太小，不划算！

「難得出來玩一次，妳這是要掃興嗎？」姜姍瞧出白薇心動了，加大籌碼。「我們出地契，妳拿石場，確實不合適。不如我也拿一個石場添彩頭，誰贏了歸誰？」

白薇吞嚥一口唾沫。「妳……說的是真的？不許反悔？」

「當然，一言為定！」姜姍將白薇往前一推。「別磨磨蹭蹭的，開始吧！三局兩勝。」

白薇舉著球桿，眼見要揮下去，又轉頭道：「姜小姐，妳不騙人？」

「一個小小石場，我還是能作主的！怎麼，妳不相信？那我們立個字據。」姜姍讓人立個字據，一式兩份，俐落地簽字後扔給白薇。「這下可行了？」

白薇掃了一眼，笑彎眉眼。「還是姜小姐爽快。」

姜姍在心裡冷笑一聲，瞧不上貪財的白薇，十分鄙夷。我不爽快，怎麼讓妳上鈎，輸得一無所有呢？

白薇似乎有了動力，她握桿揮去，球呈拋物線落入坑洞，她激動地握拳。「我、我居然進球了！」

眾人傻了，白薇這是一個意外吧？

姜姍難以置信地看著球洞，臉色沈下來，不確定是白薇湊巧，還是從一開始就在藏拙。

不遠處站著兩個男子。

「少主，這白薇是在扮豬吃老虎？」那一桿子乾脆俐落，可不像是初次玩捶丸。長隨問道：「咱們要告訴姜小姐嗎？」

溫琰雙手背在身後，饒有興味地看著白薇裝傻充愣。「不用。任何人做任何事，總得承擔後果。」

長隨心裡腹誹：您之前可不是這般說，您說的是，為了維護自己的利益，就得不擇手段！至於後果？不存在的！

那邊傳來歡呼聲，白薇又進一球。

姜姍如臨大敵，她再笨也覺察到不對勁了，白薇運氣再好，也不能好成這樣，連進兩球。她握緊球桿，瞄準後揮桿出去，球在洞前落地，跳開了洞口。

姜姍心浮氣躁，因此失手錯失了一個球。她陰著臉，退到一邊，第三局開始。

如果白薇再進球就贏了，這一球失利，她還能扳回一局。

姜姍之前敢將石場做彩頭，就是篤信白薇不可能會贏。如今白薇真的有可能會贏，她心裡慌亂，給婢女使了一個眼色。

白薇當作沒有看見姜姍的小動作，在婢女還沒來得及動手前，輕輕鬆鬆再次進球。捶丸嘛，她是沒有玩過，可這玩意兒和高爾夫球差不多。不巧，她擅長高爾夫。

白薇連進三球，姜姍丟了一球，最後一局，她不必再打。「姜小姐，這石場……」

「妳作弊！妳根本不是第一次玩，之前的賭注不作數！」姜姍先發制人，厲聲打斷白薇的話，冷笑道：「我小瞧妳了，玉器大比都能作弊，何況區區捶丸呢？」

白薇勾唇道：「姜小姐，妳之前可沒有說過只有第一次才能玩。而且這確實是我第一次玩，之前第一桿沒有進球，那是手感不好，後面找到感覺，我就進球了呀！」她頓了頓，目光探究。「還是說，姜小姐見我不會玩，故意設局要坑我？」

姜姍立即否認。「我沒有！」

「白小姐，姜家以誠信為本，怎麼會做這種下作事？」溫琰慢悠悠地走來，狹長的眼眸斜睨姜姍。「姜小姐，妳說是嗎？」

姜姍很錯愕，姜家什麼時候講誠信了？這一句話，在溫琰的注視下，姜姍卡在嗓子裡，示弱道：「我、我沒有石場。」

白薇哪裡會不知道，是姜姍借白玉煙之手，將她約到滿庭芳，想讓她出醜，再設局坑了她的石場，或許還會有其他的後續。只不過這些後續，被溫琰的突然出現給終止了。

「白小姐，姜小姐向來不會出爾反爾，必定會將石場送到妳手中。」溫琰對白薇有極大的興趣，他調查過她的事蹟，似乎從她被退親，嫁給沈遇之後就一路順暢，總會逢凶化吉。他不認為這是運氣，一切的巧合，都是來自人為的設計。他很想知道，白薇是否會一直「幸運」下去。他睨向姜姍，語氣淡淡，卻是不容置喙。「姜小姐，妳說是嗎？」

姜姍不敢忤逆溫琰，她期盼著嫁進溫家。縱然她的未婚夫幫著別的女人，但這是她自己弄出的爛攤子，只能生生忍下心裡的委屈。良久，姜姍吐出一口濁氣。「我過幾日給白小姐送過去。」

白薇輕輕鬆鬆白得一個石場，看見姜姍吃癟，心裡挺高興的。

「我很欣賞白小姐的能力，不如這樣，我們兩家合作，妳每年的進項，絕不低於一個小小石場帶來的利益。」溫琰挖下一個陷阱。

白薇不喜歡與虎謀皮，更不想與溫家扯上關係。就算沒有他的幫忙，拿不到石場，此行還掙了幾間鋪子，她並不虧，當即拒絕。「姜小姐對我有很大的誤解和敵意，你們是未婚夫妻，她今後是溫家當家主母，我想我們並不適合合作。」

溫琰彷彿聽不懂白薇話中的拒絕。「白小姐，妳是個聰明人，不會和錢財過不去。妳將作品賣給我，我給妳高於一成的價錢。」

「我的作品打上溫家的標籤嗎？」白薇反問。

溫琰愣怔一下，似乎許久不曾有人這般問過他了。新奇的同時，心裡升起一種興奮，令他血液沸騰。「不，當然是以妳的名義。」

白薇默默不語。

溫家、姜家與段家在玉器行業呈三足鼎立，西嶽國大部分的玉器出自這三家，溫琰給的條件對她而言，無疑是一塊巨大的蛋糕。但是商人重利，溫琰這般說，必定有他的目的。

他想拉攏她？一旦上了一條船，利益捆綁在一起，她還能重振寶源府城，拿回落在溫、姜兩家手裡的玉礦嗎？顯然不能。

白薇毫不猶豫地拒絕。「我目前沒有太多的精力，鋪子裡接下許多訂單，需要我親手治玉。今後若有機會，我必定優先與溫少主合作。」

溫琰眼尾微微挑起，熟識的人已經知道，這是他發怒的徵兆。觸及白薇那雙毫無畏懼的眼眸，他忽地一笑。「那就這般說定了。」溫琰湊近白薇，身上帶著一股清淡的藥味。「妳相信這世間，有未卜先知嗎？」

白薇突然想到了白玉煙。

溫琰陰鬱的眼裡流動著一抹晦澀的暗芒，不等她深想，又道：「白小姐該知道，我厭憎旁人欺騙，妳該不會讓我失望，我在府中靜候佳音。」

白薇望著他離開的背影。神經病！誰要和溫家合作了？

她早就和沈遇規劃好了，自然不會被溫琰給的甜頭打動。她頭也不回地離開滿庭芳，在門口碰見白玉煙，姜姍站在她身邊，似乎全都在等她。

白薇經過兩個人身邊，白玉煙目光幽幽地盯著她，姜姍眼中充滿敵視。白薇腳步一頓，目光直勾勾地盯著白玉煙，動了動唇瓣，無聲地說了一句話，最後隱晦地瞥一眼姜姍，一頭走進人流中。

白玉煙看懂了，她的瞳孔一縮，望著白薇意味深長的眼神，久久方才平復波濤洶湧的心緒。

姜姍冰冷地盯著白薇的背影，似要在她背上鑿出兩個洞。

白玉煙見狀，不禁說道：「少主為她下了妳的臉面，白白拱手讓出一個石場，妳能嚥下這一口惡氣？她明天就會離開寶源府城，到時妳再想出氣就來不及了。」

姜姍輕蔑地瞥了白玉煙一眼，前呼後擁地離開。

白玉煙不在意姜姍的態度，只要達成共識就行了，她要的是結果。

白薇回段府需要經過一條小巷，她走進小巷後就發覺不對勁。

往後退一步，她轉頭就往巷外走，但有不少護衛堵在巷口，緩緩朝她走過來。

白薇冷笑一聲，往巷子深處跑去。

護衛連忙追上去。

這條巷子白薇走過幾次，她對路況十分熟悉，前面拐角處有一堵矮牆，她在那裡藏了兩把匕首。她做了兩全的準備，袖子裡還藏著一包藥粉。白玉煙若敢在滿庭芳動手，她就把藥粉撒了，把人給藥倒；如果她心有顧忌，不在滿庭芳動手，那麼這條巷子就是唯一能動手的地方。

白薇衝去矮牆，聽到腳步聲，渾身緊繃，處在備戰的狀態。驀地，一道高大的人影從轉角出來，她猛然一拳揮過去，手腕被扣住，一道熟悉的聲音在白薇耳邊響起——

「是我。」

看到熟悉的身影時，白薇的拳頭卸了力道，她放下防備，被沈遇的手臂一拽，護到身後。

沈遇一拳砸在護衛下頷，將人打倒在地。他氣勢凜然，神色冷峻，動作如行雲流水，不費吹灰之力就將人全都撂倒。這些護衛只有三腳貓功夫，沈遇並未放在眼中。

白薇聽到骨頭喀嚓聲、護衛淒厲的慘叫，她放鬆身體，靠在牆壁上。驟然，神色凜然，只見兩個護衛朝她跑來。白薇的手往矮牆上一探，握住一把匕首防身。

護衛見狀，權衡一番，喊一聲「撤退」，掉頭跑了。

白薇驚出一身冷汗，靠在牆壁上，才發覺雙手都在發抖。

「妳沒事吧？」沈遇關切地詢問，上下掃過白薇，確定沒有受傷，這才鬆一口氣。

「我沒事。」白薇眼底閃過冷意。「那是姜家的人？」

沈遇低低「嗯」了一聲。

白薇心中通透，玉器大比姜家便容不下她，今日她又在滿庭芳坑走姜姍的石場，方才趕盡殺絕。

「你怎麼來了？」白薇理清整個事件後，疑惑地問：「看見桌上的邀請帖了？」

「嗯。」沈遇眼底掠過一抹笑。「妳將邀請帖放在桌子上，不是刻意要給我看的嗎？」

白薇乾笑兩聲，還真的是，防備白玉煙出大招，她接不住。

她本來不打算赴約的，她想試探白玉煙，準備將白玉煙約到其他地方，但白玉煙不是省油的燈，必定會有防備，她反而不好動手，所以乾脆自己做餌。

白薇挺煩白玉煙的，陰謀詭計層出不窮，因此打算這次來一招狠的，將她給解決了。

她從滿庭芳出來的時候，白玉煙很鎮定，十分的反常，倒像是暴風雨來臨之前的平靜，所以她下了一記猛藥，故意用唇語對白玉煙說「起死回生」，果然，白玉煙反應激烈。

白薇之所以證實這個猜測，是因為溫琰那一句「未卜先知」。

這世間哪有未卜先知的事情啊？可她的圖稿卻一次次被白玉煙知道。這薄胎玉壺只有沈遇見過，不可能有人洩漏給白玉煙，而且白玉煙甚至還知道自己在現代的作品，可白玉煙並不是和她一樣穿越的，因此她大膽猜測白玉煙是重生。

「下不為例！」沈遇沈聲道：「不許以身犯險。」

白薇知道自己這次是衝動了，敢這麼做，就是見白玉煙處境艱難，整不出花招，她又很惜命，不可能和自己魚死網破。可人心難測，白玉煙若當真豁出去了呢？自己能保證全身而退嗎？況且，往往許多事情會出現意外，脫出掌控。

「不會再有下次。」沈遇目光嚴肅，關切中又透著擔憂，白薇心中過意不去，便舉著三根手指朝天道：「我發誓，今後做事定三思而後行。」

沈遇低低「嗯」了一聲，往段府而去。

白薇回到段府後，給溫琰送去一封信。他不是想合作嗎？那便拿出一點誠意給她看一看。

溫琰收到白薇的信並不意外，巷子裡發生的事情，早已傳到他耳中。

這一張信紙用的是精美的花箋，他的手指輕輕劃過上面的梅花，沒什麼表情地吩咐下去。「廢了白玉煙的雙腿，將她囚禁起來，不許讓她跑了。」

「是。」長隨領命，去往後院。

白玉煙看見闖進來的人，嚇得渾身一顫，手裡的茶杯打翻。「少、少主?!」

長隨箝制住白玉煙，取出準備好的布團堵住她的嘴，將她按在地上。

白玉煙眼底布滿恐懼，呻吟出聲，雙腿一陣劇痛，她額頭、脖子上的青筋凸出來，眼睛睜得又圓又大。

「妳說溫家會奪得魁首，妳騙了少主，今後便安生在這兒養老吧。」長隨留下這句話，讓護衛將窗戶、後門全都封死，再將門關上，掛上一把鎖。

白玉煙的雙手得到自由後，取出嘴裡的布團，顧不上雙腿疼痛，努力爬到門邊拍打門板。「放我出去！求求你們放我出去，我不要一輩子被困死在這裡。少主，求求你放過我一次！」白玉煙聲嘶力竭地喊叫，嗓子都喊啞了，也沒有人回應。

上一輩子不得善終，好不容易有一次重來的機會，她把握住自己的命運，甚至改變了自身的命運，可最後、最後的下場，仍舊悲慘。為什麼？白玉煙恨不得指著老天爺詰問。既然讓她活過來，為何不讓她活得精彩？為何還要處處被白薇壓一頭？

如果只是為了活過來再禁受折磨，她再來一次又有什麼意義啊？

她後悔了，一開始不該廢掉白啟復的手，而是要廢掉白薇的手，從一開始就扼殺白薇！棋差一著啊！

長隨站在院門口，聽見白玉煙消停下來，這才去向溫琰覆命。

白玉煙這一輩子，算是到頭了。

白孟與高老坐在涼亭對弈。

白薇與沈遇安靜地站在一旁觀棋，並未打斷他們。

兩個人你來我往的廝殺，白孟步步為營，一改之前凌厲的棋風，變得不疾不徐。

他越是這般，高老越是心中謹慎，看著白孟排兵布陣，一鬆一緊，實則步步設陷阱，暗潮洶湧。

高老手裡拿著一顆棋子，盯著棋盤認真思索，再三斟酌，才將棋子放下。

「您謙讓了！」白孟擱下一子，取走高老一顆棋子。

高老一看，果然輸了半子。「你這後生棋藝不凡，學了多久？」高老撫著鬍鬚。觀棋如觀人，一個人的品行，全都在這一盤棋上展露出來。白孟不急不躁，收放自如，十分沈穩，可又不如他表現得這般中規中矩，實則殺伐決斷，步步為營。

「夫子見我在這一方面頗有幾分天賦，賦閒時教我對弈，跟在他身邊學了四年棋。」白孟將棋子收回棋簍中。他的家庭條件不允許學這般高雅的東西，夫子十分看重他的才學，因而無事時傳授他棋藝。後來他落榜，不再去書院唸書，棋藝便荒廢了，重新回到書院後才又重拾棋藝。

高老點了點頭，之前與白孟短暫的交流，對他有些瞭解。他轉向白薇與沈遇，詢問白薇。「你們有什麼打算？」

白薇將自己的計劃說出來。「回去造工棚，將石屏村發展成小『玉石之都』。」

高老低笑道：「邊關興起戰事，皇上喜愛玉器，驕奢淫逸，國庫空虛，地方官員提出增加稅收，妳這工棚擴建，得增加不少稅收。」

白孟面色一變。「如今的賦稅對百姓來說已苦不堪言，再加重的話，哪裡還有活路？」

「那你們說該怎麼辦？」高老似乎覺得這個問題問得太過好笑，他們能知道什麼？

白孟低聲道：「官員提出的這個建議，是在戰事之前吧？」

高老一怔。

「地方官員俱是父母官，他們最直接的瞭解民情，竟還提出這個條件，又豈能是一個好的父母官？只怕是想乘機剝削百姓，搜刮民脂，中飽私囊。皇上若是准許了，這場仗都不用打了。」百姓早就被這不堪負荷的賦稅壓垮了，哪裡還用得著外敵侵略？

高老看著憤怒不平的白孟，不由得大笑幾聲。「你大可放心，皇上身體欠安，由太子殿下監國，他實行的是仁政，必然會為百姓考慮。只怕，這賦稅會加重在商賈身上。」

白薇心裡有一筆帳，這是順應國政，不能因為增加賦稅，她就不擴建工棚。滿打滿算，她還是掙錢的。「多謝您的提醒，我心中有數。」

高老看向沈遇。

沈遇直接開口道：「外祖父壽辰，我與薇薇會一同回京。」

高老得了一句準話，替好友將事辦妥了，心情暢快。他見時間不早了，便起身離開。

回到吳知府府中後，吳知府親自將京中的來信送到他的手裡。

「是高太傅的來信。」吳知府畢恭畢敬呈上。

高老見是二弟的來信，以為是一封家書，將信拆開。

一見上面的內容，他目光凜然，未曾料到增加賦稅一事提上了日程。

太子剛剛監國，根基不穩，若是同意賦稅一事，於他來說並不是一件好事。太子想要培養自己的人，希望高老將沈遇帶回京城。

高老嘆息一聲，這並非是一件簡單的事情。沈遇離京多年，對朝局知之甚少。且他回去之後，勢必會引起威遠侯的注意，對太子來說弊大於利。

太子只是想要拉攏淩家而已。

忽而，他想到一個人，提筆回信，將白孟舉薦給二弟。

白薇與沈遇、白孟在竹園共用午膳。

「大哥，你在府學如何？適應嗎？」白薇用完飯，詢問白孟在寶源府城的情況。「府學是不是人才濟濟，讀書壓力很大？」

白孟是很有壓力，他不敢鬆懈，掙錢的事情往一邊擱放。只有忙完課業，他方才給書鋪抄書，這樣還能溫故知新。「我已經適應了，學業不比鎮上輕鬆，但適當給予的壓力能夠促使我進步。」白孟喜歡眼下的氛圍，討論起府學裡的事情，他眉眼舒展，唇邊帶著笑。「你們不必憂心掛念，我在這邊很好，只是要煩勞小妹與妹婿多多照顧家中。」

「我會照顧好爹娘。」白薇將一個包袱遞給白孟。「待會兒你直接回府學，這是娘給你做的衣裳，我給你帶來了。」

白孟將包袱收下，揉一揉她的腦袋。「家裡有妳，大哥很放心。」

白薇將他的手拍開，嚷道：「你將我的頭髮弄散了。」

白孟笑而不語，只是看向沈遇的目光有些意味深長。

沈遇面色如常，看不出異色。

時辰不早了，白孟拎著包袱回府學。

白薇與沈遇送他出府後，折回竹園。白薇得到消息，溫琰將白玉煙處置了。她意外地挑眉，卻又鬆一口氣。除掉一個勁敵，日後不必再處處提防白玉煙了。

沈遇記起一件事，低聲說道：「妳可還記得當時打砸鋪子的人？治罪的時候，撬開他們的嘴，得知妳爹的手是白玉煙雇他們喬裝劫匪廢掉的。」

白薇很震驚，這消息來得太突然，她內心受到不小衝擊。消化完這個消息後，又覺得在情理之中，像是白玉煙會幹的事情。

她想到白玉煙的下場，心底升騰的憤怒消散，嘆息一聲。「算是因果報應吧。」

沈遇見她愣怔片刻，便是一副釋然的表情，遂揉一揉她的頭頂，寬慰一句。「嗯，她罪有應得。」

「白玉煙的事情已經落幕，不提她了，掃興。」白薇不可能取白玉煙的性命。讓白玉煙痛快地死了，對她是一種解脫，如今被廢雙腿，關在溫家後院，對白玉煙來說生不如死。

她取出幾張地契，滿庭芳之行收穫頗豐，於她而言是及時雨。

若是要造工棚將玉器鋪子做大，府城怎麼能少了她的鋪子？

白薇將地契遞給沈遇。「這幾間鋪子在哪裡？我們去看一看。等工棚造好之後，我們正好將這幾間鋪子利用起來。」

沈遇一看，五間鋪子，其中兩間位置偏僻之外，餘下的三間地段倒是不錯，他便著重地講這三間鋪子。「一間鋪子在繁華的地段，客人多，開一間鋪子造價極高，不一定能買得到；其餘兩間是在古玩街，作為玉器鋪子正合適。」

白薇很吃驚，隨即又了然。她們必然是覺得她贏不了，所以才會出手這般豪氣。

「走，我們去看一看。」白薇拉著沈遇去這三間鋪子轉悠。

繁華地段的鋪子，萬頭攢動，商鋪林立，形成一條商業街，不乏珠寶鋪子。她覺得府城的玉器鋪子要開起來，首先就是從這一間鋪子動手。無論鋪子的大小與格局都很合白薇的心意，她決定工棚造好後，就請人過來將這一間鋪子裝修一下。

待剩餘兩間看完之後，白薇心生感嘆。「我現在除了鋪子與手藝，其餘一概沒有，想要做起來必須先雇人。」生意也難做，勞心費力。

府城的三間鋪子，就得有三個掌櫃，都得是極為信任的人，還得不缺能力。

「雇人的事情交給我。」沈遇有一些人脈。

白薇立即高興地應下。

翌日。

白薇告別段老，與沈遇回石屏村。

回去的路上，白薇特地繞到她的石場，才恍然發覺，她將石場買來之後，便停工了。

原來白玉煙請的人，全都已經捲鋪蓋走了。

她看著綿延不絕的山脈，大大小小的石頭堆在平地上，幾間竹屋人去樓空。

白薇不禁頭疼，需要做的事情太多了！

她匆匆巡視一遍，石場出的玉料只能算中等。

「去鎮上。」白薇得與謝玉琢好好商議。

沈遇看一眼荒山，眼中閃過思量，驅車回鎮上。

馬車停在謝氏玉器鋪子門前，白薇從馬車上跳下來，直奔後院工棚。推開門，便見謝玉琢站在劉露身後，他的身軀將劉露遮掩嚴實，幾乎將她整個人納入懷中，明著指點劉露治玉，實則抱著什麼樣的心思，白薇看得分明，只怕劉露這小姑娘傻乎乎的，沒有覺察。

「嗯哼！」白薇輕咳一聲。

謝玉琢猛地回頭，看見是白薇，他腳下生風地衝過來，激動得要抱住白薇，結果一隻大掌橫插過來，蓋在謝玉琢的腦門上，讓他無法向前一步。

謝玉琢幽怨地瞪沈遇一眼，仍然難掩興奮地說道：「薇妹，妳奪魁了！妳不知道，咱們的鋪子生意是整個鎮上、不，是整個縣城最好的一家。我又張貼雇人告示，雇了好幾個人。這個鋪子太小了，咱們是不是得另外買一間大的鋪子？」他作夢也不敢夢見白薇會贏得比賽。

「再大的鋪子也不管用，我打算造工棚，他們專門在工棚治玉，過關的玉器再運送到鋪子販售。」白薇將府城的五間鋪子地契給謝玉琢。「工棚造好後，這幾間鋪子要開起來。咱們要大量雇人，但是不能著急，必定得有極好的本事，也可以招學徒培養。另外，你負責請人看守石場，雇一批採玉人。安排妥當之後，你去府城督工，將玉器鋪子給裝修好，工棚的事情交給我。」

謝玉琢對府城十分熟悉，看到鋪子的位置，一股熱血直衝頭頂，激動得差點厥過去。

「妳掐我一下。我是不是在作夢？」

謝玉琢只敢想一想將鎮上的鋪子發揚光大，掙個盆滿缽盈，哪裡知道白薇更有野心，啥都沒有張羅起來，她就已經在府城置產了。而且這是白薇自己的銀子置的產，她卻將事情交給他去辦，顯然是打算與他合夥。謝玉琢雖然摳門兒、不著調，可白薇這般對他，他心中存有感動。他在心裡暗暗發誓，一定要對白薇推心置腹，替她好好幹好這一份事業！

白薇沒等謝玉琢說一些發自肺腑、表達態度的話，她準備回家了。

方才走出工棚，夥計就匆匆進來稟報——

「白姑娘，姜家上門來賠禮。」

姜家道歉？稀奇了！白薇略作沈吟，不見。姜家三番兩次對她下手，一個道歉就能當沒發生嗎？再說，誰知這次道歉，又有幾分真心？說不定仍是不懷好意。

「薇妹，這是安南府城的那個姜家？」謝玉琢一臉懵。「你們鬧矛盾了？」

白薇言簡意賅地道：「我贏了比賽，侵犯到他們的利益，他們對我下毒手。」

「他們技不如人，竟然還敢使陰招？臉都不要了？」謝玉琢憤怒地道：「臭不要臉的東西，敢做這種下三濫的事情，還有臉上門道歉求原諒？我看他們就是黃鼠狼給雞拜年！不行，妳千萬不能去見他們！」越想謝玉琢越來氣，恨不得將他們罵得狗血淋頭。「我去會一會他們！」不等白薇說什麼，他腳下生風地前去櫃檯。

白薇擔心謝玉琢惹事，連忙跟過去。

第二十章

謝玉琢中氣十足的聲音響起——

「你們做了啥事情，心裡沒個數嗎？敢厚著臉皮上門道歉，是欺負我們沒有靠山，奈何不了你們，只能被逼迫化干戈為玉帛，待你們得到原諒後，再無恥地提出要求吧？」謝玉琢看穿他們的伎倆。「我勸你們別白費心思了，打哪兒來，回哪兒去吧！」謝玉琢現在不是苦苦經營一間小玉器鋪子，小意討好大老爺們謀生的人了，白薇贏了比賽，他們受到吳知府的庇護。而姜家與吳知府是站在對立面的，所以他腰桿子挺得筆直，膽氣十足。

姜管事賠笑道：「謝公子，我們是真誠來道歉的，您能引薦，讓小人與白姑娘見一面嗎？」他將手裡的厚禮往謝玉琢手裡送。

謝玉琢將禮物往他懷裡一推。「去去去！別給臉不要臉！」

姜管事被謝玉琢推搡得往後退一步，臉上的笑容幾乎掛不住但想到即將要辦的事情，他咬牙忍下屈辱，臉上重新堆滿了笑容。「謝公子，您別惱，之前姜家做的事情的確不厚道，可那些都是大小姐做的，老爺毫不知情，白姑娘心胸寬廣，還望她大人不計小人過。」他往前一步，低聲說道：「我有要緊事找白姑娘，老爺有意與她合作一筆大生意，我們做生意的謀求的是共贏，哪有永遠的敵人？您就代為通融一下，問過白姑娘的意思吧。她今日若是不肯出面，明日我還在這裡等著。您也看見了，我們人多，堵在門前就怕妨礙你們的生意。」

謝玉琢氣歪了鼻子，捋起袖子、抄起豎在門前的掃把要攆人，就見白薇從鋪子裡出來。

姜管事一見到白薇，立即撇下謝玉琢，上前道：「想必您就是白姑娘？您的技藝我們老爺很看重，讚嘆您年紀輕輕，便力壓群雄，奪得魁首，今後前途定不可限量。老爺特地派小人過來，與您洽談合作一事。您不必擔心，立場之前如何，今後還是如何，並不會因為合作，妨礙了您在寶源府城的事業。」連白薇的處境與顧慮也想得十分周全。

白薇的嘴角微微一勾，姜管事在見到她的一瞬，整個人都放鬆下來，似乎對於此行十分胸有成竹。「哦？什麼樣的生意？」白薇來了一點興趣。

姜管事極為滿意地道：「我們進去裡面說話？」

「就站在這兒說吧，我還有事，趕時間。」

姜管事見白薇擺著高高在上的姿態，心裡不悅，轉念想著待會兒要說的事，又露出笑容。「老爺很看重您的薄胎玉器，希望專門與您合作薄胎玉器，您的薄胎玉器只賣給我們老爺，價錢上面不會虧待您，也不妨礙您幫寶源府城奪回『玉石之都』的名聲。」

白薇眼皮一跳，姜家還真敢開這個口！

「一年一萬兩銀子，您給三件玉器就成，畢竟您還有其他生意要做，我們老爺體恤您。只不過，您也得替我們老爺考慮，私底下不能將薄胎玉器賣給其他人。」姜管事將一個盒子遞給白薇，在她面前將盒子微微打開，露出厚厚一疊銀票。「白小姐，怎麼樣？我們老爺很厚道，不會讓您吃虧的。生意場上只要讓對方舒坦了，即便自個兒吃點虧，謀個和氣，也能將生意長久做下去。」

白薇心裡冷笑，倒是好算計！一塊上好的玉料價格不菲，做薄胎玉器的成本太高了。況且，若是有損失呢？甭說掙錢了，她的老底都得賠得一乾二淨！

這些暫且不論，只單單說一件上好的薄胎玉器，保守價值就在五千兩以上。

三件薄胎玉器，她出玉料、出人力，只拿一萬兩銀子，姜老爺只管躺著等錢掙，這世間哪有這樣的好事？

她看著姜管事那一副她賺大錢了的表情，似乎她不對姜老爺感恩戴德，都是不識抬舉。

白薇氣笑了，想將盒子砸姜管事臉上，也真的這樣做了。「我這個人做生意向來講究公平，從不會讓人吃虧，就怕良心上過不去。姜老爺處處替我打算，吃這麼大的虧，我良心作痛，這筆買賣咱們做不了。」

姜管事臉上劇痛，他呆滯地抱著木盒子，有些反應不來。白薇一個鄉野出身的野丫頭，地裡忙活一年到頭，撐死了也就四、五兩銀子，能有多大的見識？老爺出一萬兩銀子，她不是該被驚喜沖昏頭答應，然後畢恭畢敬地請他進去喝茶嗎？現在這是怎麼一回事？白薇完全不跟著戲本走。

「哈哈哈哈，拿著銀子滾吧！一萬兩銀子就想得三件薄胎玉器，是誰給你們那麼大的臉，敢開這個口啊？來之前也不打聽打聽，薇妹在選寶大會上，一件尋常的玉器就賣了六千多兩，誰稀罕你們這點銀子啊？打發叫花子嗎？」謝玉琢看不慣姜管事這副嘴臉。「誰稀罕你們這幾個臭錢！在這羞辱誰呢？趕緊滾！」

姜管事額頭上滲出冷汗，暗道失策，他忘記這一件事了。被白薇砸了臉也不敢生氣，他覥著臉賠笑。「白姑娘，要不這樣，一件玉器一萬兩？」

一個奴才哪能作這個主？他敢這般說定是心中有數。白薇算是明白了，或許姜家給的就是一萬兩一件薄胎玉器，可這奴大欺主的玩意兒瞧不起她的出身，自己昧下兩萬兩銀子，如今被她拒絕了，害怕事情鬧開了他沒有個好下場，才會改口將事圓過去。

「行了，我會親自告訴姜老爺。」白薇逕自越過姜管事，上了等在一旁的馬車，又想起一事，站在車轅上說道：「石場的書契拿來了嗎？」

姜管事腦袋一懵，還有石場？

白薇見狀，便知姜家沒讓他帶來，揚長而去。

姜管事臉色煞白，冒出一身虛汗，哪裡敢耽擱？當即趕回安南府城。

他將三萬兩銀子完完整整地擺在姜老爺面前。「白薇太傲氣，看不上咱們姜家。她是段羅春的徒弟，怕是高攀上京城裡的段家了，拒絕與咱們合作，還將這盒子砸老奴臉上。您瞅瞅，都破了一道口子了，一點情面都不留。」姜管事是個精明的人，他不是以個人名義去，而是以姜老爺的名義過去的，所以白薇砸他，就是掃姜老爺的臉！「她恐怕是記著咱們尋她麻煩的事。不然老奴再去一次？」姜管事故意說道。

「不必再去。」姜老爺面色陰沈。「她敬酒不吃吃罰酒，別怪我們不道義了。」隨即想起什麼，意味不明地說道：「她不願意就算了，我們不強求。」

姜管事的眼神閃了閃，這一番挑撥，白薇算是得罪了姜老爺，她就算請人來說，也未必能見到姜老爺。「對了，白薇問起石場。」

姜老爺冷笑一聲。「姑娘家的玩笑話，誰當真？」一句話，要石場，沒有！

白薇壓根兒不打算與姜家合作，他們並非有胸襟的人，本來就是站在對立面，因此將這件事拋在腦後。她回家之後，向江氏報喜。

江氏激動得熱淚盈眶。「好好好，閨女出息了，娘替妳開心！」

「妳今後有啥打算？」白啟複神情輕鬆，打心底替白薇高興。

他們白家在十里八鄉是頭一份，白離與江氏將鎮上的點心鋪子做得興隆，他也抄起老本行，收了一個徒弟傳授手藝，白孟唸書也出息，白薇眼下又取得好成就，今後的日子更不用愁。一家人只要團結，齊心協力，再窮再苦，也會越過越好！

「在咱們村買地建造工棚，一座用來給您做石雕，一座用來給我治玉。」白薇已經將計劃制定出來，掏出宣紙給白啟複看。

白啟複認識幾個字，大致能猜出白薇的想法。他不懂這些，卻很信任白薇。「妳只管放手做，爹支持妳。現在爹的手好了，就算咱們做不起來，爹也能給咱家掙一口飽飯吃。」

這實在話說進白薇的心坎裡，她嘴角牽起一抹笑容。「爹，有你們做我的後盾，我可以毫無後顧之憂，拚著一股勁，悶頭往前衝。」

江氏瞪了白啟複一眼。「閨女肯定能行。不能行，怎能有現在的榮光？趕緊呸幾聲！」

白啟複笑著呸了幾下，江氏這才滿意。

白離安靜地坐在一邊，看著白薇被眾星拱月，一出場就吸引走全部人的目光。他撇了撇嘴，有啥了不起的？嗯、好、好像是挺了不起的。

白離記起鄉鄰對他的態度十分和善，放在以往，鄉鄰只會嘴碎說他的閒話，說他考不上童生，白白浪費銀子。現在改變了，說他頭腦靈活，生意做得好，還熱情地要給他介紹姑娘。「爹能做石雕，我還能做買賣，少不了妳一口飯吃。」白離心下彆扭，看了眼一旁的沈遇，道：「他也不是吃白飯的。」

白薇抿著唇，輕飄飄地看他一眼。

白離屁股一緊，灰溜溜地回了自己屋。

白薇將這件事在家裡商議好後，第二天就大張旗鼓地張羅起來，找村裡的人幹活，工錢給得厚道，一天十文錢，還包中、晚兩頓飯。

鄉鄰看上的不是白薇給的工錢，而是她造好工棚後，能夠給他們帶來更多掙錢的路子，因此除了在外上工的人，其他的全都過來幫忙幹活了。

白薇督工一、兩日，見鄉鄰揮汗如雨，十分勤勞認真，她很欣慰，便在自家工棚裡雕刻玉器。謝玉琢接了不少訂單，篩選出來三、四件需要她親自動手的。

白薇先清理訂單，沈遇將玉料給拖回來，她加工加點，耗費了一個多月的時間，雕刻出金玉滿堂魚缸。

她將作品拋光好，這日用完早飯後，拉著沈遇載她去鎮上，要給謝玉琢交貨。

沈遇租了一輛牛車過來。

白薇說道：「咱們該不該買一輛馬車呢？還有牛車，用來拉貨。」

「是該置辦起來。」沈遇將箱子搬放在牛車上，站在車轅上握住白薇的手，將她拉上車。

兩個人到鎮上的時候，正好日上三竿。

謝玉琢站在門口，準備出去蹓躂，瞧見白薇過來，兩眼放光。

「薇妹，今兒個啥風把妳颳來了？」謝玉琢眼尖地瞧見牛車上有一口箱子。「妳雕的玉器？」他殷勤地搬回鋪子，迫不及待地打開箱子，看見裡面的玉器時，呆住了。「這件玉器，我昨兒看見姜家的玉器鋪子在賣。」

白薇做的訂單，訂製的是魚缸，圖稿由白薇自由發揮。

她驚訝一瞬後，眼中閃過了然。

白玉煙是重生的，對她的作品熟記於心。白玉煙與姜大小姐合作，能叫姜大小姐青天白日就對她下殺手，或許就是因為複製了前世的圖稿給姜大小姐。

「不妨事，你只管給客人送過去。」白薇倒兩碗水，一碗遞給沈遇。「石場的事情，你有雇人嗎？」

「雇了，已經開工了。」謝玉琢滿面憂愁地道：「當真不妨事？」

「那該怎麼辦？這本來就是我雕刻出來的玉器，他們剽竊我們的，我憑啥給他們繞道？這件玉器耗費我一個多月的工夫，不能隨意擱置。我們退讓只會助長對方的氣焰，那我恐怕不用再治玉了。」白薇覺得白玉煙的危害很大，畢竟每一件玉器她都是臨時起的靈感，哪裡知道白玉煙知道的是哪一件？

除非每一件作品，都打破她既有的風格，增添巧思與創造力，或許能夠避免。

白玉煙只是洩漏圖稿給姜家，最好的辦法便是壓制姜家，才能一勞永逸。

謝玉琢內心糾結，他不想將這尊玉器送給客戶，可白薇這手藝，真的讓人無可挑剔，擱置怪可惜的。猶豫間，客人上門了。謝玉琢連忙迎上去接待。「胡老爺，您怎麼來了？說來趕巧，您訂的玉器雕好了，正好可以驗貨。」

胡老爺看中了姜家雕的金玉滿堂魚缸，他這會兒上門是準備退貨的，謝玉琢的話堵住了他即將要開口的話。「那就看一看吧。」

「好咧！」謝玉琢會察言觀色，瞧見胡老爺的神態就知道事情恐怕不妙，這會兒得硬著頭皮上了！他將玉器小心翼翼地捧出來，擱在几案上，讓胡老爺好觀賞。

胡老爺眼一瞇，眼神就不對了。「你們這是剽竊姜家玉器鋪子的金玉滿堂魚缸？謝玉琢，我花大價錢可不是來買仿品的！姜家的魚缸，價錢還只是你這兒的一半！」

「胡老爺，您當初找上咱們，是奔著薇妹的手藝和名氣來的。我實話和您說吧，您來得早我才收您這個價錢，您還賺了。您怕是還不知道，薇妹這次在府城得了魁首，那件參賽的玉器，吳知府送去京城獻給皇上了。不說皇上這一層，就是這魁首的身分，這價錢也該往上翻兩番，您現在竟跟我嫌貴！」謝玉琢嘴皮子索利，讓人插不進嘴。

胡老爺怎會不知道白薇奪魁一事？比起這魁首的名氣，姜家是龐然大物。他們親自尋上門來，給了一個最低的價格，且雕工不俗，他自然動心了。如今瞧見白薇手裡的這件玉器，更是堅定內心。誰知，白薇的參賽作品獻給了皇上。若是得皇上的心，白薇不也受天子器重？這種得罪人的事，胡老爺不樂意幹。

他沈吟片刻後，道：「這玉器和姜家的一樣，總得給個說法吧？」

謝玉琢輕咳一聲，眼睛瞟向白薇。

「您仔細看，細節上都相同嗎？」白薇遞給胡老爺一雙手套。

胡老爺戴上手套，細細端詳玉器。魚缸中間雕刻著「金玉滿堂」四個大字，水浪上有八隻金魚，每一片魚鱗都十分清晰，層次分明，遠遠一看，跳躍的金魚栩栩如生。

來來回回看幾遍後，胡老爺脫下手套。「細節有出入，大體相同。」

白薇戴著手套，指著把手道：「您看這是什麼花？」

胡老爺一時沒有認出來。

白薇笑道：「這是白薇花，以我的名字命名。但凡今後是出自我手的作品，都會有代表我的不同標記，以防被人剽竊，我拿不出證據。」

胡老爺仍是將信將疑。

白薇氣定神閒地道：「我如今剛剛打出名氣，何必自毀前程，用得著剽竊姜家的作品嗎？您有心一查就會知道，我這一個多月都在石屏村，哪有機會竊取姜家的圖稿？您一點都不懷疑，姜家為何雕刻出一模一樣的魚缸，最後上門去尋您？趙老爺愛玉器的美名在鎮上盛傳，更是捨得一擲千金，他們更應該找上趙老爺才是吧？您信了這是一個巧合？」

她這麼一提，胡老爺恍然大悟，又明白過來商場上的競爭，嘆息道：「是我誤會妳了，這個魚缸我要了，今後還找妳合作。」

「胡老爺如此信任我，我心中十分感激，下回再來尋我合作，我給您打兩成的折扣。」白薇將單據給胡老爺，讓他驗貨簽收，再簽訂免責協議書。

胡老爺看著白薇拿出來的東西齊全，旁人鑽不了空子訛詐她，不由得道：「妳這是天生的生意頭腦，我家幾個臭小子有妳一般的手段魄力，我也不必擔心後繼無人了。」

「有您在掌事，做小輩的自然就懶散了，想著趁家業沒有落在肩上前，好好放鬆放鬆，畢竟到時候繼承家業，可沒有這般輕鬆的事。」白薇無形中捧了胡老爺一把。「家中長輩能力強，小輩都會無後顧之憂，您的孩子很幸福。」

胡老爺笑得滿臉褶子，將尾款付得很爽快。

白薇親自將胡老爺送出門。「下回您不必親自來，請我們去府上談就好。您若有朋友需要玉器，介紹來我的鋪子，我給他們一成折扣。」

「妳這丫頭，為啥不給兩成？」

「給您是兩成，尋常人我都不給折扣的，看在您的面子上，我才給他們一成。您問問他們，去其他玉器鋪子，手藝好的會給他們一成折扣嗎？」

胡老爺哈哈大笑。「成！明天就給妳介紹客戶！」被白薇這一番話說得身心舒暢，給足了他面子。

「多謝您！」白薇笑容燦爛，朝胡老爺揮手。

目送胡老爺離開後，白薇折身進來，謝玉琢給她豎了一根大拇指。

只是一成折扣的差異，給胡老爺帶來的感覺尤為不同，拉近了他與白薇之間的關係。

「姜家那邊怎麼辦？胡老爺會告訴他們嗎？」謝玉琢心中惱怒姜家，恨不得拔除這個隱患。但這個念頭，他只能想一想而已。

白薇搖頭。「胡老爺不會說，他也不會見姜家玉器鋪子的人，他會等著我們出面將這件事情解決掉。」

謝玉琢心煩氣躁，蹲在地上搔頭，想不出對策。

「讓他們去抄，」白薇風輕雲淡，對姜家幹的噁心事情渾然不放在心上。「我們繼續做好自己的玉器就成。我再過十來天得去一趟京城，你好好看管鋪子。」

一旁的沈遇不禁抬頭看向白薇。

白薇朝他眨了眨眼。我沒忘記外祖父的壽辰。

沈遇會心一笑。「妳有辦法了？」

白薇點頭。「絕對讓他們賠了夫人又折兵！」

果然，如白薇所料。

姜家玉器鋪子的掌櫃，又一次找上胡府。

門僕回道：「老爺不在府中。」

掌櫃一怔。「上回胡老爺說今兒給個音信的。」

「哦，老爺有交代，他暫時不需要玉器，讓你們不用再來了。他要鎮宅改變風水的玉器，會親自去你們鋪子。」

掌櫃心一沈，難道胡老爺覺察出什麼了？不！不可能！魚缸分明是他們姜家先雕刻出來的，白薇又拿不出證據，胡老爺豈會信她？這樣一想，他心裡稍安。「那行，我在鋪子裡等胡老爺。」

掌櫃將玉器拿去趙府，打算賣給趙老爺。原來是去碰碰運氣的，沒有想到竟然真的給賣出去了！他心裡更加踏實，誰不知道白薇與趙府關係好？趙老爺花大價錢買了，可見白薇那邊沒有覺察。

接下來七、八天，掌櫃將姜家加工加點趕出來的玉器，分別賣給鎮上的大戶人家。

雖然與白薇是敵對，可不得不承認白薇眼光好，畫出來的圖稿都十分受歡迎，他數著銀票，笑得見牙不見眼。

掌櫃指著夥計道：「我得去一趟安南府城，你好好看鋪子。」

「是。」

掌櫃乘坐馬車去姜府，順利見到姜老爺，恭敬地將銀票給他。「白薇沒有覺察出來，沒有動作，那幾件玉器全都賣了。老爺，咱們這兒還有好貨嗎？鋪子裡得補一補貨了。」

姜老爺睨一眼銀票，並未昏頭。「白薇那一邊暫時緩一緩，等一等風聲。我們玉匠師出了一批新品，你帶回去。」

「欸！」

掌櫃拉貨回鎮上，下馬車，高聲喊夥計。「快過來搬貨！」

夥計聞聲匆匆出來，臉色不大好。「掌櫃，趙老爺帶著劉老爺與張老爺上門來了，嚷嚷著要退貨。」

掌櫃面色一變。「退貨？」

「是啊，他們說咱們賣仿品。」

夥計的話還未說完，掌櫃已三步併作兩步，一腳邁進鋪子。地上擺著六口箱子，裡面裝的是他賣出去的幾件玉器。除了趙老爺等人之外，還有其他幾張生面孔。

「趙老爺、張老爺、劉老爺，咱們姜家玉器鋪子是百年富戶，極為講究名聲，怎麼會做這種仿品的事情？一定是有人心懷不軌，剽竊我們的作品，誣陷我們！」掌櫃義正辭嚴地說：「若是我們的問題，一定會給您們一個交代。」

趙老爺揮一揮袍襬。「我就是太信任你們是老字號，方才吃了一個大虧。」他不欲與掌櫃多說，直接讓人將六口箱子全都打開。

六件玉器，有三件相同。

掌櫃頓時變了臉色。

另外幾張生面孔拿出單據。「之前你們姜家玉器鋪子倨傲得很，都是要上門買，價錢也偏貴，怎地這一次不但親自上門，還降低四成價格？當時我心裡覺得不對勁，但你們說輸了玉器大比，為了鞏固客源，方才給這麼大的折扣，又是上等的玉石，這個價錢買來不虧，我們才動心買了，誰知竟是個仿品，拿出來做擺飾太丟臉了！你們說過半個月內無償退貨的，我們把東西帶來了，你把銀子退還給我們！」

「我們鋪子裡每件玉器只有一件，絕對不會有重複的，這中間肯定有誤會。你們別激動，我們慢慢把話說開。」掌櫃一臉懵，他反應過來，心思快速翻轉，只怕這些玉器全都是白薇賣出去的。

「你別廢話，退銀子！」

掌櫃被動地接過單據，原來並未將這件事放在心上的，不料粗粗掃一眼，眼珠子幾乎瞪出來，一副活見鬼的表情。單據的的確確是他們姜家的，就連印章也是。

這下跳進河裡也洗刷不清了，他們有這一張單據，若告到衙門去，也是姜家理虧。

「怎麼？你不想認帳？」趙老爺冷笑一聲。「那咱們衙門見！」

「不不不，是我們的錯，我們自然會負責，不會推卸責任。」掌櫃連忙安撫趙老爺，轉頭對其他幾位道：「這幾張單據是我們姜家的，可我們真的沒有賣給你們啊！」他急中生智地道：「方才我從安南府城回來，聽見有人說白薇在仿造我們姜家的玉器，還沒有來得及去查清楚，你們就找上門來了。我猜想，這件事會不會與白薇有關？」

趙老爺臉色一沈，目露寒霜。「行啊！你們姜家在玉器界是頭一份，沒想到這不要臉的功夫也修煉得爐火純青。白薇剽竊你們的作品賣，連你們的單據也給剽竊了？是你們姜家的人太無用，還是她有手眼通天的本事？以她的名氣，還需要剽竊你們的作品嗎？簡直貽笑大方！」

掌櫃的臉色青白交錯，被趙老爺這番話堵得啞口無言。

他們姜家單據用的紙不是普通的宣紙，而是特製的，就怕被人利用造假，剛剛拿在手裡，他便知道是真的。可這東西真的不是他們鋪子賣出去的啊！難道是姜家的其他人？

「咦，你們鋪子又上新的了啊？」有人眼尖，瞧見夥計打開箱籠，將從安南府城拖回來的玉器擺上貨架。

「是啊！」掌櫃心下一鬆，想跟著轉移話題，好讓自己有更多的精力想法子來將這件事圓過去。可看見他們漸漸變了的眼神，充滿嘲諷地看著他，掌櫃不由得吞嚥一口唾沫。這、這、他心裡頓時有不好的預感！

「原來是賊喊捉賊呢！冤枉白姑娘仿照你們的玉器賣給我們，坑害你對嗎？我差點就相信了，幸好看見你們新上架的玉器，白姑娘的鋪子早兩日就在賣了。若不是我們今天湊巧遇見，只怕你賣給其他人，又是一樁官司。」

「這般貴重的玉器，絕對拿不出第二件，誰知道你們品行這麼惡劣，不但造出相同的玉器去賣，打著獨一件的旗號欺詐我們，居然還剽竊白姑娘的作品！我們堅決杜絕這種不良的風氣，以免讓更多人的利益受到侵害！」

「退銀子！」

眾人義憤填膺。

掌櫃被這個消息砸懵了。「不可能！這是我們姜家玉匠師設計出的圖稿，精雕細琢出的玉器，怎麼會剽竊白薇？」

「你又想說是白姑娘剽竊你們的作品？」

掌櫃神情激動，不等他開口說什麼，胡老爺手背在身後慢步走了進來。

看見裡面嚴峻的氣氛，胡老爺哎喲一聲。「今兒怎麼來得這般齊全？是鋪子裡來了稀罕玩意兒嗎？」他一雙精明的眼睛掃過貨架，眉心一皺，又看著箱子裡裝的金玉滿堂的玉器，眉心幾乎能夾死一隻蒼蠅。「這魚缸不是白姑娘雕刻的嗎？在我書房裡頭擺著呢，怎麼這兒又多出兩件？」

這句話一出，眾人色變，敢情這些玉器也是姜家剽竊白薇的？

掌櫃渾身發顫，又驚又慌。「胡老爺，咱們得講道理，這個魚缸分明是我先賣給您的，您說找白薇訂製了玉器，得上門與他們取消訂單，方才來買我的魚缸。轉頭我再找您，您卻避而不見了。論起剽竊圖稿，怎麼著也落不到咱們姜家頭上啊！」

胡老爺哼一聲。「你能解釋這魚缸把手是啥東西？有啥寓意嗎？」

這句話一下子將掌櫃給問住了。他細小的眼睛往魚缸瞟，左右細看，都分辨不出那是啥，只知道是花，卻說不出是啥花。

趙老爺問道：「老胡，你知道？確定這魚缸的圖稿是白薇設計的？」

「我很肯定！這把手雕刻的是白薇花，每一件她親手雕刻的玉器，都會有屬於她的獨特記號，防止被人剽竊圖稿還反過來誣賴她時沒處伸冤。」胡老爺瞥了趙老爺一眼：老狐狸，你別在我跟前裝，別以為我不知道你幫著白薇下套坑姜家！他又接著說：「我瞅著你們這一批玉器眼熟，看見魚缸才想起來，我前兒在白薇鋪子裡買了一模一樣的玉器。事情沒有鬧出來，你們就肆無忌憚，還想搶占先機，誣賴白薇？不行，這件事得知會白薇，不能讓她被蒙在鼓裡，到時候利益受到侵害的可是我們這些購買玉器的客人。」

胡老爺說幹就幹，當即指使小廝去謝氏玉器鋪子找白薇。

掌櫃當真是啞巴吃黃連，有苦說不出，心裡憋屈啊！

金玉滿堂魚缸這幾件玉器是剽竊白薇的，但之後的玉器真的是白薇剽竊他們姜家啊！但這話他是萬萬不能說的。這白薇真壞，她分明早就知道自家鋪子幹的好事了，可偏偏悶不吭聲，背地裡挖坑，將胡老爺給收買了，這次來個以牙還牙，讓他們有口說不清！

「胡老爺，您冤枉我們啊！你們對比對比，這兩個魚缸雖然是一樣的圖稿，但雕工手法不同，是有人故意雕刻一樣的要害我們啊！」掌櫃辯解。

趙老爺冷笑。「你們姜家養著一幫玉匠師，不是同一個玉匠師，雕工手法自然不同。」

掌櫃噎住，後背滲出冷汗。不說別的，只單據一樣，他們拿不出證據，就沒法抵賴。

很快地，白薇趕來了。

她風塵僕僕地進來，看一眼鋪子裡的情況後，沈聲說道：「掌櫃，你不該給我一個交代嗎？為何我家的玉器，你們鋪子也在賣？」

玉器被仿造，跟風氾濫很正常。壞就壞在姜家和白薇一樣，都是打著每一個圖案都是獨一件的玉器名號，不會出現第二件相同的，因此被查出姜家賣出兩件一樣的，買主自然不會吃下這個虧，要鬧上門來。

而且仿造的玉器都不會選用上等的玉石，只做低端的，私底下悄悄賣，不會被人抓住小辮子。若是被抓住了，就得自認倒楣。白薇就是抓住這個心理，才會設計這一個圈套。

姜家不是要扣她剽竊圖稿的罪名，弄臭她的名聲嗎？她就以其人之道還治其人之身！

她讓玉匠師加班加點，將幾件玉器趕工出來，毫無聲息地以姜家的名義賣出去。趁著姜家新一批玉器上架前，她讓人趕出來先一步賣了。她打聽到掌櫃去了安南府城，便讓趙老爺帶人上門要說法，正好瞧見姜家上架的這一批玉器，坐實他們剽竊。

越是聲名顯赫的商賈，越是注重名聲。鬧出這等醜事，名譽影響極大，會造成很大的損失。今後客戶上他們家買玉器，心裡都得思量一番，就怕花了大價錢特別訂製的玉器是個仿品，擺在家裡鬧出笑話。畢竟對於這些富賈來說，身邊的一景一物，都是彰顯個人的品味與地位。

這一切能夠這般順利，她得感激一個人。白薇有盤算之後，安排下去，就動身去找了溫琰，讓他想辦法弄到姜家的單據與最新要上架的玉器圖稿。

白薇在試探溫琰，倘若他拒絕，她可以名正言順地不和溫家合作。可溫琰跟中邪似的，很想與她合作，極力地配合，毫無負擔地將他未來岳家給賣了。

掌櫃臉紅脖子粗。「這話該我問妳！妳不老實交代，我們只好對簿公堂！」

他壓根兒沒有賣過相同的，方才看見幾個人找上門來，弄清楚原因後，掌櫃心裡還挺得意的，正好可以尋理由反咬白薇一口，說她剽竊姜家的玉器，讓她在玉器界混不下去。可壞就壞在白薇有備而來，單據是複製姜家的，從一開始就下套了。

「行啊，就怕你不去。」白薇從容自若，巴不得他們去衙門。

掌櫃心裡沒底兒了，難道白薇手裡有把柄？

「誰不去誰就是孫子！」白薇讓人將玉器裝箱，準備出發去縣城。

掌櫃見白薇動真格了，他作賊心虛啊，連忙將人攔下來。「白姑娘，事情鬧大對妳沒有好處，咱們兩家的名聲也都會被影響，有什麼話我們坐下來細細說清楚。若是我們姜家剽竊，沒問題，我們承擔損失，給予賠償；若是妳剽竊我們的玉器，同樣得承擔後果。」

白薇雙手抱胸，冷冷道：「溫家在玉器大比上的教訓還不夠是嗎？讓你們不長記性，一個個前仆後繼地侵占我的成果。別人的果子摘著吃嘴裡特別甜是嗎？小心有毒，毒死你們！」她不再理會掌櫃，對趙老爺說道：「請您幫個忙，派人去縣衙擊鼓狀告姜家。若是縣太爺作不了主，就去府城請吳知府派人去安南府城，挨個兒單獨審問姜家的玉匠師。真的是他們自己設計的假不了，剽竊別人的作品，總會露出馬腳的。」

「好。」趙老爺將單據拿在手裡。「這個是證據，收在我們手裡，這是兩筆官司。」

掌櫃膝蓋一軟，真鬧到吳知府那兒去，他們姜家哪裡討得了好處？

主要是證據確鑿，他們防不勝防，掉進白薇挖的坑裡，壓根兒洗刷不清冤屈。

他擦一擦額頭上的冷汗。「我得請示一下老爺，我作不得主。你們請回，待我從安南府城回來，再親自上門一一與你們和解。」

「我們明天早上過來。」

現在去安南府城，一來一回，得半夜去，不怕姜家耍什麼花招。

掌櫃抿緊嘴角，派人去不放心，害怕他們交代不清楚，於是他匆匆去往安南府城。

夜色深沈，姜老爺已經歇下，被掌櫃給鬧醒過來。

披著衣裳坐在榻上，姜老爺臉色陰沈，顯然被掌櫃突然造訪吵醒感到不悅。

掌櫃戰戰兢兢地將鋪子裡發生的事情轉述給姜老爺。「白薇存心給咱們下套，先一步剽竊咱們的玉器賣出去，在咱們頭上扣上剽竊的罪名。她要請吳知府來查案，咱們該怎麼處理？」

不但頂了罪名，甚至另外三個在白薇手裡買走的玉器，他們也要認了。

「砰！」姜老爺猛地將茶杯重重擱在桌子上，陰鷙道：「無知小兒！吳知府是寶源府城的知府，能管到我的頭上來？不用理會，與她死扛到底！」

「老爺！」掌櫃心裡慌，總覺得不處理好，事情會鬧到不可收拾。

姜老爺陰冷地瞥他一眼，轉頭吩咐姜管事。「你去告訴咱們劉知府，白薇剽竊姜家的玉器，要狀告到吳知府那兒徹查我，他自然就知道該怎麼處理。」

掌櫃聞言，鬆一口氣，直起腰來。「我這就回去處理。」

吳知府不是劉知府的對手，這場官司的輸贏一目瞭然。

白薇自找死路，那便成全她！

一輛烏蓬馬車在子時緩緩停在寶源府城外。

一位侍從自馬車上下來，敲開吳知府的府門。

門僕一見來人亮出的權杖，立即跑去通傳。

吳知府聽到來人身分，手忙腳亂穿戴好，匆匆趕來府外迎接。

一位面白無鬚的大人自馬車上下來。

「李大人，您舟車勞頓，快裡面請！」吳知府恭敬地請李大人入內。

李大人臉上露出笑，嗓音尖細。「吳大人，叨擾了。咱家有皇命在身，暫且在貴府上借住幾日。」

「哪裡哪裡，我這就派人去廚房弄幾樣食物送去您的廂房。」吳大人不敢多問，心裡卻隱隱有一個猜測，他按捺不住心裡的激動，親自將人領去廂房。

「隨便做點清淡的就行。」李大人晝夜趕路，又餓又睏，打算盡快辦好這件事後回京。

「你快去歇著吧，明日還得煩勞吳大人指路。」

吳大人小心翼翼地陪在李大人身邊，等人用完膳，漱洗後，安頓好，方才回屋，一夜沒有睡好。

第二日一早。

眾人齊聚在姜家玉器鋪子門前。

掌櫃乘坐馬車，姍姍來遲。

一改之前的心虛，他昂首挺胸地下來，對白薇說道：「老爺昨日連夜審問，圖稿的確是玉匠師設計的。你們若不信，大可告到吳知府面前去。」

白薇臉色一沈，還未開口說話，掌櫃便冷笑一聲，一把將白薇推開。

「白姑娘，你們想怎麼樣都成，現在趕緊回吧，別擋著我做生意！」

白薇看著突然硬氣起來的掌櫃，眼神一冷。

趙老爺皺緊眉頭，擔心姜家有別的倚仗。「妳找的那位靠得住嗎？」

白薇一愣，知道他指的是溫琰。「他不會擺我一道。」話雖這麼說，可白薇心裡沒底兒。

溫琰以利益為重，當初與姜家聯姻，是想要聯手往京城發展，將段家取而代之。如今姜家算是強弩之末，又有別的心思，想利用溫家做墊腳石，溫琰自然不會乖乖被人利用，想要甩開姜家，反咬一口。

如今雖然面合心不合，卻不能無故退親撕破臉。溫琰因此藉由姜家這次的動作，暗地裡跟她合作，打算將這件事鬧大，他再渾水摸魚，打著吞併姜家的主意。

溫琰處置白玉煙，便是在對她示好，他想上她的船。所以，他應該不會反悔吧？

白薇樂天地說道：「他就算倒戈相向，我們也沒有什麼損失，只要實力在，有何好怕的？」

趙老爺愣怔住，隨即覺得有幾分道理。

「薇丫頭，妳在這裡？」街邊行駛的一輛馬車停下來，吳知府掀開車簾子，朝白薇招手。「快上馬車，有好事等著妳！」

白薇滿頭霧水，可聽見是好事，暫且將姜家的事情擱置，朝吳知府走去。

侍從搬來木梯，掀開簾子，讓白薇上去。

白薇鑽進馬車後，發現裡面還有一個人。

吳知府介紹道：「這是白薇，選寶大會與玉器大比，奪得魁首的就是她。呈遞給皇上的薄胎玉器，正是她用來參加玉器大比的作品。」繼而又對白薇道：「這是京城來的李大人，皇上最器重的紅人。」

白薇心中震驚，連忙給李大人行禮。

李大人虛扶著白薇起身，上下打量一番，笑道：「果然是名師出高徒，段老在宮中做的玉器備受皇上喜愛，他教導出來的徒弟也天資不凡。」而後又對白薇道：「妳的玉器很受皇上喜愛，咱家這次來，便是受皇命請妳進京的。」

白薇懵了！被這從天而降的巨大蛋糕給砸懵！皇上對她而言是遙不可及的人物，結果突然有一天，這種大人物說要見她？白薇頓時心生緊張。

「我？皇上看上我的玉器？要請我入宮給他治玉嗎？」白薇心中為難，她不願留在京城，她的親人全都在寶源府城，她還準備要大展拳腳呢！何況她本就不喜歡束縛，喜歡自由。「李大人，我不適合宮中的生活。皇上若喜歡我治的玉，我可以雕琢好，再運送進京獻給他。」

李大人對白薇有些刮目相看，尋常鄉野村姑聽見這般皇恩浩蕩的話，哪會如此鎮定地與他談條件？他換一個坐姿，靠在車壁上，笑道：「白姑娘不必多慮，玉器獻給皇上時，段老便給了皇上一封書信，不必強求妳留宮。之所以請妳入宮，是皇上親自畫了一幅圖稿，許多細節部分需要與妳商議。」

白薇愣怔住，似乎沒有想到皇上會這般好說話，而且二師父早已看穿她的心思，因此早有準備。不過，她還是搖了搖頭。「我恐怕不能隨您進京。」

李大人面色一沈，笑容頓斂，馬車裡的氣氛陡然轉變。

吳知府止不住為白薇擔心，她這是不識抬舉啊！皇上的口諭，誰敢拒絕？

「薇丫頭，這是一件好差事，去一趟京城不會耽誤妳多少工夫的。」就算耽誤了，哪有得皇上器重來得好？日後誰還敢欺負妳？

白薇面有鬱色。「姜家剽竊我的作品，證據確鑿，他們卻抵死不認，大放厥詞，讓我們大可告到吳大人跟前。這件事情沒有處理好，只怕姜家會反咬一口，指控我剽竊他們的作品。到時候我的名聲壞了，皇上又指名我治玉，只怕……」她抬起眼皮子，看了李大人和吳大人一眼，又垂下眼簾。她的意思不言而喻，到時候皇上面子上掛不住，拿人問罪，李大人和吳大人就脫不了關係。可事情還未發生，李大人若放棄帶白薇入京，皇上又得治他個辦事不力的罪行！白薇將事情說出來，李大人就不得不插手為她擺平。

「姜家？」他問。

吳知府連忙道：「安南府城的姜家。」

李大人冷哼一聲。「姜家人向來跋扈，不可一世，倒像他們會做的事。」眼中閃過厲色。「妳是皇上看重的人，咱家既然知道這一樁官司，必定會為妳擺平，妳不必憂心。」

白薇就是算準了李大人不會撒手不管，故此有那麼一說。從李大人的態度來看，似乎與姜家有舊怨，對他們很不滿，這算是意外之喜。白薇苦笑道：「我是草根出身，沒有深厚的背景，與姜家相比如同螻蟻，他們不將我放在眼中很正常。可我再怎麼微小，每件玉器的圖稿都是絞盡腦汁想出來的，如今被他們侵占成果，還反過來誣賴我剽竊他們，實在很不甘心，就算豁出去磕碰得頭破血流，我也要討一個公道！」她給李大人行了一禮，表示感激。「李大人公正無私，願意為我討一個公道，我不勝感激，今後願為李大人效犬馬之勞！」

與姜家相比，李大人很喜歡白薇。何況姜家造的玉器，溫家也可以取代，而薄胎玉器，姜家還差火候。白薇若當真技藝登峰造極，只怕未來十年，她會是皇上的新寵，誰叫皇上癡迷薄胎玉器？因此李大人願意賣個好給白薇，畢竟她身後還有個段羅春。「咱家會秉公處理，若是妳的過錯，也不會偏幫妳，妳不必言謝。」

白薇點了點頭。「您稍等，我還有點私事要處理。」

「請便。」李大人自然希望白薇盡快處理好私事，他好帶她回京。

白薇朝吳知府頷首，繼而跳下馬車，臉色瞬息轉變，滿面寒霜。

趙老爺被她陡然轉變的氣勢嚇住。「薇丫頭？」

白薇氣息冷沈地說：「叔，姜家欺人太甚，他們既然出爾反爾，我也沒必要給他們臉！」仗勢欺人，誰不會呢？

她捋起袖子，一個箭步，躥進鋪子裡，抄起玉器「砰」地砸在地上。

掌櫃驚得回不過神來。

砰、砰、砰，一連串玉器砸在地上，清脆的聲音碎出節奏。

「住手！住手！」掌櫃衝上前阻止白薇。

白薇陰著臉，一腳踹著木架，東之高閣的鎮店之寶搖搖欲墜地往下掉。

掌櫃心肝發顫，他猛地撲過去，手指觸碰到玉器，眼睜睜地看著玉器碎裂成片，他的小心臟也碎成末，跟割了他的肉似的疼。地上碎的，都是白花花的銀子啊！

看著滿地狼藉，掌櫃怒道：「白薇，妳、妳這強盜！妳損壞鋪子裡的玉器，我要扭送妳見官！」他朝夥計喊道：「把她抓起來！」

白薇勾唇，眼中一片狠戾。「剽竊我的作品掙大錢，再往我頭上潑髒水，想敗壞我的名聲，你們好占盡名利，那也得看我答不答應！」她目光清冷，眉宇間帶著戾氣，掃過看熱鬧的人。「這就是偷盜我成果的下場！」一腳踹向擺在地上的其中一口木箱，木箱倒在地上，啪嚓一聲，玉器摔碎在地上。

「賤人！」掌櫃眼睛充血，他揚手一巴掌往白薇臉上搧去。

白薇迅敏地扣住他的手，往後一擰，掌櫃立即發出殺豬般的慘叫聲。白薇冷冽地道：「告訴姓姜的，敢作敢當！」猛地將他往後一推，掌櫃整個人踉蹌地往後退，跌倒在地上，重重撞擊著貨架，玉器砸下來，當場頭破血流。

李大人是皇上跟前的紅人，他能保證給她一個公道，顯然姜家在皇上心目中的地位不高。說不定姜家無形中得罪了李大人還不自知，被李大人打過不少小報告呢！

這一通打砸後，她渾身舒暢，總算出了一口惡氣。

除了留下一箱剽竊的玉器與趙老爺他們買的贗品當作證物之外，店鋪內挑不出一件好貨了。

掌櫃兇狠地瞪著白薇，恨不得將她抽筋扒皮。

白薇拍了拍手，譏誚道：「你大可告到劉知府那兒去。」原話奉還。

轉身，走出門。

眾人崇拜地看向白薇，她竟敢砸姜家的鋪子。

趙老爺今晨被掌櫃的態度噁心到了，此時看見白薇一通打砸，堵在嗓子的悶氣通暢了不少，卻又止不住擔心。「薇丫頭，姜家不是好相與的人。」

白薇哼道：「背靠大樹好乘涼，姜家無非是仗著家大勢大，才不將我放在眼裡，當作粉麵團捏。今兒我就告訴他，粉麵團也不是這般好捏的，誰知裡面是不是藏著刺，會不會扎手呢？」她有李大人鎮邪呢！殺一殺姜家的威風，也順帶震懾其他人，今後想尋她麻煩，得掂量掂量。

「妳啊！」趙老爺勸不住白薇，事已至此，還能說啥？反正，是挺舒爽的！

馬車裡的李大人和吳大人聽見外邊吵吵嚷嚷，以為白薇出事，連忙掀開車窗簾子察看，卻見她威風凜凜，大殺四方的架勢，將姜家玉器鋪子給砸了，對她不禁有了另一層的認知。潑悍，潑辣！兩人小眼神一對，心中各自想著事。

白薇重新爬上馬車，車內氣氛微妙，她笑容燦爛地道：「處理好了。後續的事情，再煩勞李大人了。」

妳倒是不客氣，物盡其用！李大人心中腹誹，似笑非笑地說：「白姑娘很有活力。」

白薇乾笑兩聲。

李大人不為難她，看著她秋風掃落葉地砸了姜家的鋪子，莫名有一點暗喜。他咳一聲，清一清喉嚨。「兩日後接妳進京。」

白薇說：「好。」正好她要與沈遇進京，參加他外祖父的壽宴。

事情安排好，李大人將白薇送到謝氏玉器鋪子，便回了府城。

掌櫃看著鋪子裡的慘狀，又心急火燎地趕至安南府城告狀了。

「老爺，白薇太囂張了！她當著眾人的面砸了咱們的鋪子，並且大放厥詞，說這是咱們剽竊她作品的下場，還讓您敢作敢當，別當個孬種呢！」掌櫃心裡恨極白薇，腦袋被砸得現在仍然頭昏腦脹，手臂一陣陣刺痛，傷著筋骨。這才加油添醋，等著姜老爺找白薇算帳。「老爺，您別再和她客氣，這種匪氣十足的女人，就該抓她下大獄，賞她幾十板子，好叫她知道姜家不是好惹的！」

姜老爺坐在書案後，手中拿著一封信，辨不清此刻的神色。他捏著信紙的手青筋暴凸，正在極力克制怒火。良久，姜老爺生生嚥下這口惡氣，沈聲道：「我們剽竊白薇的玉器，有錯在先，她砸了鋪子算是扯平了。你備一份厚禮，代姜家上門賠罪道歉。至於買走玉器的客戶，給他們退了銀子。」

掌櫃張大嘴，錯愕地看向姜老爺。

「還不快去！」姜老爺一巴掌拍在桌子上。

掌櫃心口猛地一跳。「是、是，我這就去！」

姜老爺看著掌櫃離開，臉上布滿陰霾。白薇倒是好本事，得皇上器重。他不息事寧人，依白薇這得理不饒人的性子，只怕更不好收場。狗仗人勢的東西，待李大人回京，誰還能給她撐腰？他冷笑一聲，但此刻心裡仍舊憋悶得慌！

——未完，待續，請看文創風812《沖喜夫妻》3（完）

2019年12月出版

良宸吉嫁

文創風 805～807

她上輩子的大錯，就是性子軟弱、腦子糊塗，
要逆轉這般命數，就得自立自強、慧眼識人，
拋開負心漢、反擊心機女，把握機緣嫁對良人！

知君纏綿意，幸逢未嫁時／葉沫沫

要不是她前世太傻太天真，怎會被親人聯手推入火坑，
遇人不淑又沒個名分，最終還枉送一條命啊！
如今她擁有識人的慧眼，就得警惕自己萬不可重蹈覆轍，
歹毒後母、欺主奴才，心機妹妹……任誰耍手段、使絆子，
她有的是自信，萬事都逃不過自個兒的火眼金睛，
還能適時出手反擊以作宣告，拒當任人拿捏的軟柿子！
可千算萬算，偏偏漏算了負心郎的長兄——陸宸，
奇也怪哉，無論前世或今生，兩人都沒那麼相熟，
他卻幾次出手相助，反讓她欠下了許多人情債，
不僅讓這一世的如意盤算亂了套，
原本如止水的芳心也逐漸掀起了波瀾。
她曾經視心儀這種感情為無用之物，
如今居然栽在他的循循「利誘」下，還點頭把自己給嫁了……

國家圖書館出版品預行編目資料

沖喜夫妻 / 福祿兒著. --
初版. -- 臺北市 : 狗屋, 2019.12
冊 ; 公分. --（文創風）
ISBN 978-986-509-068-5（第2冊：平裝）. --

857.7　　108018118

著作者　福祿兒
編輯　黃淑珍
校對　沈毓萍
發行所　狗屋出版社有限公司
地址　台北市104中山區龍江路71巷15號1樓
電話　02-2776-5889～0
發行字號　局版台業字845號
法律顧問　蕭雄淋律師
總經銷　知遠文化事業有限公司
電話　02-2664-8800
初版　2019年12月
國際書碼　ISBN-13　978-986-509-068-5

本著作物由瀟湘書院〈www.xxsy.net〉授權出版

定價250元
狗屋劃撥帳號：19001626
網址：love.doghouse.com.tw　E-mail：love@doghouse.com.tw
版權所有．翻印必究　倘有倒裝、缺頁、污損請寄回調換